Sous la direction de Michel Laurin

PIERRE ET JEAN

DE
GUY DE MAUPASSANT

Texte intégral

ÉDITION PRÉSENTÉE, ANNOTÉE ET COMMENTÉE

PAR

NICOLE KOUGIOUMOUTZAKIS
ENSEIGNANTE AU COLLÈGE DE LA RÉGION DE L'AMIANTE

Beauchemin

PIERRE et JEAN de Guy de Maupassant
Texte intégral
Édition présentée, annotée et commentée
par Nicole Kougioumoutzakis
Collection «Parcours d'une œuvre» sous la direction
de Michel Laurin

© 2001   ℭⅅ Groupe **Beauchemin**, éditeur ltée
3281, avenue Jean-Béraud
Laval (Québec) H7T 2L2
Téléphone : (514) 334-5912
          1 800 361-4504
Télécopieur : (450) 688-6269
www.beaucheminediteur.com

Nous reconnaissons l'aide financière du gouvernement du Canada
par l'entremise du Programme d'Aide au Développement de l'Industrie
de l'Édition (PADIÉ) pour nos activités d'édition.

ISBN : 2-7616-1215-9

Dépôt légal : 4ᵉ trimestre 2001
Bibliothèque nationale du Québec   Imprimé au Canada
Bibliothèque nationale du Canada   1 2 3 4 5   05 04 03 02 01

Supervision éditoriale : Pierre Desautels
Production : Michel Carl Perron
Chargée de projet : France Robitaille
Révision linguistique : Sophie Lamontre
Correction d'épreuves : Lise Grenier
Recherche iconographique : Violaine Charest-Sigouin et F. Robitaille
Conception graphique : Martin Dufour, a.r.c.
Conception et réalisation de la couverture : Christine Dufour
Mise en pages : Trevor Aubert Jones
Impression : Imprimeries Transcontinental inc.

TABLE DES MATIÈRES

Guy de Maupassant.

Photographie de Félix Nadar (1888).

QUE LA VIE EST DONC MAL FAITE !

SPÉCIALISTE des petits drames quotidiens et des histoires qui finissent mal, Maupassant choisit de nous montrer la vie dans ce qu'elle a de plus cruel, de plus déchirant et de plus absurde. Ayant lui-même fait très tôt l'expérience de la souffrance morale et physique, il ne croit plus aux grands idéaux. Ainsi, les déceptions trop nombreuses l'auront-elles mené au pessimisme et au cynisme. D'où vient alors que cet auteur ait encore des lecteurs passionnés plus de cent ans après sa mort ? La réponse est simple : le génie.

Pierre et Jean fut rédigé la même année que le très célèbre conte *Le Horla*, vision hallucinée du double qui hante chacun de nous. Écrit à l'époque où Guy de Maupassant est au sommet de sa gloire et avant qu'il n'épuise ses dernières forces à lutter contre la maladie, ce roman sert probablement d'exutoire à son angoisse grandissante. Qui suis-je donc ? Et qui sont ces gens qui se prétendent ma famille ? Voilà le questionnement qui hante l'auteur et qui finira par hanter Pierre, héros malheureux et incompris de ce roman.

Quatrième des six romans de Maupassant, *Pierre et Jean* se situe à mi-chemin entre le roman de mœurs et le roman psychologique. Il plonge en plein cœur d'un problème humain universel : la quête d'une identité propre sur fond de liens familiaux ambigus.

Au fil des chapitres, Pierre fera l'expérience douloureuse de la vraie vie. Tout comme son créateur, perdant une à une ses certitudes et ses illusions, il sera appelé à se redéfinir en fonction du rôle qu'on veut lui faire jouer dans une société petite-bourgeoise centrée sur les convenances. Il en viendra à penser que la vie ne comporte que souffrances et injustices. Comme le lui démontrera tristement sa mère, quiconque s'aventure au-delà des apparences est condamné à la souffrance et à l'ostracisme. «Comme c'est misérable et trompeur, la vie !» fait-il dire à celle-ci.

Pierre et Jean.
ÉDITION ORIGINALE, OLLENDORFF, 1888.

PIERRE ET JEAN

DE

GUY DE MAUPASSANT

N.B. : Les mots suivis du symbole § sont définis dans le glossaire, à la page 270.

Les quatre extraits qui font l'objet d'une analyse approfondie sont indiqués dans l'œuvre par des filets tracés dans la marge.

— I —

«Zut !» s'écria tout à coup le père Roland, qui depuis un quart d'heure demeurait immobile, les yeux fixés sur l'eau, et soulevant par moments, d'un mouvement très léger, sa ligne descendue au fond de la mer.

5   Mme Roland, assoupie à l'arrière du bateau, à côté de Mme Rosémilly invitée à cette partie de pêche, se réveilla, et tournant la tête vers son mari :

«Eh bien !… eh bien !… Gérôme !»

Le bonhomme, furieux, répondit :

10   «Ça ne mord plus du tout. Depuis midi je n'ai rien pris. On ne devrait jamais pêcher qu'entre hommes ; les femmes vous font embarquer toujours trop tard.»

Ses deux fils, Pierre et Jean, qui tenaient, l'un à bâbord, l'autre à tribord, chacun une ligne enroulée à l'index, se

15   mirent à rire en même temps et Jean répondit :

«Tu n'es pas galant pour notre invitée, papa.»

M. Roland fut confus et s'excusa :

«Je vous demande pardon, madame Rosémilly, je suis comme ça. J'invite les dames parce que j'aime me trouver

20   avec elles, et puis, dès que je sens de l'eau sous moi, je ne pense plus qu'au poisson.»

Mme Roland s'était tout à fait réveillée et regardait d'un air attendri le large horizon de falaises et de mer. Elle murmura :

«Vous avez cependant fait une belle pêche.»

25   Mais son mari remuait la tête pour dire non, tout en jetant un coup d'œil bienveillant sur le panier où le poisson capturé par les trois hommes palpitait vaguement encore, avec un bruit doux d'écailles gluantes et de nageoires soulevées, d'efforts impuissants et mous, et de bâillements

30   dans l'air mortel.

Le père Roland saisit la manne entre ses genoux, la pencha, fit couler jusqu'au bord le flot d'argent des bêtes pour

voir celles du fond, et leur palpitation d'agonie s'accentua,
et l'odeur forte de leur corps, une saine puanteur de marée,
35   monta du ventre plein de la corbeille.

Le vieux pêcheur la huma vivement, comme on sent des
roses, et déclara :

«Cristi ! ils sont frais, ceux-là !»

Puis il continua :

40   «Combien en as-tu pris, toi, docteur ?»

Son fils aîné, Pierre, un homme de trente ans à favoris
noirs coupés comme ceux des magistrats, moustaches et
menton rasés, répondit :

«Oh ! pas grand-chose, trois ou quatre.»

45   Le père se tourna vers le cadet :

«Et toi, Jean ?»

Jean, un grand garçon blond, très barbu, beaucoup plus
jeune que son frère, sourit et murmura :

«À peu près comme Pierre, quatre ou cinq.»

50   Ils faisaient, chaque fois, le même mensonge qui ravissait
le père Roland.

Il avait enroulé son fil au tolet[1] d'un aviron, et, croisant
ses bras, il annonça :

«Je n'essayerai plus jamais de pêcher l'après-midi. Une
55   fois dix heures passées, c'est fini. Il ne mord plus, le gredin,
il fait la sieste au soleil.»

Le bonhomme regardait la mer autour de lui avec un air
satisfait de propriétaire.

C'était un ancien bijoutier parisien qu'un amour
60   immodéré de la navigation et de la pêche avait arraché au
comptoir dès qu'il eut assez d'aisance pour vivre modeste-
ment de ses rentes.

Il se retira donc au Havre, acheta une barque et devint
matelot amateur. Ses deux fils, Pierre et Jean, restèrent à

---

1   *tolet* : cheville de bois ou de fer enfoncée dans la toletière, qui sert de point d'appui
    à l'aviron, sur le plat-bord d'une embarcation.

65 Paris pour continuer leurs études et vinrent en congé de
temps en temps partager les plaisirs de leur père.

À la sortie du collège, l'aîné, Pierre, de cinq ans plus âgé
que Jean, s'étant senti successivement de la vocation pour
des professions variées, en avait essayé, l'une après l'autre,
70 une demi-douzaine, et, vite dégoûté de chacune, se lançait
aussitôt dans de nouvelles espérances.

En dernier lieu la médecine l'avait tenté, et il s'était mis
au travail avec tant d'ardeur qu'il venait d'être reçu docteur
après d'assez courtes études et des dispenses de temps
75 obtenues du ministre. Il était exalté, intelligent, changeant et
tenace, plein d'utopies, et d'idées philosophiques.

Jean, aussi blond que son frère était noir, aussi calme que
son frère était emporté, aussi doux que son frère était ran-
cunier, avait fait tranquillement son droit et venait d'obtenir
80 son diplôme de licencié en même temps que Pierre obtenait
celui de docteur.

Tous les deux prenaient donc un peu de repos dans leur
famille, et tous les deux formaient le projet de s'établir au
Havre s'ils parvenaient à le faire dans des conditions satis-
85 faisantes.

Mais une vague jalousie, une de ces jalousies dormantes
qui grandissent presque invisibles entre frères ou entre
sœurs jusqu'à la maturité et qui éclatent à l'occasion d'un
mariage ou d'un bonheur tombant sur l'un, les tenait en
90 éveil dans une fraternelle et inoffensive inimitié. Certes ils
s'aimaient, mais ils s'épiaient. Pierre, âgé de cinq ans à la
naissance de Jean, avait regardé avec une hostilité de petite
bête gâtée cette autre petite bête apparue tout à coup dans
les bras de son père et de sa mère, et tant aimée, tant
95 caressée par eux.

Jean, dès son enfance, avait été un modèle de douceur, de
bonté et de caractère égal; et Pierre s'était énervé, peu à peu,
à entendre vanter sans cesse ce gros garçon dont la douceur
lui semblait être de la mollesse, la bonté de la niaiserie et la

100 bienveillance de l'aveuglement. Ses parents, gens placides,
qui rêvaient pour leurs fils des situations honorables et
médiocres, lui reprochaient ses indécisions, ses enthou-
siasmes, ses tentatives avortées, tous ses élans impuissants
vers des idées généreuses et vers des professions décoratives.

105 Depuis qu'il était homme, on ne lui disait plus : «Regarde
Jean et imite-le !» mais chaque fois qu'il entendait répéter :
«Jean a fait ceci, Jean a fait cela», il comprenait bien le sens
et l'allusion cachés sous ces paroles.

Leur mère, une femme d'ordre, une économe bourgeoise
110 un peu sentimentale, douée d'une âme tendre de caissière,
apaisait sans cesse les petites rivalités nées chaque jour entre
ses deux grands fils, de tous les menus faits de la vie commune. Un léger événement, d'ailleurs, troublait en ce
moment sa quiétude, et elle craignait une complication, car
115 elle avait fait la connaissance pendant l'hiver, pendant que
ses enfants achevaient l'un et l'autre leurs études spéciales,
d'une voisine, Mme Rosémilly, veuve d'un capitaine au long
cours, mort à la mer deux ans auparavant. La jeune veuve,
toute jeune, vingt-trois ans, une maîtresse femme qui con-
120 naissait l'existence d'instinct, comme un animal libre,
comme si elle eût vu, subi, compris et pesé tous les événements possibles, qu'elle jugeait avec un esprit sain, étroit et
bienveillant, avait pris l'habitude de venir faire un bout de
tapisserie et de causette, le soir, chez ces voisins aimables qui
125 lui offraient une tasse de thé.

Le père Roland, que sa manie de pose marine aiguillonnait sans cesse, interrogeait leur nouvelle amie sur le défunt
capitaine, et elle parlait de lui, de ses voyages, de ses anciens
récits, sans embarras, en femme raisonnable et résignée qui
130 aime la vie et respecte la mort.

Les deux fils, à leur retour, trouvant cette jolie veuve
installée dans la maison, avaient aussitôt commencé à la
courtiser, moins par désir de lui plaire que par envie de se
supplanter.

135 Leur mère, prudente et pratique, espérait vivement qu'un des deux triompherait, car la jeune femme était riche, mais elle aurait aussi bien voulu que l'autre n'en eût point de chagrin.

140 Mme Rosémilly était blonde avec des yeux bleus, une couronne de cheveux follets envolés à la moindre brise et un petit air crâne[1], hardi, batailleur, qui ne concordait point du tout avec la sale méthode de son esprit.

Déjà elle semblait préférer Jean, portée vers lui par une similitude de nature. Cette préférence d'ailleurs ne se mon-
145 trait que par une presque insensible différence dans la voix et le regard, et en ceci encore qu'elle prenait quelquefois son avis.

Elle semblait deviner que l'opinion de Jean fortifierait la sienne propre, tandis que l'opinion de Pierre devait fatale-
150 ment être différente. Quand elle parlait des idées du docteur, de ses idées politiques, artistiques, philosophiques, morales, elle disait par moments : «Vos billevesées.»[2] Alors, il la re-gardait d'un regard froid de magistrat qui instruit le procès[3] des femmes, de toutes les femmes, ces pauvres êtres !

155 Jamais, avant le retour de ses fils, le père Roland ne l'avait invitée à ses parties de pêche où il n'emmenait jamais non plus sa femme, car il aimait s'embarquer avant le jour, avec le capitaine Beausire, un long-courrier[4] retraité, rencontré aux heures de marée sur le port et devenu intime ami, et le
160 vieux matelot Papagris, surnommé Jean-Bart, chargé de la garde du bateau.

Or, un soir de la semaine précédente, comme Mme Rosémilly qui avait dîné chez lui disait : «Ça doit être très amusant, la pêche ?» l'ancien bijoutier, flatté dans sa passion, et saisi de

---

1 *crâne* : fier.
2 *billevesées* : propos vides de sens, idées creuses.
3 *instruit un procès* : engage une procédure judiciaire afin de rechercher et d'examiner la culpabilité des personnes poursuivies.
4 *long-courrier* : marin qui naviguait sur des longues distances.

165 l'envie de la communiquer, de faire des croyants à la façon
des prêtres, s'écria :
«Voulez-vous y venir ?
— Mais oui.
— Mardi prochain ?
170 — Oui, mardi prochain.
— Êtes-vous femme à partir à cinq heures du matin ?»
Elle poussa un cri de stupeur :
«Ah ! mais non, par exemple.»
Il fut désappointé, refroidi, et il douta tout à coup de cette
175 vocation.
Il demanda cependant :
«À quelle heure pourriez-vous partir ?
— Mais… à neuf heures !
— Pas avant ?
180 — Non, pas avant, c'est déjà très tôt !»
Le bonhomme hésitait. Assurément on ne prendrait rien,
car si le soleil chauffe, le poisson ne mord plus ; mais les
deux frères s'étaient empressés d'arranger la partie, de tout
organiser et de tout régler séance tenante.
185 Donc, le mardi suivant, la *Perle*[1] avait été jeter l'ancre
sous les rochers blancs du cap de la Hève ; et on avait pêché
jusqu'à midi, puis sommeillé, puis repêché, sans rien prendre,
et le père Roland, comprenant un peu tard que Mme Rosémilly n'aimait et n'appréciait en vérité que la promenade en
190 mer, et voyant que ses lignes ne tressaillaient plus, avait
jeté, dans un mouvement d'impatience irraisonnée, un *zut*
énergique qui s'adressait autant à la veuve indifférente
qu'aux bêtes insaisissables.
Maintenant, il regardait le poisson capturé, son poisson,
195 avec une joie vibrante d'avare ; puis il leva les yeux vers le
ciel, remarqua que le soleil baissait :
«Eh bien ! les enfants, dit-il, si nous revenions un peu ?»

---

1 *la Perle :* nom de la barque de M. Roland.

Tous deux tirèrent leurs fils, les roulèrent, accrochèrent dans les bouchons de liège les hameçons nettoyés et
200 attendirent.

Roland s'était levé pour interroger l'horizon à la façon d'un capitaine :

«Plus de vent, dit-il, on va ramer, les gars !»

Et soudain, le bras allongé vers le nord, il ajouta :

205 «Tiens, tiens, le bateau de Southampton.»

Sur la mer plate, tendue comme une étoffe bleue, immense, luisante, aux reflets d'or et de feu, s'élevait là-bas, dans la direction indiquée, un nuage noirâtre sur le ciel rose. Et on apercevait, au-dessous, le navire qui semblait
210 tout petit de si loin.

Vers le sud, on voyait encore d'autres fumées, nombreuses, venant toutes vers la jetée[1] du Havre dont on distinguait à peine la ligne blanche et le phare, droit comme une corne sur le bout.

215 Roland demanda :

«N'est-ce pas aujourd'hui que doit entrer la *Normandie* ?»

Jean répondit :

«Oui, papa.

— Donne-moi ma longue-vue, je crois que c'est elle,
220 là-bas.»

Le père déploya le tube de cuivre, l'ajusta contre son œil, chercha le point, et soudain, ravi d'avoir vu :

«Oui, oui, c'est elle, je reconnais ses deux cheminées. Voulez-vous regarder, madame Rosémilly ?»

225 Elle prit l'objet qu'elle dirigea vers le transatlantique lointain, sans parvenir sans doute à le mettre en face de lui, car elle ne distinguait rien, rien que du bleu, avec un cercle de couleur, un arc-en-ciel tout rond, et puis des choses bizarres, des espèces d'éclipses, qui lui faisaient tourner le
230 cœur.

---

1 *jetée* : embarcadère, quai. On dit également «môle».

Elle dit en rendant la longue-vue :

«D'ailleurs je n'ai jamais su me servir de cet instrument-là. Ça mettait même en colère mon mari qui restait des heures à la fenêtre à regarder passer les navires.»

235   Le père Roland, vexé, reprit :

«Cela doit tenir à un défaut de votre œil, car ma lunette est excellente.»

Puis il l'offrit à sa femme :

«Veux-tu voir ?

240   — Non, merci, je sais d'avance que je ne pourrais pas.»

Mme Roland, une femme de quarante-huit ans et qui ne les portait pas, semblait jouir, plus que tout le monde, de cette promenade et de cette fin de jour.

Ses cheveux châtains commençaient seulement à blanchir.

245   Elle avait un air calme et raisonnable, un air heureux et bon qui plaisait à voir. Selon le mot de son fils Pierre, elle savait le prix de l'argent, ce qui ne l'empêchait point de goûter le charme du rêve. Elle aimait les lectures, les romans et les poésies, non pour leur valeur d'art, mais pour la songerie

250   mélancolique et tendre qu'ils éveillaient en elle. Un vers, souvent banal, souvent mauvais, faisait vibrer la petite corde, comme elle disait, lui donnait la sensation d'un désir mystérieux presque réalisé. Et elle se complaisait à ces émotions légères qui troublaient un peu son âme bien tenue

255   comme un livre de comptes.

Elle prenait, depuis son arrivée au Havre, un embonpoint assez visible qui alourdissait sa taille autrefois très souple et très mince.

Cette sortie en mer l'avait ravie. Son mari, sans être mé-

260   chant, la rudoyait comme rudoient sans colère et sans haine les despotes en boutique pour qui commander équivaut à jurer. Devant tout étranger il se tenait, mais dans sa famille il s'abandonnait et se donnait des airs terribles, bien qu'il eût peur de tout le monde. Elle, par horreur du bruit, des

265   scènes, des explications inutiles, cédait toujours et ne

demandait jamais rien; aussi n'osait-elle plus, depuis bien longtemps, prier Roland de la promener en mer. Elle avait donc saisi avec joie cette occasion, et elle savourait ce plaisir rare et nouveau.

270   Depuis le départ elle s'abandonnait tout entière, tout son esprit et toute sa chair, à ce doux glissement sur l'eau. Elle ne pensait point, elle ne vagabondait ni dans les souvenirs ni dans les espérances, il lui semblait que son cœur flottait comme son corps sur quelque chose de moelleux, de fluide, 275   de délicieux, qui la berçait et l'engourdissait.

Quand le père commanda le retour : «Allons, en place pour la nage !» elle sourit en voyant ses fils, ses deux grands fils, ôter leurs jaquettes et relever sur leurs bras nus les manches de leur chemise.

280   Pierre, le plus rapproché des deux femmes, prit l'aviron de tribord, Jean l'aviron de bâbord, et ils attendirent que le patron[1] criât : «Avant partout !» car il tenait à ce que les manœuvres fussent exécutées régulièrement.

Ensemble, d'un même effort, ils laissèrent tomber les 285   rames, puis se couchèrent en arrière en tirant de toutes leurs forces; et une lutte commença pour montrer leur vigueur. Ils étaient venus à la voile tout doucement, mais la brise était tombée et l'orgueil de mâles des deux frères s'éveilla tout à coup à la perspective de se mesurer l'un contre 290   l'autre.

Quand ils allaient pêcher seuls avec le père, ils ramaient ainsi sans que personne gouvernât, car Roland préparait les lignes tout en surveillant la marche de l'embarcation, qu'il dirigeait d'un geste ou d'un mot :

295   «Jean, mollis !» — «À toi, Pierre, souque.» Ou bien il disait : «Allons le *un*, allons le *deux*, un peu d'huile de bras.» Celui qui rêvassait tirait plus fort, celui qui s'emballait devenait moins ardent, et le bateau se redressait.

---

1 *patron* : allusion au rôle d'avant la retraite de M. Roland.

Aujourd'hui ils allaient montrer leurs biceps. Les bras de
300   Pierre étaient velus, un peu maigres, mais nerveux ; ceux de
Jean gras et blancs, un peu roses, avec une bosse de muscles
qui roulait sous la peau.

Pierre eut d'abord l'avantage. Les dents serrées, le front
plissé, les jambes tendues, les mains crispées sur l'aviron,
305   qu'il faisait plier dans toute sa longueur à chacun de ses
efforts ; et la *Perle* s'en venait vers la côte. Le père Roland,
assis à l'avant afin de laisser tout le banc d'arrière aux deux
femmes, s'époumonait à commander : «Doucement, le *un*
— souque, le *deux*.» Le *un* redoublait de rage et le *deux* ne
310   pouvait répondre à cette nage désordonnée.

Le patron, enfin, ordonna : «Stop !» Les deux rames se
levèrent ensemble, et Jean, sur l'ordre de son père, tira seul
quelques instants. Mais à partir de ce moment l'avantage lui
resta ; il s'animait, s'échauffait, tandis que Pierre, essoufflé,
315   épuisé par sa crise de vigueur, faiblissait et haletait. Quatre
fois de suite, le père Roland fit stopper pour permettre à l'aîné
de reprendre haleine et de redresser la barque dérivant. Le
docteur alors, le front en sueur, les joues pâles, humilié et
rageur, balbutiait :
320   «Je ne sais pas ce qui me prend, j'ai un spasme au cœur[1].
J'étais très bien parti, et cela m'a coupé les bras.»

Jean demandait :

«Veux-tu que je tire seul avec les avirons de couple[2] ?

— Non, merci, cela passera.»
325   La mère, ennuyée, disait :

«Voyons, Pierre, à quoi cela rime-t-il de se mettre dans
un état pareil, tu n'es pourtant pas un enfant.»

Il haussait les épaules et recommençait à ramer.

Mme Rosémilly semblait ne pas voir, ne pas comprendre,
330   ne pas entendre. Sa petite tête blonde, à chaque mouvement

---

1   *spasme au cœur* : serrement, point dans la poitrine.
2   *avirons de couple* : avirons qu'on manie en même temps.

du bateau, faisait en arrière un mouvement brusque et joli qui soulevait sur les tempes ses fins cheveux.

Mais le père Roland cria : «Tenez, voici le *Prince-Albert* qui nous rattrape.» Et tout le monde regarda. Long, bas,
335 avec ses deux cheminées inclinées en arrière et ses deux tambours jaunes, ronds comme des joues, le bateau de Southampton arrivait à toute vapeur, chargé de passagers et d'ombrelles ouvertes. Ses roues rapides, bruyantes, battant l'eau qui retombait en écume, lui donnaient un air de hâte,
340 un air de courrier pressé; et l'avant tout droit coupait la mer en soulevant deux lames minces et transparentes qui plissaient le long des bords.

Quand il fut tout près de la *Perle*, le père Roland leva son chapeau, les deux femmes agitèrent leurs mouchoirs, et une
345 demi-douzaine d'ombrelles répondirent à ces saluts en se balançant vivement sur le paquebot qui s'éloigna, laissant derrière lui, sur la surface paisible et luisante de la mer, quelques lentes ondulations.

Et on voyait d'autres navires, coiffés aussi de fumée,
350 accourant de tous les points de l'horizon vers la jetée courte et blanche qui les avalait comme une bouche, l'un après l'autre. Et les barques de pêche et les grands voiliers aux mâtures[1] légères glissant sur le ciel, traînés par d'imperceptibles remorqueurs, arrivaient tous, vite ou lentement, vers
355 cet ogre dévorant, qui, de temps en temps, semblait repu, et rejetait vers la pleine mer une autre flotte de paquebots, de bricks[2], de goélettes, de trois-mâts chargés de ramures emmêlées. Les steamers[3] hâtifs s'enfuyaient à droite, à gauche, sur le ventre plat de l'Océan, tandis que les bâtiments à
360 voile, abandonnés par les mouches[4] qui les avaient halés[5],

---

1 *mâtures* : ensembles de mâts.
2 *bricks* : navires à voiles carrées et à deux mâts.
3 *steamers* : bateaux à vapeur (de l'anglais).
4 *mouches* : remorqueurs.
5 *halés* : tirés, remorqués.

demeuraient immobiles, tout en s'habillant de la grande
hune[1] au petit perroquet[2], de toile blanche ou de toile brune
qui semblait rouge au soleil couchant.

365   Mme Roland, les yeux mi-clos, murmura :

«Dieu ! que c'est beau, cette mer !»

Mme Rosémilly répondit, avec un soupir prolongé, qui
n'avait cependant rien de triste :

«Oui, mais elle fait bien du mal quelquefois.»

Roland s'écria :

370   «Tenez, voici la *Normandie* qui se présente à l'entrée. Est-
elle grande, hein ?»

Puis il expliqua la côte en face, là-bas, là-bas, de l'autre
côté de l'embouchure de la Seine — vingt kilomètres, cette
embouchure — disait-il. Il montra Villerville, Trouville,
375   Houlgate, Luc, Arromanches, la rivière de Caen et les roches
du Calvados qui rendent la navigation dangereuse jusqu'à
Cherbourg. Puis il traita la question des bancs de sable de la
Seine, qui se déplacent à chaque marée et mettent en défaut[3]
les pilotes[4] de Quillebœuf eux-mêmes, s'ils ne font pas tous
380   les jours le parcours du chenal[5]. Il fit remarquer comment
Le Havre séparait la basse de la haute Normandie. En basse
Normandie, la côte plate descendait en pâturages, en
prairies et en champs jusqu'à la mer. Le rivage de la haute
Normandie, au contraire, était droit, une grande falaise,
385   découpée, dentelée, superbe, faisant jusqu'à Dunkerque une
immense muraille blanche dont toutes les échancrures ca-
chaient un village ou un port : Étretat, Fécamp, Saint-Valéry,
Le Tréport, Dieppe, etc.

Les deux femmes ne l'écoutaient point, engourdies par le
390   bien-être, émues par la vue de cet Océan couvert de navires

---

1 *hune* : plate-forme fixée au grand mât.
2 *perroquet* : voile carrée supérieure au mât de hune.
3 *mettent en défaut* : induisent en erreur.
4 *pilotes* : ceux qui dirigent les navires (vieilli).
5 *chenal* : passage resserré permettant la navigation, canal.

qui couraient comme des bêtes autour de leur tanière ; et
elles se taisaient, un peu écrasées par ce vaste horizon d'air
et d'eau, rendues silencieuses par ce coucher de soleil
apaisant et magnifique. Seul, Roland parlait sans fin ; il était
395 de ceux que rien ne trouble. Les femmes, plus nerveuses,
sentent parfois, sans comprendre pourquoi, que le bruit
d'une voix inutile est irritant comme une grossièreté.

Pierre et Jean, calmés, ramaient avec lenteur ; et la *Perle*
s'en allait vers le port, toute petite à côté des gros navires.

400 Quand elle toucha le quai, le matelot Papagris, qui l'attendait, prit la main des dames pour les faire descendre ; et on
pénétra dans la ville. Une foule nombreuse, tranquille, la
foule qui va chaque jour aux jetées§ à l'heure de la pleine
mer, rentrait aussi.

405 Mmes Roland et Rosémilly marchaient devant, suivies des
trois hommes. En montant la rue de Paris elles s'arrêtaient
parfois devant un magasin de modes ou d'orfèvrerie pour
contempler un chapeau ou bien un bijou ; puis elles repar-
taient après avoir échangé leurs idées.

410 Devant la place de la Bourse, Roland contempla, comme
il le faisait chaque jour, le bassin du Commerce plein de
navires, prolongé par d'autres bassins, où les grosses coques,
ventre à ventre, se touchaient sur quatre ou cinq rangs. Tous
les mâts innombrables, sur une étendue de plusieurs kilo-
415 mètres de quais, tous les mâts avec les vergues[1], les flèches,
les cordages, donnaient à cette ouverture au milieu de la ville
l'aspect d'un grand bois mort. Au-dessus de cette forêt sans
feuilles, les goélands tournoyaient, épiant pour s'abattre,
comme une pierre qui tombe, tous les débris jetés à l'eau ; et
420 un mousse[2], qui rattachait une poulie à l'extrémité d'un
cacatois[3], semblait monté là pour chercher des nids.

N.B. : Les mots suivis du symbole § sont définis dans le glossaire, à la page 270.

1 *vergues* : pièces de bois horizontales, sur le mât, servant à soutenir la voile.

2 *mousse* : jeune apprenti marin.

3 *cacatois* : mât qui porte la petite voile carrée, du même nom, au-dessus du perroquet.

«Voulez-vous dîner avec nous sans cérémonie aucune, afin de finir ensemble la journée ? demanda Mme Roland à Mme Rosémilly.

425   — Mais oui, avec plaisir ; j'accepte aussi sans cérémonie. Ce serait triste de rentrer toute seule ce soir.»

Pierre, qui avait entendu et que l'indifférence de la jeune femme commençait à froisser, murmura : «Bon, voici la veuve qui s'incruste, maintenant.» Depuis quelques jours il
430   l'appelait «la veuve». Ce mot, sans rien exprimer, agaçait Jean rien que par l'intonation, qui lui paraissait méchante et blessante.

Et les trois hommes ne prononcèrent plus un mot jusqu'au seuil de leur logis. C'était une maison étroite, com-
435   posée d'un rez-de-chaussée et de deux petits étages, rue Belle-Normande. La bonne, Joséphine, une fillette de dix-neuf ans, servante campagnarde à bon marché, qui possé-dait à l'excès l'air étonné et bestial des paysans, vint ouvrir, referma la porte, monta derrière ses maîtres jusqu'au salon
440   qui était au premier, puis elle dit :

«Il est v'nu un m'sieu trois fois.»

Le père Roland, qui ne lui parlait pas sans hurler et sans sacrer, cria :

«Qui ça est venu, nom d'un chien ?»

445   Elle ne se troublait jamais des éclats de voix de son maître, et elle reprit :

«Un m'sieu d'chez l'notaire.

— Quel notaire ?

— D'chez m'sieu Canu, donc.

450   — Et qu'est-ce qu'il a dit ce monsieur ?

— Qu'm'sieu Canu y viendrait en personne dans la soirée.»

Me Lecanu était le notaire et un peu l'ami du père Roland, dont il faisait les affaires[1]. Pour qu'il eût annoncé sa

---

1 *faisait les affaires* : s'occupait des affaires officielles, testament, contrats, etc.

Tous les mâts [...] donnaient à cette ouverture au milieu
de la ville l'aspect d'un grand bois mort.

Lignes 413 à 417.

DESSIN DE GEO-DUPUIS, GRAVÉ PAR LEMOINE,
DANS L'ÉDITION DES *ŒUVRES COMPLÈTES ILLUSTRÉES*
DE GUY DE MAUPASSANT, PARIS, OLLENDORF.

455 visite dans la soirée, il fallait qu'il s'agît d'une chose urgente et importante; et les quatre Roland se regardèrent, troublés par cette nouvelle comme le sont les gens de fortune modeste à toute intervention d'un notaire, qui éveille une foule d'idées de contrats, d'héritages, de procès, de choses désirables ou
460 redoutables. Le père, après quelques secondes de silence, murmura :

«Qu'est-ce que cela peut vouloir dire ?»

Mme Rosémilly se mit à rire :

«Allez, c'est un héritage. J'en suis sûre. Je porte bonheur.»
465 Mais ils n'espéraient la mort de personne qui pût leur laisser quelque chose.

Mme Roland, douée d'une excellente mémoire pour les parentés, se mit aussitôt à rechercher toutes les alliances du côté de son mari et du sien, à remonter les filiations, à suivre
470 les branches des cousinages.

Elle demandait, sans avoir même ôté son chapeau :

«Dis donc, père (elle appelait son mari "père" dans la maison, et que quelquefois "Monsieur Roland" devant les étrangers), dis donc, père, te rappelles-tu qui a épousé Joseph
475 Lebru, en secondes noces ?

— Oui, une petite Duménil, la fille d'un papetier.

— En a-t-il eu des enfants ?

— Je crois bien, quatre ou cinq, au moins.

— Non. Alors il n y a rien par là.»
480 Déjà elle s'animait à cette recherche, elle s'attachait à cette espérance d'un peu d'aisance leur tombant du ciel. Mais Pierre, qui aimait beaucoup sa mère, qui la savait un peu rêveuse, et qui craignait une désillusion, un petit chagrin, une petite tristesse, si la nouvelle, au lieu d'être bonne, était
485 mauvaise, l'arrêta.

«Ne t'emballe pas, maman, il n'y a plus d'oncle
d'Amérique[1]! Moi, je croirais bien plutôt qu'il s'agit d'un
mariage pour Jean.»

Tout le monde fut surpris à cette idée, et Jean demeura un
490 peu froissé que son frère eût parlé de cela devant Mme Rosémilly.

«Pourquoi pour moi plutôt que pour toi? La supposition
est très contestable. Tu es l'aîné; c'est donc à toi qu'on aurait
songé d'abord. Et puis, moi, je ne veux pas me marier.»

495 Pierre ricana:

«Tu es donc amoureux?»

L'autre, mécontent, répondit:

«Est-il nécessaire d'être amoureux pour dire qu'on ne
veut pas encore se marier?

500 — Ah! bon, le "encore" corrige tout; tu attends.

— Admets que j'attends, si tu veux.»

Mais le père Roland, qui avait écouté et réfléchi, trouva
tout à coup la solution la plus vraisemblable.

«Parbleu! nous sommes bien bêtes de nous creuser la
505 tête. Me Lecanu est notre ami, il sait que Pierre cherche un
cabinet de médecin, et Jean un cabinet d'avocat, il a trouvé
à caser l'un de vous deux.»

C'était tellement simple et probable que tout le monde
en fut d'accord.

510 «C'est servi», dit la bonne.

Et chacun gagna sa chambre afin de se laver les mains
avant de se mettre à table.

Dix minutes plus tard, ils dînaient dans la petite salle à
manger, au rez-de-chaussée.

515 On ne parla guère tout d'abord; mais, au bout de quelques instants, Roland s'étonna de nouveau de cette visite du
notaire.

---

1 *oncle d'Amérique*: expression signifiant un parent éloigné qui a fait fortune.
L'Amérique était associée à la richesse facile.

«En somme, pourquoi n'a-t-il pas écrit, pourquoi a-t-il
envoyé trois fois son clerc[1], pourquoi vient-il lui-même?»

520   Pierre trouvait cela naturel.

«Il faut sans doute une réponse immédiate; et il a peut-
être à nous communiquer des clauses confidentielles qu'on
n'aime pas beaucoup écrire.»

Mais ils demeuraient préoccupés et un peu ennuyés tous

525   les quatre d'avoir invité cette étrangère qui gênerait leur
discussion et les résolutions à prendre.

Ils venaient de remonter au salon quand le notaire fut
annoncé.

Roland s'élança.

530   «Bonjour, cher maître.»

Il donnait comme titre à M. Lecanu le «maître» qui
précède le nom de tous les notaires.

Mme Rosémilly se leva:

«Je m'en vais, je suis très fatiguée.»

535   On tenta faiblement de la retenir; mais elle n'y consentit
point et elle s'en alla sans qu'un des trois hommes la recon-
duisît, comme on le faisait toujours.

Mme Roland s'empressa près du nouveau venu:

«Une tasse de café, Monsieur?

540   — Non, merci, je sors de table.

— Une tasse de thé, alors?

— Je ne dis pas non, mais un peu plus tard, nous allons
d'abord parler affaires.»

Dans le profond silence qui suivit ces mots on n'entendit

545   plus que le mouvement rythmé de la pendule, et à l'étage
au-dessous, le bruit des casseroles lavées par la bonne trop
bête même pour écouter aux portes.

Le notaire reprit:

«Avez-vous connu à Paris un certain M. Maréchal, Léon

550   Maréchal?»

---

1   *clerc*: employé subalterne d'un notaire.

Mme Roland s'empressa près du nouveau venu :
« Une tasse de café, Monsieur ?
— Non, merci, je sors de table.
— Une tasse de thé, alors ?
— Je ne dis pas non, mais un peu plus tard, nous allons d'abord parler affaires. »

Lignes 538 à 543.

Dessin de Geo-Dupuis, gravé par Lemoine, dans l'édition des Œuvres complètes illustrées de Guy de Maupassant, Paris, Ollendorf.

M. et Mme Roland poussèrent la même exclamation. «Je crois bien !»

«C'était un de vos amis ?»

Roland déclara :

555 «Le meilleur, Monsieur, mais un Parisien enragé[1] ; il ne quitte pas le boulevard[2]. Il est chef de bureau aux finances. Je ne l'ai plus revu depuis mon départ de la capitale. Et puis nous avons cessé de nous écrire. Vous savez, quand on vit loin l'un de l'autre...»

560 Le notaire reprit gravement :

«M. Maréchal est décédé.»

L'homme et la femme eurent ensemble ce petit mouvement de surprise triste, feint ou vrai, mais toujours prompt, dont on accueille ces nouvelles.

565 M. Lecanu continua :

«Mon confrère de Paris vient de me communiquer la principale disposition de son testament par laquelle il institue[3] votre fils Jean, M. Jean Roland, son légataire[4] universel.»

L'étonnement fut si grand qu'on ne trouvait pas un mot
570 à dire.

Mme Roland, la première, dominant son émotion, balbutia :

«Mon Dieu, ce pauvre Léon... notre pauvre ami... mon Dieu... mon Dieu... mort !...»

575 Des larmes apparurent dans ses yeux, ces larmes silencieuses des femmes, gouttes de chagrin venues de l'âme qui coulent sur les joues et semblent si douloureuses, étant si claires.

Mais Roland songeait moins à la tristesse de cette perte
580 qu'à l'espérance annoncée. Il n'osait cependant interroger

---

1 *Parisien enragé* : qui ne veut vivre qu'à Paris, qui ne jure que par Paris.
2 *boulevard* : ville.
3 *institue* : établit officiellement.
4 *légataire* : héritier.

tout de suite sur les clauses de ce testament, et sur le chiffre de la fortune ; et il demanda, pour arriver à la question intéressante :

«De quoi est-il mort, ce pauvre Maréchal ?»

585   M. Lecanu l'ignorait parfaitement.

«Je sais seulement, disait-il, que, décédé sans héritiers directs, il laisse toute sa fortune, une vingtaine de mille francs de rentes en obligations trois pour cent[1], à votre second fils, qu'il a vu naître, grandir, et qu'il juge digne de ce

590   legs[2]. À défaut d'acceptation de la part de M. Jean, l'héritage irait aux enfants abandonnés.»

Le père Roland déjà ne pouvait plus dissimuler sa joie et il s'écria :

«Sacristi ! Voilà une bonne pensée du cœur. Moi, si je

595   n'avais pas eu de descendant, je ne l'aurais certainement point oublié non plus, ce brave ami !»

Le notaire souriait :

«J'ai été bien aise, dit-il, de vous annoncer moi-même la chose. Ça fait toujours plaisir d'apporter aux gens une

600   bonne nouvelle.»

Il n'avait point du tout songé que cette bonne nouvelle était la mort d'un ami, du meilleur ami du père Roland, qui venait lui-même d'oublier subitement cette intimité annoncée tout à l'heure avec conviction.

605   Seuls, Mme Roland et ses fils gardaient une physionomie triste. Elle pleurait toujours un peu, essuyant ses yeux avec un mouchoir qu'elle appuyait ensuite sur sa bouche pour comprimer de gros soupirs.

Le docteur murmura :

610   «C'était un brave homme, bien affectueux. Il nous invitait souvent à dîner, mon frère et moi.»

---

1   *rentes en obligations trois pour cent* : ces rentes constituaient un très bon placement.
2   *legs* : héritage.

Jean, les yeux grands ouverts et brillants, prenait d'un geste familier sa belle barbe blonde dans sa main droite, et l'y faisait glisser, jusqu'aux derniers poils, comme pour
615 l'allonger et l'amincir.

Il remua deux fois les lèvres pour prononcer aussi une phrase convenable, et, après avoir longtemps cherché, il ne trouva que ceci :

«Il m'aimait bien, en effet, il m'embrassait toujours
620 quand j'allais le voir.»

Mais la pensée du père galopait ; elle galopait autour de cet héritage annoncé, acquis déjà, de cet argent caché derrière la porte et qui allait entrer tout à l'heure, demain, sur un mot d'acceptation.
625 Il demanda :

«Il n'y a pas de difficultés possibles ?... pas de procès ?... pas de contestations ?...»

Me Lecanu semblait tranquille :

«Non, mon confrère de Paris me signale la situation comme
630 très nette. Il ne nous faut que l'acceptation de M. Jean.

— Parfait, alors… et la fortune est bien claire[1] ?

— Très claire.

— Toutes les formalités ont été remplies ?

— Toutes.»
635 Soudain, l'ancien bijoutier eut un peu honte, une honte vague, instinctive et passagère de sa hâte à se renseigner, et il reprit :

«Vous comprenez bien que si je vous demande immédiatement toutes ces choses, c'est pour éviter à mon fils des
640 désagréments qu'il pourrait ne pas prévoir. Quelquefois il y a des dettes, une situation embarrassée, est-ce que je sais, moi ? et on se fourre dans un roncier inextricable[2]. En

---

1 *claire* : exempte de dettes, d'obligations.
2 *roncier inextricable* : buisson de ronces, d'épines. Situation problématique dont on ne peut plus se sortir.

somme, ce n'est pas moi qui hérite, mais je pense au petit
avant tout.»

645   Dans la famille on appelait toujours Jean «le petit», bien
qu'il fût beaucoup plus grand que Pierre.

Mme Roland, tout à coup, parut sortir d'un rêve, se rappeler une chose lointaine, presque oubliée, qu'elle avait
entendue autrefois, dont elle n'était pas sûre d'ailleurs, et

650   elle balbutia :

«Ne disiez-vous point que notre pauvre Maréchal avait
laissé sa fortune à mon petit Jean ?

— Oui, Madame.»

Elle reprit alors simplement :

655   «Cela me fait grand plaisir, car cela prouve qu'il nous
aimait.»

Roland s'était levé :

«Voulez-vous, cher maître, que mon fils signe tout de
suite l'acceptation ?

660   — Non… non… monsieur Roland. Demain, demain, à
mon étude[1], à deux heures, si cela vous convient.

— Mais oui, mais oui, je crois bien !»

Alors, Mme Roland qui s'était levée aussi, et qui souriait
après les larmes, fit deux pas vers le notaire, posa sa main

665   sur le dos de son fauteuil, et le couvrant d'un regard attendri de mère reconnaissante, elle demanda :

«Et cette tasse de thé, monsieur Lecanu ?

— Maintenant, je veux bien, Madame, avec plaisir.»

La bonne appelée apporta d'abord des gâteaux secs en de

670   profondes boîtes de fer-blanc, ces fades et cassantes pâtisseries
anglaises qui semblent cuites pour des becs de perroquet et
soudées en des caisses de métal pour des voyages autour du
monde. Elle alla chercher ensuite des serviettes grises, pliées
en petits carrés, ces serviettes à thé qu'on ne lave jamais

675   dans les familles besogneuses. Elle revint une troisième fois

---

1   *étude :* cabinet de notaire.

avec le sucrier et les tasses; puis elle ressortit pour faire chauffer l'eau. Alors on attendit.

Personne ne pouvait parler; on avait trop à penser, et rien à dire. Seule Mme Roland cherchait des phrases banales.
680 Elle raconta la partie de pêche, fit l'éloge de la *Perle* et de Mme Rosémilly.

«Charmante, charmante», répétait le notaire.

Roland, les reins appuyés au marbre de la cheminée, comme en hiver, quand le feu brille, les mains dans ses
685 poches et les lèvres remuantes comme pour siffler, ne pouvait plus tenir en place, torturé du désir impérieux de laisser sortir toute sa joie.

Les deux frères, en deux fauteuils pareils, les jambes croisées de la même façon, à droite et à gauche du guéridon[1]
690 central, regardaient fixement devant eux, en des attitudes semblables, pleines d'expressions différentes.

Le thé parut enfin. Le notaire prit, sucra et but sa tasse, après avoir émietté dedans une petite galette trop dure pour être croquée; puis il se leva, serra les mains et sortit.
695 «C'est entendu, répétait Roland, demain, chez vous, à deux heures.»

Jean n'avait pas dit un mot.

Après ce départ, il y eut encore un silence, puis le père Roland vint taper de ses deux mains ouvertes sur les deux
700 épaules de son jeune fils en criant:

«Eh bien, sacré veinard[2], tu ne m'embrasses pas?»

Alors Jean eut un sourire, et il embrassa son père en disant:

«Cela ne m'apparaissait pas comme indispensable.»
705 Mais le bonhomme ne se possédait plus d'allégresse. Il marchait, jouait du piano sur les meubles avec ses ongles maladroits, pivotait sur ses talons, et répétait:

---

1 *guéridon*: table ronde, à un seul pied, ou à une tige centrale portant les pieds, dont le dessus est le plus souvent en marbre.
2 *veinard*: chanceux.

«Quelle chance! quelle chance! En voilà une, de chance!»

Pierre demanda:

710 «Vous le connaissiez donc beaucoup, autrefois, ce Maréchal?»

Le père répondit:

«Parbleu, il passait toutes ses soirées à la maison; mais tu te rappelles bien qu'il allait te prendre au collège, les jours de 715 sortie, et qu'il t'y reconduisait souvent après dîner. Tiens, justement, le matin de la naissance de Jean, c'est lui qui est allé chercher le médecin! Il avait déjeuné chez nous quand ta mère s'est trouvée souffrante. Nous avons compris tout de suite de quoi il s'agissait, et il est parti en courant. Dans 720 sa hâte il a pris mon chapeau au lieu du sien. Je me rappelle cela parce que nous en avons beaucoup ri, plus tard. Il est même probable qu'il s'est souvenu de ce détail au moment de mourir; et comme il n'avait aucun héritier il s'est dit: "Tiens, j'ai contribué à la naissance de ce petit-là, je vais lui 725 laisser ma fortune."»

Mme Roland, enfoncée dans une bergère, semblait partie en ses souvenirs. Elle murmura, comme si elle pensait tout haut:

«Ah! c'était un brave ami, bien dévoué, bien fidèle, un 730 homme rare, par le temps qui court.»

Jean s'était levé:

«Je vais faire un bout de promenade», dit-il.

Son père s'étonna, voulut le retenir, car ils avaient à causer, à faire des projets, à arrêter des résolutions. Mais le 735 jeune homme s'obstina, prétextant un rendez-vous. On aurait d'ailleurs tout le temps de s'entendre bien avant d'être en possession de l'héritage.

Et il s'en alla, car il désirait être seul, pour réfléchir. Pierre, à son tour, déclara qu'il sortait, et suivit son frère, 740 après quelques minutes.

Dès qu'il fut en tête à tête avec sa femme, le père Roland la saisit dans ses bras, l'embrassa dix fois sur chaque joue, et, pour répondre à un reproche qu'elle lui avait souvent adressé :

745   «Tu vois, ma chérie, que cela ne m'aurait servi à rien de rester à Paris plus longtemps, de m'esquinter pour les enfants, au lieu de venir ici refaire ma santé, puisque la fortune nous tombe du ciel.»

Elle était devenue toute sérieuse :

750   «Elle tombe du ciel pour Jean, dit-elle, mais Pierre ?

— Pierre ! mais il est docteur, il en gagnera... de l'argent... et puis son frère fera bien quelque chose pour lui.

— Non. Il n'accepterait pas. Et puis cet héritage est à Jean, rien qu'à Jean. Pierre se trouve ainsi très désavantagé.»

755   Le bonhomme semblait perplexe :

«Alors, nous lui laisserons un peu plus par testament, nous.

— Non. Ce n'est pas très juste non plus.»

Il s'écria :

760   «Ah ! bien alors, zut ! Qu'est-ce que tu veux que j'y fasse, moi ? Tu vas toujours chercher un tas d'idées désagréables. Il faut que tu gâtes tous mes plaisirs. Tiens, je vais me coucher. Bonsoir. C'est égal, en voilà une veine, une rude veine !»

765   Et il s'en alla, enchanté, malgré tout, et sans un mot de regret pour l'ami mort si généreusement.

Mme Roland se remit à songer devant la lampe qui charbonnait[1].

---

1 *charbonnait* : faisait une fumée noire en se consumant.

– II –

Dès qu'il fut dehors, Pierre se dirigea vers la rue de Paris,
770 la principale rue du Havre, éclairée, animée, bruyante. L'air un
peu frais des bords de mer lui caressait la figure, et il marchait
lentement, la canne sous le bras, les mains derrière le dos.

Il se sentait mal à l'aise, alourdi, mécontent comme
lorsqu'on a reçu quelque fâcheuse nouvelle. Aucune pensée
775 précise ne l'affligeait et il n'aurait su dire tout d'abord d'où
lui venaient cette pesanteur de l'âme et cet engourdissement
du corps. Il avait mal quelque part, sans savoir où ; il portait
en lui un petit point douloureux, une de ces presque insen-
sibles meurtrissures dont on ne trouve pas la place, mais qui
780 gênent, fatiguent, attristent, irritent, une souffrance inconnue
et légère, quelque chose comme une graine de chagrin.

Lorsqu'il arriva place du Théâtre, il se sentit attiré par les
lumières du café Tortoni[1], et il s'en vint lentement vers la
façade illuminée ; mais au moment d'entrer, il songea qu'il
785 allait trouver là des amis, des connaissances, des gens avec
qui il faudrait causer ; et une répugnance brusque l'envahit
pour cette banale camaraderie des demi-tasses et des petits
verres. Alors, retournant sur ses pas, il revint prendre la rue
principale qui le conduisait vers le port.

790 Il se demandait : « Où irais-je bien ? » cherchant un
endroit qui lui plût, qui fût agréable à son état d'esprit. Il
n'en trouvait pas, car il s'irritait d'être seul, et il n'aurait
voulu rencontrer personne.

En arrivant sur le grand quai, il hésita encore une fois,
795 puis tourna vers la jetée[§] ; il avait choisi la solitude.

Comme il frôlait un banc sur le brise-lames, il s'assit, déjà
las de marcher et dégoûté de sa promenade avant même de
l'avoir faite.

---

1   *café Tortoni* : café-concert célèbre.

Il se demanda : «Qu'ai-je donc ce soir ?» Et il se mit à cher-
800 cher dans son souvenir quelle contrariété avait pu l'atteindre,
comme on interroge un malade pour trouver la cause de sa
fièvre.

Il avait l'esprit excitable et réfléchi en même temps, il s'emballait, puis raisonnait, approuvait ou blâmait ses élans ;
805 mais chez lui la nature première demeurait en dernier lieu
la plus forte, et l'homme sensitif dominait toujours l'homme
intelligent.

Donc il cherchait d'où lui venait cet énervement, ce
besoin de mouvement sans avoir envie de rien, ce désir de
810 rencontrer quelqu'un pour n'être pas du même avis, et aussi
ce dégoût pour les gens qu'il pourrait voir et pour les choses
qu'ils pourraient lui dire.

Et il se posa cette question : «Serait-ce l'héritage de Jean ?»

Oui, c'était possible, après tout. Quand le notaire avait
815 annoncé cette nouvelle, il avait senti son cœur battre un
peu plus fort. Certes, on n'est pas toujours maître de soi, et
on subit des émotions spontanées et persistantes, contre
lesquelles on lutte en vain.

Il se mit à réfléchir profondément à ce problème physio-
820 logique[1] de l'impression produite par un fait sur l'être
instinctif[2] et créant en lui un courant d'idées et de sensations
douloureuses ou joyeuses, contraires à celles que désire,
qu'appelle, que juge bonnes et saines l'être pensant, devenu
supérieur à lui-même par la culture de son intelligence.
825 Il cherchait à concevoir l'état d'âme du fils qui hérite
d'une grosse fortune, qui va goûter, grâce à elle, beaucoup
de joies désirées depuis longtemps et interdites par l'avarice
d'un père, aimé pourtant et regretté.

---

1 *problème physiologique* : trouble fonctionnel d'ordre physique.
2 *être instinctif* : ici l'être humain n'est considéré que sous son aspect animal, d'où le
   concept d'instinct. Ces considérations médicales et scientifiques étaient très à la mode
   à cette époque.

Il se leva et se remit à marcher vers le bout de la jetée[§]. Il
830   se sentait mieux, content d'avoir compris, de s'être surpris
lui-même, d'avoir dévoilé l'autre qui est en nous.

«Donc j'ai été jaloux de Jean, pensait-il. C'était vraiment
assez bas, cela ! J'en suis sûr maintenant, car la première idée
qui m'est venue est celle de son mariage avec Mme Rosémilly.
835   Je n'aime pourtant pas cette petite dinde raisonnable, bien
faite pour dégoûter du bon sens et de la sagesse. C'est donc
de la jalousie gratuite, l'essence même de la jalousie, celle
qui est parce qu'elle est ! Faut soigner cela !»

Il arrivait devant le mât des signaux qui indique la hau-
840   teur de l'eau dans le port, et il alluma une allumette pour
lire la liste des navires signalés au large et devant entrer à la
prochaine marée. On attendait des steamers[§] du Brésil, de
La Plata, du Chili et du Japon, deux bricks[§] danois, une
goélette norvégienne et un vapeur turc, ce qui surprit Pierre
845   autant que s'il avait lu «un vapeur suisse» ; et il aperçut dans
une sorte de songe bizarre un grand vaisseau couvert
d'hommes en turban, qui montaient dans les cordages avec
de larges pantalons.

«Que c'est bête, pensait-il ; le peuple turc est pourtant un
850   peuple marin.»

Ayant fait encore quelques pas, il s'arrêta pour contempler la rade[1]. Sur sa droite, au-dessus de Sainte-Adresse, les
deux phares électriques du cap de la Hève, semblables à
deux cyclopes monstrueux et jumeaux, jetaient sur la mer
855   leurs longs et puissants regards. Partis des deux foyers
voisins, les deux rayons parallèles, pareils aux queues
géantes de deux comètes, descendaient, suivant une pente
droite et démesurée, du sommet de la côte au fond de l'horizon. Puis sur les deux jetées[§], deux autres feux, enfants de ces
860   colosses, indiquaient l'entrée du Havre ; et là-bas, de l'autre
côté de la Seine, on en voyait d'autres encore, beaucoup

---

1   *rade* : grand bassin naturel.

d'autres, fixes ou clignotants, à éclats et à éclipses[1], s'ouvrant
et se fermant comme des yeux, les yeux des ports, jaunes,
rouges, verts, guettant la mer obscure couverte de navires,
865   les yeux vivants de la terre hospitalière disant, rien que par
le mouvement mécanique invariable et régulier de leurs
paupières : «C'est moi. Je suis Trouville, je suis Honfleur, je
suis la rivière de Pont-Audemer.» Et dominant tous les
autres, si haut que, de si loin, on le prenait pour une planète,
870   le phare aérien d'Étouville montrait la route de Rouen, à
travers les bancs de sable de l'embouchure du grand fleuve.

Puis sur l'eau profonde, sur l'eau sans limites, plus sombre que le ciel, on croyait voir, çà et là, des étoiles. Elles
tremblotaient dans la brume nocturne, petites, proches ou
875   lointaines, blanches, vertes ou rouges aussi. Presque toutes
étaient immobiles, quelques-unes, cependant, semblaient
courir ; c'étaient les feux des bâtiments à l'ancre attendant la
marée prochaine, ou des bâtiments en marche venant
chercher un mouillage.

880   Juste à ce moment la lune se leva derrière la ville ; et elle
avait l'air du phare énorme et divin allumé dans le firma-
ment pour guider la flotte infinie des vraies étoiles.

Pierre murmura, presque à haute voix :

«Voilà, et nous nous faisons de la bile pour quatre sous !»
885   Tout près de lui soudain, dans la tranchée large et noire
ouverte entre les jetées[§], une ombre, une grande ombre fantastique, glissa. S'étant penché sur le parapet de granit, il vit
une barque de pêche qui rentrait, sans un bruit de voix, sans
un bruit de flot, sans un bruit d'aviron, doucement poussée
890   par sa haute voile brune tendue à la brise du large.

Il pensa : «Si on pouvait vivre là-dessus, comme on serait
tranquille, peut-être !» Puis ayant fait encore quelques pas,
il aperçut un homme assis à l'extrémité du môle[2].

---

1 *à éclats et à éclipses* : lumières de phares soit à lumière continue soit masquées par
un dispositif qui tourne constamment et crée un effet de clignotement.
2 *môle* : embarcadère, quai. On dit également «jetée».

Un rêveur, un amoureux, un sage, un heureux ou un
895   triste ? Qui était-ce ? Il s'approcha, curieux, pour voir la
figure de ce solitaire ; et il reconnut son frère.

«Tiens, c'est toi, Jean ?

— Tiens… Pierre… Qu'est-ce que tu viens faire ici ?

— Mais je prends l'air. Et toi ?»

900   Jean se mit à rire :

«Je prends l'air également.»

Et Pierre s'assit à côté de son frère.

«Hein, c'est rudement beau ?

— Mais oui.»

905   Au son de la voix il comprit que Jean n'avait rien regardé ;
il reprit :

«Moi, quand je viens ici, j'ai des désirs fous de partir, de
m'en aller avec tous ces bateaux, vers le nord ou vers le sud.
Songe que ces petits feux, là-bas, arrivent de tous les coins
910   du monde, des pays aux grandes fleurs et aux belles filles
pâles ou cuivrées, des pays aux oiseaux-mouches, aux
éléphants, aux lions libres, aux rois nègres[1], de tous les pays
qui sont nos contes de fées à nous qui ne croyons plus à la
Chatte blanche ni à la Belle au bois dormant. Ce serait rude-
915   ment chic de pouvoir s'offrir une promenade par là-bas ;
mais voilà, il faudrait de l'argent, beaucoup…»

Il se tut brusquement, songeant que son frère l'avait
maintenant, cet argent, et que délivré de tout souci, délivré
du travail quotidien, libre, sans entraves, heureux, joyeux, il
920   pouvait aller où bon lui semblerait, vers les blondes
Suédoises ou les brunes Havanaises.

Puis une de ces pensées involontaires, fréquentes chez lui,
si brusques, si rapides, qu'il ne pouvait ni les prévoir, ni les
arrêter, ni les modifier, venues, semblait-il, d'une seconde
925   âme indépendante et violente, le traversa : «Bah ! il est trop
niais, il épousera la petite Rosémilly.»

---

1   *nègres* : ce mot n'est pas péjoratif dans l'usage du XIXe siècle et veut dire simplement «noirs».

Il s'était levé.

«Je te laisse rêver d'avenir ; moi, j'ai besoin de marcher.»

Il serra la main de son frère, et reprit avec un accent très
930 cordial :

«Eh bien, mon petit Jean, te voilà riche ! Je suis bien
content de t'avoir rencontré tout seul ce soir, pour te dire
combien cela me fait plaisir, combien je te félicite et combien
je t'aime.»

935 Jean, d'une nature douce et tendre, très ému, balbutiait :

«Merci… merci… mon bon Pierre, merci.»

Et Pierre s'en retourna, de son pas lent, la canne sous le
bras, les mains derrière le dos.

Lorsqu'il fut rentré dans la ville, il se demanda de nou-
940 veau ce qu'il ferait, mécontent de cette promenade écourtée,
d'avoir été privé de la mer par la présence de son frère.

Il eut une inspiration : «Je vais boire un verre de liqueur[1]
chez le père Marowsko» ; et il remonta vers le quartier
d'Ingouville.

945 Il avait connu le père Marowsko dans les hôpitaux à
Paris. C'était un vieux Polonais, réfugié politique, disait-on,
qui avait eu des histoires terribles là-bas et qui était venu
exercer en France, après nouveaux examens, son métier de
pharmacien. On ne savait rien de sa vie passée ; aussi des
950 légendes avaient-elles couru parmi les internes, les externes,
et plus tard parmi les voisins. Cette réputation de conspirateur[2] redoutable, de nihiliste[3], de régicide[4], de patriote[5] prêt
à tout, échappé à la mort par miracle, avait séduit l'imagination aventureuse et vive de Pierre Roland ; et il était
955 devenu l'ami du vieux Polonais, sans avoir jamais obtenu de

---

1 *liqueur* : boisson sucrée et aromatisée, à base d'alcool ou d'eau de vie.

2 *conspirateur* : celui qui prépare des plans secrets avec d'autres personnes pour
   renverser le pouvoir établi.

3 *nihiliste* : adepte de l'idéologie niant toute valeur à la contrainte exercée sur l'indi-
   vidu et prônant la recherche de la liberté totale.

4 *régicide* : celui qui condamne un roi à mort.

5 *patriote* : celui qui sert sa patrie avec dévouement.

Et Pierre s'assit à côté de son frère.
«Hein, c'est rudement beau ?
— Mais oui.»

Lignes 902 à 904.

Dessin de Geo-Dupuis, gravé par Lemoine,
dans l'édition des *Œuvres complètes illustrées*
de Guy de Maupassant, Paris, Ollendorf.

lui, d'ailleurs, aucun aveu sur son existence ancienne. C'était
encore grâce au jeune médecin que le bonhomme était venu
s'établir au Havre, comptant sur une belle clientèle que le
nouveau docteur lui fournirait.

960   En attendant, il vivait pauvrement dans sa modeste pharmacie, en vendant des remèdes aux petits bourgeois et aux
ouvriers de son quartier.

Pierre allait souvent le voir après dîner et causer une
heure avec lui, car il aimait la figure calme et la rare conver-
965   sation de Marowsko, dont il jugeait profonds les longs
silences.

Un seul bec de gaz[1] brillait au-dessus du comptoir chargé
de fioles. Ceux de la devanture n'avaient point été allumés,
par économie. Derrière ce comptoir, assis sur une chaise
970   et les jambes allongées l'une sur l'autre, un vieux homme[2]
chauve, avec un grand nez d'oiseau qui, continuant son
front dégarni, lui donnait un air triste de perroquet, dormait profondément, le menton sur la poitrine.

Au bruit du timbre, il s'éveilla, se leva, et reconnaissant le
975   docteur, vint au-devant de lui, les mains tendues.

Sa redingote[3] noire, tigrée de taches d'acides et de sirops,
beaucoup trop vaste pour son corps maigre et petit, avait un
aspect d'antique soutane ; et l'homme parlait avec un fort
accent polonais qui donnait à sa voix fluette[4] quelque chose
980   d'enfantin, un zézaiement et des intonations de jeune être
qui commence à prononcer.

Pierre s'assit et Marowsko demanda :

«Quoi de neuf, mon cher docteur ?

— Rien. Toujours la même chose partout.

985   — Vous n'avez pas l'air gai, ce soir.

---

1 *bec de gaz* : on s'éclairait au gaz, du butane ou du propane, que l'on allumait
   directement du bec avec lequel on pouvait régler l'intensité.
2 *vieux homme* : vieil homme (archaïsme).
3 *redingote* : longue veste d'homme croisée, à basques (queues).
4 *fluette* : frêle.

— Je ne le suis pas souvent.

— Allons, allons, il faut secouer cela. Voulez-vous un verre de liqueur[5] ?

— Oui, je veux bien.

990   — Alors je vais vous faire goûter une préparation nouvelle. Voilà deux mois que je cherche à tirer quelque chose de la groseille, dont on n'a fait jusqu'ici que du sirop... eh bien, j'ai trouvé... j'ai trouvé... une bonne liqueur, très bonne, très bonne. »

995   Et ravi, il alla vers une armoire, l'ouvrit et choisit une fiole qu'il apporta. Il remuait et agissait par gestes courts, jamais complets, jamais il n'allongeait le bras tout à fait, n'ouvrait toutes grandes les jambes, ne faisait un mouvement entier et définitif. Ses idées semblaient pareilles à ses

1000 actes ; il les indiquait, les promettait, les esquissait, les suggérait, mais ne les énonçait pas.

Sa plus grande préoccupation dans la vie semblait être d'ailleurs la préparation des sirops et des liqueurs. «Avec un bon sirop ou une bonne liqueur, on fait fortune», disait-il

1005 souvent.

Il avait inventé des centaines de préparations sucrées sans parvenir à en lancer une seule. Pierre affirmait que Marowsko le faisait penser à Marat[1].

Deux petits verres furent pris dans l'arrière-boutique et

1010 apportés sur la planche aux préparations ; puis les deux hommes examinèrent en l'élevant vers le gaz la coloration du liquide.

«Joli rubis ! déclara Pierre.

— N'est-ce pas ? »

1015 La vieille tête de perroquet du Polonais semblait ravie.

Le docteur goûta, savoura, réfléchit, goûta de nouveau, réfléchit encore et se prononça :

---

1   Marat, Jean-Paul (1743-1793). Révolutionnaire français.

«Très bon, très bon, et très neuf comme saveur; une trouvaille, mon cher !

1020   — Ah ! vraiment, je suis bien content.»

Alors Marowsko demanda conseil pour baptiser la liqueur§ nouvelle; il voulait l'appeler «essence de groseille», ou bien «fine groseille», ou bien «groselia», ou bien «groséline».

Pierre n'approuvait aucun de ces noms.

1025   Le vieux eut une idée :

«Ce que vous avez dit tout à l'heure est très bon, très bon : "Joli rubis".»

Le docteur contesta encore la valeur de ce nom, bien qu'il l'eût trouvé, et il conseilla simplement «groseillette», que
1030 Marowsko déclara admirable.

Puis ils se turent et demeurèrent assis quelques minutes, sans prononcer un mot, sous l'unique bec de gaz§.

Pierre, enfin, presque malgré lui :

«Tiens, il nous est arrivé une chose assez bizarre, ce soir.
1035 Un des amis de mon père, en mourant, a laissé sa fortune à mon frère.»

Le pharmacien sembla ne pas comprendre tout de suite, mais, après avoir songé, il espéra que le docteur héritait par moitié. Quand la chose eut été bien expliquée, il parut sur-
1040 pris et fâché; et pour exprimer son mécontentement de voir son jeune ami sacrifié, il répéta plusieurs fois :

«Ça ne fera pas un bon effet.»

Pierre, que son énervement reprenait, voulut savoir ce que Marowsko entendait par cette phrase.

1045   Pourquoi cela ne ferait-il pas un bon effet ? Quel mauvais effet pouvait résulter de ce que son frère héritait la fortune d'un ami de la famille ?

Mais le bonhomme, circonspect^1, ne s'expliqua pas davantage.

---

1 *circonspect* : prudent, réservé.

1050   «Dans ce cas-là on laisse aux deux frères également, je
vous dis que ça ne fera pas un bon effet.»

Et le docteur, impatienté, s'en alla, rentra dans la maison
paternelle et se coucha.

Pendant quelque temps, il entendit Jean qui marchait
1055   doucement dans la chambre voisine, puis il s'endormit
après avoir bu deux verres d'eau.

– III –

Le docteur se réveilla le lendemain avec la résolution bien arrêtée de faire fortune.

Plusieurs fois déjà il avait pris cette détermination sans
1060 en poursuivre la réalité[1]. Au début de toutes ses tentatives de carrière nouvelle, l'espoir de la richesse vite acquise soutenait ses efforts et sa confiance jusqu'au premier obstacle, jusqu'au premier échec qui le jetait dans une voie nouvelle.

Enfoncé dans son lit entre les draps chauds, il méditait.
1065 Combien de médecins étaient devenus millionnaires en peu de temps ! Il suffisait d'un grain de savoir-faire, car, dans le cours de ses études, il avait pu apprécier les plus célèbres professeurs, et il les jugeait des ânes[2]. Certes il valait autant qu'eux, sinon mieux. S'il parvenait par un moyen
1070 quelconque à capter la clientèle élégante et riche du Havre, il pouvait gagner cent mille francs par an avec facilité. Et il calculait, d'une façon précise, les gains assurés. Le matin, il sortirait, il irait chez ses malades. En prenant la moyenne, bien faible, de dix par jour, à vingt francs l'un[3], cela lui
1075 ferait, au minimum, soixante-douze mille francs, par an, même soixante-quinze mille, car le chiffre de dix malades était inférieur à la réalisation certaine. Après midi, il recevrait dans son cabinet une autre moyenne de dix visiteurs à dix francs, soit trente-six mille francs. Voilà donc cent vingt
1080 mille francs, chiffre rond. Les clients anciens et les amis qu'il irait voir à dix francs et qu'il recevrait à cinq francs feraient peut-être sur ce total une légère diminution compensée par les consultations avec d'autres médecins et par tous les petits bénéfices courants de la profession.

---

1 *en poursuivre la réalité* : mettre en œuvre ce projet, concrètement.
2 *ânes* : idiots.
3 *l'un* : chacun.

1085   Rien de plus facile que d'arriver là avec de la réclame[1]
habile, des échos[2] dans *Le Figaro* indiquant que le corps
scientifique parisien avait les yeux sur lui, s'intéressait à ces
cures[3] surprenantes entreprises par le jeune et modeste
savant havrais. Et il serait plus riche que son frère, plus riche
1090 et célèbre, et content de lui-même, car il ne devrait sa fortune qu'à lui; et il se montrerait généreux pour ses vieux
parents, justement fiers de sa renommée. Il ne se marierait
pas, ne voulant point encombrer son existence d'une femme
unique et gênante, mais il aurait des maîtresses parmi ses
1095 clientes les plus jolies.

Il se sentait si sûr du succès, qu'il sauta hors du lit comme
pour le saisir tout de suite, et il s'habilla afin d'aller chercher
par la ville l'appartement qui lui convenait.

Alors, en rôdant à travers les rues, il songea combien sont
1100 légères les causes déterminantes de nos actions. Depuis trois
semaines, il aurait pu, il aurait dû prendre cette résolution
née brusquement en lui, sans aucun doute, à la suite de
l'héritage de son frère.

Il s'arrêtait devant les portes où pendait un écriteau
1105 annonçant soit un bel appartement, soit un riche appartement à louer, les indications sans adjectif le laissant toujours
plein de dédain. Alors il visitait avec des façons hautaines,
mesurait la hauteur des plafonds, dessinait sur son calepin
le plan pour les communications, la disposition des issues,
1110 annonçait qu'il était médecin et qu'il recevait beaucoup. Il
fallait que l'escalier fût large et bien tenu; il ne pouvait
monter d'ailleurs au-dessus du premier étage.

Après avoir noté sept ou huit adresses et griffonné deux
cents renseignements, il rentra pour déjeuner avec un quart
1115 d'heure de retard.

---

1   *réclame* : publicité.
2   *échos* : faits divers d'intérêt public, à la limite du potin.
3   *cures* : traitements médicaux.

Dès le vestibule, il entendit un bruit d'assiettes. On mangeait donc sans lui. Pourquoi ? Jamais on n'était aussi exact dans la maison. Il fut froissé, mécontent, car il était un peu susceptible. Dès qu'il entra, Roland lui dit :

1120 «Allons, Pierre, dépêche-toi, sacrebleu ! Tu sais que nous allons à deux heures chez le notaire. Ce n'est pas le jour de musarder[1].»

Le docteur s'assit, sans répondre, après avoir embrassé sa mère et serré la main de son père et de son frère ; et il prit
1125 dans le plat creux, au milieu de la table, la côtelette réservée pour lui. Elle était froide et sèche. Ce devait être la plus mauvaise. Il pensa qu'on aurait pu la laisser dans le fourneau jusqu'à son arrivée, et ne pas perdre la tête au point d'oublier complètement l'autre fils, le fils aîné. La
1130 conversation, interrompue par son entrée, reprit au point où il l'avait coupée.

«Moi, disait à Jean Mme Roland, voici ce que je ferais tout de suite. Je m'installerais richement, de façon à frapper l'œil, je me montrerais dans le monde, je monterais à cheval, et je
1135 choisirais une ou deux causes intéressantes pour les plaider et me bien poser[2] au Palais[3]. Je voudrais être une sorte d'avocat amateur très recherché. Grâce à Dieu, te voici à l'abri du besoin, et si tu prends une profession, en somme, c'est pour ne pas perdre le fruit de tes études et parce qu'un
1140 homme ne doit jamais rester à rien faire.»

Le père Roland, qui pelait une poire, déclara :

«Cristi ! à ta place, c'est moi qui achèterais un joli bateau, un cotre[4] sur le modèle de nos pilotes[§]. J'irais jusqu'au Sénégal, avec ça.»

1145 Pierre, à son tour, donna son avis. En somme, ce n'était pas la fortune qui faisait la valeur morale, la valeur

---

1 *musarder* : perdre son temps, flâner.
2 *me bien poser* : être reconnu, me faire un nom (syntaxe vieillie).
3 *Palais* : palais de justice.
4 *cotre* : navire à un mât.

intellectuelle d'un homme. Pour les médiocres elle n'était qu'une cause d'abaissement, tandis qu'elle mettait au contraire un levier puissant aux mains des forts. Ils étaient rares d'ailleurs, ceux-là. Si Jean était vraiment un homme supérieur, il le pourrait montrer maintenant qu'il se trouvait à l'abri du besoin. Mais il lui faudrait travailler cent fois plus qu'il ne l'aurait fait en d'autres circonstances. Il ne s'agissait pas de plaider pour ou contre la veuve et l'orphelin et d'empocher tant d'écus pour tout procès gagné ou perdu, mais de devenir un jurisconsulte[1] éminent[2], une lumière du droit.

Et il ajouta comme conclusion :

«Si j'avais de l'argent, moi, j'en découperais, des cadavres !»

Le père Roland haussa les épaules :

«Tra la la ! Le plus sage dans la vie c'est de se la couler douce. Nous ne sommes pas des bêtes de peine, mais des hommes. Quand on naît pauvre, il faut travailler ; eh bien, tant pis, on travaille ; mais quand on a des rentes, sacristi ! il faudrait être jobard[3] pour s'esquinter le tempérament[4].»

Pierre répondit avec hauteur :

«Nos tendances ne sont pas les mêmes ! Moi, je ne respecte au monde que le savoir et l'intelligence, tout le reste est méprisable.»

Mme Roland s'efforçait toujours d'amortir les heurts incessants entre le père et le fils ; elle détourna donc la conversation, et parla d'un meurtre qui avait été commis, la semaine précédente, à Bolbec-Nointot. Les esprits aussitôt furent occupés par les circonstances environnant le forfait, et attirés par l'horreur intéressante, par le mystère attrayant des crimes, qui, même vulgaires, honteux et répugnants,

---

1 *jurisconsulte* : personne qui fait profession de donner des avis sur des questions juridiques.

2 *éminent* : remarquable, d'ordre supérieur.

3 *jobard* : crédule, niais, naïf.

4 *s'esquinter le tempérament* : se fatiguer à s'en rendre souffrant.

exercent sur la curiosité humaine une étrange et générale fascination.

De temps en temps, cependant, le père Roland tirait sa montre :

«Allons, dit-il, il va falloir se mettre en route.»

Pierre ricana :

«Il n'est pas encore une heure. Vrai, ça n'était point la peine de me faire manger une côtelette froide.

— Viens-tu chez le notaire ?» demanda sa mère.

Il répondit sèchement :

«Moi, non, pour quoi faire ? Ma présence est fort inutile.»

Jean demeurait silencieux comme s'il ne s'agissait point de lui. Quand on avait parlé du meurtre de Bolbec, il avait émis, en juriste, quelques idées et développé quelques considérations sur les crimes et sur les criminels. Maintenant, il se taisait de nouveau, mais la clarté de son œil, la rougeur animée de ses joues, jusqu'au luisant de sa barbe, semblaient proclamer son bonheur.

Après le départ de sa famille, Pierre, se trouvant seul de nouveau, recommença ses investigations du matin à travers les appartements à louer. Après deux ou trois heures d'escaliers montés et descendus, il découvrit enfin, sur le boulevard François-Ier, quelque chose de joli : un grand entresol[1] avec deux portes sur des rues différentes, deux salons, une galerie vitrée où les malades, en attendant leur tour, se promèneraient au milieu des fleurs, et une délicieuse salle à manger en rotonde[2] ayant vue sur la mer.

Au moment de louer, le prix de trois mille francs l'arrêta, car il fallait payer d'avance le premier terme, et il n'avait rien, pas un sou devant lui.

La petite fortune amassée par son père s'élevait à peine à huit mille francs de rentes, et Pierre se faisait ce reproche

---

1 *entresol* : demi-étage situé entre le rez-de-chaussée et le premier étage.

2 *en rotonde* : de forme circulaire.

d'avoir mis souvent ses parents dans l'embarras par ses lon-
1210 gues hésitations dans le choix d'une carrière, ses tentatives
toujours abandonnées et ses continuels recommencements
d'études. Il partit donc en promettant une réponse avant
deux jours ; et l'idée lui vint de demander à son frère ce
premier trimestre, ou même le semestre, soit quinze cents
1215 francs, dès que Jean serait en possession de son héritage.

«Ce sera un prêt de quelques mois à peine, pensait-il. Je
le rembourserai peut-être même avant la fin de l'année.
C'est tout simple, d'ailleurs, et il sera content de faire cela
pour moi.»
1220 Comme il n'était pas encore quatre heures, et qu'il n'avait
rien à faire, absolument rien, il alla s'asseoir dans le Jardin
public ; et il demeura longtemps sur son banc, sans idées, les
yeux à terre, accablé par une lassitude qui devenait de la
détresse.
1225 Tous les jours précédents, depuis son retour dans la
maison paternelle, il avait vécu ainsi pourtant, sans souffrir
aussi cruellement du vide de l'existence et de son inaction.
Comment avait-il donc passé son temps du lever jusqu'au
coucher ?
1230 Il avait flâné sur la jetée§ aux heures de marée, flâné par
les rues, flâné dans les cafés, flâné chez Marowsko, flâné
partout. Et voilà que, tout à coup, cette vie, supportée
jusqu'ici, lui devenait odieuse, intolérable. S'il avait eu
quelque argent il aurait pris une voiture pour faire une lon-
1235 gue promenade dans la campagne, le long des fossés de ferme
ombragés de hêtres et d'ormes ; mais il devait compter le
prix d'un bock ou d'un timbre-poste, et ces fantaisies-là ne lui
étaient point permises. Il songea soudain combien il est dur,
à trente ans passés, d'être réduit à demander, en rougissant,
1240 un louis[1] à sa mère, de temps en temps ; et il murmura, en
grattant la terre du bout de sa canne :

---

1 *louis* : pièce de vingt francs.

«Cristi ! si j'avais de l'argent !»

Et la pensée de l'héritage de son frère entra en lui de
nouveau, à la façon d'une piqûre de guêpe ; mais il la chassa
avec impatience, ne voulant point s'abandonner sur cette
pente de jalousie.

Autour de lui des enfants jouaient dans la poussière des
chemins. Ils étaient blonds avec de longs cheveux, et ils
faisaient d'un air très sérieux, avec une attention grave, de
petites montagnes de sable pour les écraser ensuite d'un
coup de pied.

Pierre était dans un de ces jours mornes où on regarde
dans tous les coins de son âme, où on en secoue tous les plis.

«Nos besognes ressemblent aux travaux de ces mioches[1]»,
pensait-il. Puis il se demanda si le plus sage dans la vie
n'était pas encore d'engendrer deux ou trois de ces petits
êtres inutiles et de les regarder grandir avec complaisance et
curiosité. Et le désir du mariage l'effleura. On n'est pas si
perdu, n'étant plus seul. On entend au moins remuer
quelqu'un près de soi aux heures de trouble et d'incertitude,
c'est déjà quelque chose de dire «tu» à une femme, quand
on souffre.

Il se mit à songer aux femmes.

Il les connaissait très peu, n'ayant eu au Quartier latin
que des liaisons de quinzaine, rompues quand était mangé
l'argent du mois, et renouées ou remplacées le mois suivant.
Il devait exister, cependant, des créatures très bonnes, très
douces et très consolantes. Sa mère n'avait-elle pas été la
raison et le charme du foyer paternel ? Comme il aurait
voulu connaître une femme, une vraie femme !

Il se releva tout à coup avec la résolution d'aller faire une
petite visite à Mme Rosémilly.

Puis il se rassit brusquement. Elle lui déplaisait, celle-là !
Pourquoi ? Elle avait trop de bon sens vulgaire et bas ; et puis,

---

1 *mioches* : enfants (familier).

[…] il demeura longtemps sur son banc, sans idées, les yeux à terre, accablé par une lassitude qui devenait de la détresse.

Lignes 1222 à 1224.

Dessin de Geo-Dupuis, gravé par Lemoine, dans l'édition des Œuvres complètes illustrées de Guy de Maupassant, Paris, Ollendorf.

1275 ne semblait-elle pas lui préférer Jean ? Sans se l'avouer à
lui-même d'une façon nette, cette préférence entrait pour
beaucoup dans sa mésestime pour l'intelligence de la veuve,
car, s'il aimait son frère, il ne pouvait s'abstenir de le juger
un peu médiocre et de se croire supérieur.

1280 Il n'allait pourtant point rester là jusqu'à la nuit, et,
comme la veille au soir, il se demanda anxieusement : «Que
vais-je faire ?»

Il se sentait maintenant à l'âme un besoin de s'attendrir,
d'être embrassé et consolé. Consolé de quoi ? Il ne l'aurait

1285 su dire, mais il était dans une de ces heures de faiblesse et
de lassitude où la présence d'une femme, la caresse d'une
femme, le toucher d'une main, le frôlement d'une robe, un
doux regard noir ou bleu semblent indispensables et tout de
suite, à notre cœur.

1290 Et le souvenir lui vint d'une petite bonne de brasserie
ramenée un soir chez elle et revue de temps en temps.

Il se leva donc de nouveau pour aller boire un bock
avec cette fille. Que lui dirait-il ? Que lui dirait-elle ? Rien,
sans doute. Qu'importe ? il lui tiendrait la main quelques

1295 secondes ! Elle semblait avoir du goût pour lui. Pourquoi
donc ne la voyait-il pas plus souvent ?

Il la trouva sommeillant sur une chaise dans la salle de
brasserie presque vide. Trois buveurs fumaient leurs pipes,
accoudés aux tables de chêne, la caissière lisait un roman,

1300 tandis que le patron, en manches de chemise, dormait tout
à fait sur la banquette.

Dès qu'elle l'aperçut, la fille se leva vivement et, venant à
lui :

«Bonjour, comment allez-vous ?

1305 — Pas mal, et toi ?

— Moi, très bien. Comme vous êtes rare[1].

---

1 *vous êtes rare* : on ne vous voit pas souvent.

— Oui, j'ai très peu de temps à moi. Tu sais que je suis médecin.

— Tiens, vous ne me l'aviez pas dit. Si j'avais su, j'ai été souffrante la semaine dernière, je vous aurais consulté. Qu'est-ce que vous prenez ?

— Un bock, et toi ?

— Moi, un bock aussi, puisque tu me le paies. »

Et elle continua à le tutoyer comme si l'offre de cette consommation en avait été la permission tacite. Alors, assis face à face, ils causèrent. De temps en temps elle lui prenait la main avec cette familiarité facile des filles dont la caresse est à vendre, et le regardant avec des yeux engageants elle lui disait :

«Pourquoi ne viens-tu pas plus souvent ? Tu me plais beaucoup, mon chéri. »

Mais déjà il se dégoûtait d'elle, la voyait bête, commune, sentant le peuple. Les femmes, se disait-il, doivent nous apparaître dans un rêve ou dans une auréole de luxe qui poétise leur vulgarité.

Elle lui demandait :

«Tu es passé l'autre matin avec un beau blond à grande barbe, est-ce ton frère ?

— Oui, c'est mon frère.

— Il est rudement joli garçon.

— Tu trouves ?

— Mais oui, et puis il a l'air d'un bon vivant. »

Quel étrange besoin le poussa tout à coup à raconter à cette servante de brasserie l'héritage de Jean ? Pourquoi cette idée, qu'il rejetait de lui lorsqu'il se trouvait seul, qu'il repoussait par crainte du trouble apporté dans son âme, lui vint-elle aux lèvres en cet instant, et pourquoi la laissa-t-il couler, comme s'il eût eu besoin de vider de nouveau devant quelqu'un son cœur gonflé d'amertume ?

Il dit en croisant ses jambes :

«Il a joliment de la chance, mon frère, il vient d'hériter de vingt mille francs de rente. »

Elle ouvrit tout grands ses yeux bleus et cupides[1] :

« Oh ! et qui est-ce qui lui a laissé cela, sa grand-mère ou bien sa tante ?

1345 — Non, un vieil ami de mes parents.

— Rien qu'un ami ? Pas possible ! Et il ne t'a rien laissé, à toi ?

— Non. Moi je le connaissais très peu. »

Elle réfléchit quelques instants, puis, avec un sourire
1350 drôle sur les lèvres :

« Eh bien, il a de la chance, ton frère, d'avoir des amis de cette espèce-là ! Vrai, ça n'est pas étonnant qu'il te ressemble si peu ! »

Il eut envie de la gifler sans savoir au juste pourquoi, et il
1355 demanda, la bouche crispée :

« Qu'est-ce que tu entends par là ? »

Elle avait pris un air bête et naïf :

« Moi, rien. Je veux dire qu'il a plus de chance que toi. »

Il jeta vingt sous sur la table et sortit.

1360 Maintenant il se répétait cette phrase : « Ça n'est pas éton-nant qu'il te ressemble si peu. »

Qu'avait-elle pensé ? Qu'avait-elle sous-entendu dans ces mots ? Certes il y avait là une malice, une méchanceté, une infamie[2]. Oui, cette fille avait dû croire que Jean était le fils
1365 de Maréchal.

L'émotion qu'il ressentit à l'idée de ce soupçon jeté sur sa mère fut si violente qu'il s'arrêta et qu'il chercha d'un œil un endroit pour s'asseoir.

Un autre café se trouvait en face de lui, il y entra, prit une
1370 chaise, et comme le garçon se présentait : « Un bock », dit-il.

Il sentait battre son cœur ; des frissons lui couraient sur la peau. Et tout à coup le souvenir lui vint de ce qu'avait dit

---

1 *cupides* : qui aiment l'argent à l'extrême, avares.

2 *infamie* : déshonneur, honte.

Marowsko la veille : «Ça ne fera pas bon effet.» Avait-il eu la
même pensée, le même soupçon que cette drôlesse[1] ?

1375   La tête penchée sur son bock il regardait la mousse
blanche pétiller et fondre, et il se demandait : «Est-ce possible
qu'on croie une chose pareille ?»

Les raisons qui feraient naître ce doute odieux dans les
esprits lui apparaissaient maintenant l'une après l'autre,
1380 claires, évidentes, exaspérantes. Qu'un vieux garçon sans
héritiers laisse sa fortune aux deux enfants d'un ami, rien de
plus simple et de plus naturel, mais qu'il la donne tout
entière à un seul de ces enfants, certes le monde s'étonnera,
chuchotera et finira par sourire. Comment n'avait-il pas
1385 prévu cela, comment son père ne l'avait-il pas senti, comment sa mère ne l'avait-elle pas deviné ? Non, ils s'étaient
trouvés trop heureux de cet argent inespéré pour que cette
idée les effleurât. Et puis comment ces honnêtes gens
auraient-ils soupçonné une pareille ignominie[2] ?

1390   Mais le public, mais le voisin, le marchand, le fournisseur,
tous ceux qui les connaissaient, n'allaient-ils pas répéter
cette chose abominable, s'en amuser, s'en réjouir, rire de son
père et mépriser sa mère ?

Et la remarque faite par la fille de brasserie que Jean était
1395 blond et lui brun, qu'ils ne se ressemblaient ni de figure,
ni de démarche, ni de tournure, ni d'intelligence, frapperait
maintenant tous les yeux et tous les esprits. Quand on par-
lerait d'un fils Roland on dirait : «Lequel, le vrai ou le faux ?»

Il se leva avec la résolution de prévenir son frère, de
1400 le mettre en garde contre cet affreux danger menaçant
l'honneur de leur mère. Mais que ferait Jean ? Le plus simple, assurément, serait de refuser l'héritage qui irait alors
aux pauvres, et de dire seulement aux amis et connaissances
informés de ce legs[§] que le testament contenait des clauses

---

1 *drôlesse* : femme effrontée, méprisable.
2 *ignominie* : déshonneur extrême causé par un outrage public, une peine, une
   action infamante.

1405 et conditions inacceptables qui auraient fait de Jean, non
pas un héritier, mais un dépositaire[1].

Tout en rentrant à la maison paternelle, il songeait qu'il
devait voir son frère seul, afin de ne point parler devant ses
parents d'un pareil sujet.

1410 Dès la porte il entendit un grand bruit de voix et de rires
dans le salon, et, comme il entrait, il entendit Mme Rosémilly
et le capitaine Beausire, ramenés par son père et gardés à
dîner afin de fêter la bonne nouvelle.

On avait fait apporter du vermouth[2] et de l'absinthe[3] pour
1415 se mettre en appétit, et on s'était mis d'abord en belle humeur.
Le capitaine Beausire, un petit homme tout rond à force
d'avoir roulé sur la mer, et dont toutes les idées semblaient
rondes aussi, comme les galets des rivages, et qui riait avec
des r plein la gorge, jugeait la vie une chose excellente dont
1420 tout était bon à prendre.

Il trinquait avec le père Roland, tandis que Jean présentait aux dames deux nouveaux verres pleins.

Mme Rosémilly refusait, quand le capitaine Beausire, qui
avait connu feu son époux[4], s'écria :

1425 «Allons, allons, Madame, *bis repetita placent*, comme
nous disons en patois, ce qui signifie : "Deux vermouths ne
font jamais mal." Moi, voyez-vous, depuis que je ne navigue
plus, je me donne comme ça, chaque jour, avant dîner, deux
ou trois coups de roulis artificiel ! J'y ajoute un coup de tan-
1430 gage après le café, ce qui me fait grosse mer pour la soirée.
Je ne vais jamais jusqu'à la tempête par exemple, jamais,
jamais, car je crains les avaries.»

Roland, dont le vieux long-courrier[§] flattait la manie
nautique, riait de tout son cœur, la face déjà rouge et l'œil

---

1 *dépositaire* : personne qui reçoit un dépôt, qu'elle doit administrer mais qui ne lui
   appartient pas.
2 *vermouth* : apéritif à base de vin aromatisé de plantes amères et toniques.
3 *absinthe* : liqueur alcoolisée verte, très en vogue à la fin du XIXe siècle.
4 *feu son époux* : son époux décédé. Pour éviter la confusion.

1435 troublé par l'absinthe. Il avait un gros ventre de boutiquier,
rien qu'un ventre où semblait réfugié le reste de son corps,
un de ces ventres mous d'hommes toujours assis qui n'ont
plus ni cuisses, ni poitrine, ni bras, ni cou, le fond de leur
chaise ayant tassé toute leur matière au même endroit.

1440   Beausire, au contraire, bien que court et gros, semblait
plein comme un œuf et dur comme une balle.

Mme Roland n'avait point vidé son premier verre, et, rose
de bonheur, le regard brillant, elle contemplait son fils Jean.

Chez lui maintenant la crise de joie éclatait. C'était une
1445 affaire finie, une affaire signée, il avait vingt mille francs de
rentes. Dans la façon dont il riait, dont il parlait avec une
voix plus sonore, dont il regardait les gens, à ses manières
plus nettes, à son assurance plus grande, on sentait l'aplomb
que donne l'argent.

1450   Le dîner fut annoncé, et comme le vieux Roland allait
offrir son bras à Mme Rosémilly : «Non, non, père, cria sa
femme, aujourd'hui tout est pour Jean.»

Sur la table éclatait un luxe inaccoutumé : devant l'assiette
de Jean, assis à la place de son père, un énorme bouquet
1455 rempli de faveurs[1] de soie, un vrai bouquet de grande cérémonie, s'élevait comme un dôme pavoisé[2], flanqué[3] de quatre
compotiers[4] dont l'un contenait une pyramide de pêches
magnifiques, le second un gâteau monumental gorgé de
crème fouettée et couvert de clochettes de sucre fondu, une
1460 cathédrale en biscuit, le troisième des tranches d'ananas
noyées dans un sirop clair, et le quatrième, luxe inouï, du
raisin noir, venu des pays chauds.

«Bigre ! dit Pierre en s'asseyant, nous célébrons l'avène-
ment de Jean le Riche.»

---

1 *faveurs* : rubans.
2 *pavoisé* : décoré.
3 *flanqué* : accompagné de.
4 *compotiers* : plats en forme de coupe.

1465   Après le potage on offrit du madère[1]; et tout le monde
déjà parlait en même temps. Beausire racontait un dîner
qu'il avait fait à Saint-Domingue à la table d'un général
nègre. Le père Roland l'écoutait, tout en cherchant à glisser
entre les phrases le récit d'un autre repas donné par un de
1470 ses amis, à Meudon, et dont chaque convive avait été quinze
jours malade. Mme Rosémilly, Jean et sa mère faisaient un
projet d'excursion et de déjeuner à Saint-Jouin, dont ils se
promettaient déjà un plaisir infini; et Pierre regrettait de ne
pas avoir dîné seul, dans une gargote[2] au bord de la mer, pour
1475 éviter tout ce bruit, ces rires et cette joie qui l'énervaient.

Il cherchait comment il allait s'y prendre, maintenant,
pour dire à son frère ses craintes et pour le faire renoncer
à cette fortune acceptée déjà, dont il jouissait, dont il se
grisait[3] d'avance. Ce serait dur pour lui, certes, mais il le
1480 fallait : il ne pouvait hésiter, la réputation de leur mère étant
menacée.

L'apparition d'un bar[4] énorme rejeta Roland dans les récits
de pêche. Beausire en narra de surprenantes au Gabon, à
Sainte-Marie de Madagascar et surtout sur les côtes de la
1485 Chine et du Japon, où les poissons ont des figures drôles
comme les habitants. Et il racontait les mines de ces poissons,
leurs gros yeux d'or, leurs ventres bleus ou rouges, leurs
nageoires bizarres, pareilles à des éventails, leur queue
coupée en croissant de lune, en mimant d'une façon si
1490 plaisante que tout le monde riait aux larmes en l'écoutant.

Seul, Pierre paraissait incrédule et murmurait : «On a
bien raison de dire que les Normands sont les Gascons du
Nord[5].»

---

1 *madère* : vin de Madère.
2 *gargote* : restaurant de bas niveau (péjoratif).
3 *grisait* : enivrait.
4 *bar* : poisson à chair très estimée.
5 *Gascons du Nord* : les Normands sont ici associés aux Gascons, qui ont la réputation
   d'être vantards.

Après le poisson vint un vol-au-vent, puis un poulet rôti,
1495 une salade, des haricots verts et un pâté d'alouettes de
Pithiviers. La bonne de Mme Rosémilly aidait au service ; et
la gaieté allait croissant avec le nombre des verres de vin.
Quand sauta le bouchon de la première bouteille de champagne, le père Roland, très excité, imita avec sa bouche le
1500 bruit de cette détonation, puis déclara :

« J'aime mieux ça qu'un coup de pistolet. »

Pierre, de plus en plus agacé, répondit en ricanant :

« Cela est peut-être, cependant, plus dangereux pour toi. »

Roland, qui allait boire, reposa son verre plein sur la table
1505 et demanda :

« Pourquoi donc ? »

Depuis longtemps il se plaignait de sa santé, de lourdeurs,
de vertiges, de malaises constants et inexplicables. Le docteur
reprit :

1510 « Parce que la balle du pistolet peut fort bien passer à côté
de toi, tandis que le verre de vin te passe forcément dans le
ventre.

— Et puis ?

— Et puis il te brûle l'estomac, désorganise le système
1515 nerveux, alourdit la circulation et prépare l'apoplexie dont
sont menacés tous les hommes de ton tempérament. »

L'ivresse croissante de l'ancien bijoutier paraissait dis-
sipée comme une fumée par le vent ; et il regardait son fils
avec des yeux inquiets et fixes, cherchant à comprendre s'il
1520 ne se moquait pas.

Mais Beausire s'écria :

« Ah ! ces sacrés médecins, toujours les mêmes : ne mangez
pas, ne buvez pas, n'aimez pas, et ne dansez pas en rond.
Tout ça fait du bobo à petite santé. Eh bien ! j'ai pratiqué
1525 tout ça, moi, Monsieur, dans toutes les parties du monde,
partout où j'ai pu, et le plus que j'ai pu, et je ne m'en porte
pas plus mal. »

Pierre répondit avec aigreur :

«D'abord, vous, capitaine, vous êtes plus fort que mon
1530 père; et puis tous les viveurs parlent comme vous jusqu'au
jour où… et ils ne reviennent pas le lendemain dire au
médecin prudent : «Vous aviez raison, docteur.» Quand je
vois mon père faire ce qu'il y a de plus mauvais et de plus
dangereux pour lui, il est bien naturel que je le prévienne. Je
1535 serais un mauvais fils si j'agissais autrement.»

Mme Roland, désolée, intervint à son tour :

«Voyons, Pierre, qu'est-ce que tu as ? Pour une fois, ça ne
lui fera pas de mal. Songe quelle fête pour lui, pour nous. Tu
vas gâter tout son plaisir et nous chagriner tous. C'est vilain,
1540 ce que tu fais là !»

Il murmura en haussant les épaules :

«Qu'il fasse ce qu'il voudra, je l'ai prévenu.»

Mais le père Roland ne buvait pas. Il regardait son verre,
son verre plein de vin lumineux et clair, dont l'âme légère,
1545 l'âme enivrante s'envolait par petites bulles venues du fond
et montant, pressées et rapides, s'évaporer à la surface; il le
regardait avec une méfiance de renard qui trouve une poule
morte et flaire un piège.

Il demanda, en hésitant :

1550 «Tu crois que ça me ferait beaucoup de mal ?»

Pierre eut un remords et se reprocha de faire souffrir les
autres de sa mauvaise humeur.

«Non, va, pour une fois, tu peux le boire; mais n'en abuse
point et n'en prends pas l'habitude.»

1555 Alors le père Roland leva son verre sans se décider encore
à le porter à sa bouche. Il le contemplait douloureusement,
avec envie et avec crainte; puis il le flaira, le goûta, le but par
petits coups, en les savourant, le cœur plein d'angoisse, de
faiblesse et de gourmandise, puis de regrets, dès qu'il eut
1560 absorbé la dernière goutte.

Pierre, soudain, rencontra l'œil de Mme Rosémilly; il était
fixé sur lui, limpide et bleu, clairvoyant et dur. Et il sentit, il
pénétra, il devina la pensée nette qui animait ce regard, la

pensée irritée de cette petite femme à l'esprit simple et droit,
1565 car ce regard disait : «Tu es jaloux, toi. C'est honteux, cela.»

Il baissa la tête en se remettant à manger.

Il n'avait pas faim, il trouvait tout mauvais. Une envie de
partir le harcelait, une envie de n'être plus au milieu de ces
gens, de ne plus les entendre causer, plaisanter et rire.

1570 Cependant le père Roland, que les fumées du vin recommençaient à troubler, oubliait déjà les conseils de son fils
et regardait d'un œil oblique et tendre une bouteille de
champagne presque pleine encore à côté de son assiette. Il
n'osait la toucher, par crainte d'admonestation[1] nouvelle, et
1575 il cherchait par quelle malice, par quelle adresse, il pourrait
s'en emparer sans éveiller les remarques de Pierre. Une ruse
lui vint, la plus simple de toutes : il prit la bouteille avec
nonchalance[2] et, la tenant par le fond, tendit le bras à travers
la table pour emplir d'abord le verre du docteur qui était
1580 vide ; puis il fit le tour des autres verres, et quand il en vint
au sien il se mit à parler très haut, et s'il versa quelque chose
dedans on eût juré certainement que c'était par inadvertance[3]. Personne d'ailleurs n'y fit attention.

Pierre, sans y songer, buvait beaucoup. Nerveux et agacé,
1585 il prenait à tout instant, et portait à ses lèvres d'un geste
inconscient la longue flûte de cristal où l'on voyait courir les
bulles dans le liquide vivant et transparent. Il le faisait alors
couler très lentement dans sa bouche pour sentir la petite
piqûre sucrée du gaz évaporé sur sa langue.

1590 Peu à peu une chaleur douce emplit son corps. Partie
du ventre, qui semblait en être le foyer, elle gagnait la
poitrine, envahissait les membres, se répandait dans toute
sa chair, comme une onde tiède et bienfaisante portant de
la joie avec elle. Il se sentait mieux, moins impatient, moins
1595 mécontent ; et sa résolution de parler à son frère ce soir-là

---

1 *admonestation* : réprimande.
2 *nonchalance* : lenteur, mollesse.
3 *par inadvertance* : sans faire exprès.

même s'affaiblissait, non pas que la pensée d'y renoncer
l'eût effleuré, mais pour ne point troubler si vite le bien-être
qu'il sentait en lui.

Beausire se leva afin de porter un toast.

1600   Ayant salué à la ronde, il prononça :

«Très gracieuses dames, Messeigneurs, nous sommes
réunis pour célébrer un événement heureux qui vient de
frapper un de nos amis. On disait autrefois que la fortune[1]
était aveugle, je crois qu'elle était simplement myope ou ma-
1605   licieuse et qu'elle vient de faire emplette d'une[2] excellente
jumelle marine, qui lui a permis de distinguer dans le port
du Havre le fils de notre brave camarade Roland, capitaine
de la *Perle*.»

Des bravos jaillirent des bouches, soutenus par des batte-
1610   ments de mains ; et Roland père se leva pour répondre.

Après avoir toussé, car il sentait sa gorge grasse et sa
langue un peu lourde, il bégaya :

«Merci, capitaine, merci pour moi et mon fils. Je n'oublierai jamais votre conduite en cette circonstance. Je bois à
1615   vos désirs.»

Il avait les yeux et le nez pleins de larmes, et il se rassit, ne
trouvant plus rien.

Jean, qui riait, prit la parole à son tour :

«C'est moi, dit-il, qui dois remercier ici les amis dévoués,
1620   les amis excellents (il regardait Mme Rosémilly), qui me donnent aujourd'hui cette preuve touchante de leur affection.
Mais ce n'est point par des paroles que je peux leur
témoigner ma reconnaissance. Je la leur prouverai demain,
à tous les instants de ma vie, toujours, car notre amitié n'est
1625   point de celles qui passent.»

Sa mère, fort émue, murmura :

«Très bien, mon enfant.»

---

1 *fortune* : dans le sens de chance, de providence, pas seulement d'argent.
2 *faire emplette d'une* : s'acheter une.

« *Merci, capitaine, merci pour moi et mon fils.*
Je n'oublierai jamais votre conduite en cette circonstance.
Je bois à vos désirs. »

Lignes 1613 à 1615.

Dessin de Geo-Dupuis, gravé par Lemoine,
dans l'édition des Œuvres complètes illustrées
de Guy de Maupassant, Paris, Ollendorf.

Mais Beausire s'écriait :

«Allons, madame Rosémilly, parlez au nom du beau
sexe[1].»

Elle leva son verre, et, d'une voix gentille, un peu nuancée
de tristesse :

«Moi, dit-elle, je bois à la mémoire bénie de M. Maréchal.»

Il y eut quelques secondes d'accalmie, de recueillement
décent, comme après une prière, et Beausire, qui avait le
compliment coulant, fit cette remarque :

«Il n'y a que les femmes pour trouver de ces délicatesses.»

Puis se tournant vers Roland père :

«Au fond, qu'est-ce que c'était que ce Maréchal ? Vous
étiez donc bien intimes avec lui ?»

Le vieux, attendri par l'ivresse, se mit à pleurer, et d'une
voix bredouillante :

«Un frère… vous savez… un de ceux qu'on ne retrouve
plus… nous ne nous quittions pas… il dînait à la maison
tous les soirs… et il nous payait de petites fêtes au théâtre…
je ne vous dis que ça… que ça… que ça… Un ami, un
vrai… un vrai… n'est-ce pas, Louise ?»

Sa femme répondit simplement :

«Oui, c'était un fidèle ami.»

Pierre regardait son père et sa mère, mais comme on
parla d'autre chose, il se remit à boire.

De la fin de cette soirée il n'eut guère de souvenir. On
avait pris le café, absorbé des liqueurs[§], et beaucoup ri en
plaisantant. Puis il se coucha, vers minuit, l'esprit confus et
la tête lourde. Et il dormit comme une brute jusqu'à neuf
heures le lendemain.

---

1 *du beau sexe* : des femmes.

– IV –

Ce sommeil baigné de champagne et de chartreuse[1] l'avait sans doute adouci et calmé, car il s'éveilla en des dispositions d'âme très bienveillantes. Il appréciait, pesait et
660 résumait, en s'habillant, ses émotions de la veille, cherchant à en dégager bien nettement et bien complètement les causes réelles, secrètes, les causes personnelles en même temps que les causes extérieures.

Il se pouvait en effet que la fille de brasserie eût eu une
665 mauvaise pensée, une vraie pensée de prostituée[2], en apprenant qu'un seul des fils Roland héritait d'un inconnu ; mais ces créatures-là n'ont-elles pas toujours des soupçons pareils, sans l'ombre d'un motif, sur toutes les honnêtes femmes ? Ne les entend-on pas, chaque fois qu'elles parlent,
670 injurier, calomnier, diffamer toutes celles qu'elles devinent irréprochables ? Chaque fois qu'on cite devant elles une personne inattaquable, elles se fâchent, comme si on les outrageait, et s'écrient : « Ah ! tu sais, je les connais tes femmes mariées, c'est du propre ! Elles ont plus d'amants
675 que nous, seulement elles les cachent parce qu'elles sont hypocrites. Ah ! oui, c'est du propre ! »

En toute autre occasion il n'aurait certes pas compris, pas même supposé possibles des insinuations de cette nature sur sa pauvre mère, si bonne, si simple, si digne. Mais il avait
680 l'âme troublée par ce levain de jalousie qui fermentait en lui. Son esprit surexcité, à l'affût pour ainsi dire, et malgré lui, de tout ce qui pouvait nuire à son frère, avait même peut-être prêté à cette vendeuse de bocks des intentions odieuses qu'elle n'avait pas eues. Il se pouvait que son ima-
685 gination seule, cette imagination qu'il ne gouvernait point,

---

1 *chartreuse* : liqueur alcoolisée aux herbes.
2 *pensée de prostituée* : suivant la théorie que seuls les êtres impurs ont des pensées impures.

qui échappait sans cesse à sa volonté, s'en allait libre, hardie, aventureuse et sournoise dans l'univers infini des idées, et en rapportait parfois d'inavouables, de honteuses, qu'elle cachait en lui, au fond de son âme, dans les replis inson-
1690 dables, comme des choses volées; il se pouvait que cette imagination seule eût créé, inventé cet affreux doute. Son cœur, assurément, son propre cœur avait des secrets pour lui; et ce cœur blessé n'avait-il pas trouvé dans ce doute abominable un moyen de priver son frère de cet héritage
1695 qu'il jalousait? Il se suspectait lui-même, à présent, interrogeant, comme les dévots[1] leur conscience, tous les mystères de sa pensée.

Certes, Mme Rosémilly, bien que son intelligence fût limitée, avait le tact, le flair et le sens subtil des femmes. Or
1700 cette idée ne lui était pas venue, puisqu'elle avait bu, avec une simplicité parfaite, à la mémoire bénie de feu Maréchal. Elle n'aurait point fait cela, elle, si le moindre soupçon l'eût effleurée. Maintenant il ne doutait plus, son mécontentement involontaire de la fortune tombée sur son frère et aussi,
1705 assurément, son amour religieux pour sa mère avaient exalté[2] ses scrupules, scrupules pieux[3] et respectables, mais exagérés.

En formulant cette conclusion, il fut content, comme on l'est d'une bonne action accomplie, et il se résolut à se
1710 montrer gentil pour tout le monde, en commençant par son père dont les manies, les affirmations niaises, les opinions vulgaires et la médiocrité trop visible l'irritaient sans cesse.

Il ne rentra pas en retard à l'heure du déjeuner et il amusa toute sa famille par son esprit et sa bonne humeur.
1715   Sa mère lui disait, ravie:

«Mon Pierrot, tu ne te doutes pas comme tu es drôle et spirituel, quand tu veux bien.»

---

1 *dévots*: personnes sincèrement attachées à la religion et à ses pratiques.
2 *exalté*: exagéré.
3 *pieux*: religieux.

Et il parlait, trouvait des mots, faisait rire par des portraits ingénieux de leurs amis. Beausire lui servit de cible, et un peu

720 Mme Rosémilly, mais d'une façon discrète, pas trop méchante. Et il pensait, en regardant son frère : «Mais défends-la donc, jobard[§]; tu as beau être riche, je t'éclipserai toujours quand il me plaira.»

Au café, il dit à son père :

725 «Est-ce que tu te sers de la *Perle* aujourd'hui ?

— Non, mon garçon.

— Je peux la prendre avec Jean-Bart ?

— Mais oui, tant que tu voudras.»

Il acheta un bon cigare, au premier débit de tabac ren-

730 contré, et il descendit, d'un pied joyeux, vers le port.

Il regardait le ciel clair, lumineux, d'un bleu léger, rafraîchi, lavé par la brise de la mer.

Le matelot Papagris, dit[1] Jean-Bart, sommeillait au fond de la barque qu'il devait tenir prête à sortir tous les jours à

735 midi, quand on n'allait pas à la pêche le matin.

«À nous deux, patron !» cria Pierre.

Il descendit l'échelle de fer du quai et sauta dans l'embarcation.

«Quel vent ? dit-il.

740 — Toujours vent d'amont, m'sieu Pierre. J'avons[2] bonne brise au large.

— Eh bien ! mon père, en route.»

Ils hissèrent la misaine[3], levèrent l'ancre, et le bateau, libre, se mit à glisser lentement vers la jetée sur l'eau calme

745 du port. Le faible souffle d'air venu par les rues tombait sur le haut de la voile, si doucement qu'on ne sentait rien, et la *Perle* semblait animée d'une vie propre, de la vie des barques, poussée par une force mystérieuse cachée en elle.

---

1 *dit* : appelé par tous ou plusieurs.

2 *J'avons* : forme de parler populaire et archaïque, surtout dans les régions maritimes de France, qui s'est transmise au Canada, notamment chez les Acadiens.

3 *misaine* : voile basse du mât de l'avant du navire.

Pierre avait pris la barre[1], et, le cigare aux dents, les jambes
1750 allongées sur le banc, les yeux mi-fermés sous les rayons
aveuglants du soleil, il regardait passer contre lui les grosses
pièces de bois goudronné du brise-lames[2].

Quand ils débouchèrent en pleine mer, en atteignant la
pointe de la jetée[§] nord qui les abritait, la brise, plus fraîche,
1755 glissa sur le visage et sur les mains du docteur comme une
caresse un peu froide, entra dans sa poitrine qui s'ouvrit, en
un long soupir, pour la boire, et, enflant la voile brune qui
s'arrondit, fit s'incliner la *Perle* et la rendit plus alerte.

Jean-Bart tout à coup hissa le foc[3], dont le triangle, plein
1760 de vent, semblait une aile, puis gagnant l'arrière en deux
enjambées il dénoua le tapecul[4] amarré contre son mât.

Alors, sur le flanc de la barque couchée brusquement, et
courant maintenant de toute sa vitesse, ce fut un bruit doux
et vif d'eau qui bouillonne et qui fuit.

1765 L'avant ouvrait la mer, comme le soc d'une charrue folle,
et l'onde soulevée, souple et blanche d'écume, s'arrondissait
et retombait, comme retombe, brune et lourde, la terre
labourée des champs.

À chaque vague rencontrée — elles étaient courtes et rap-
1770 prochées —, une secousse secouait la *Perle* du bout du foc
au gouvernail qui frémissait dans la main de Pierre ; et quand
le vent, pendant quelques secondes, soufflait plus fort, les
flots effleuraient le bordage comme s'ils allaient envahir la
barque. Un vapeur[§] charbonnier de Liverpool était à l'ancre
1775 attendant la marée ; ils allèrent tourner par-derrière, puis ils
visitèrent, l'un après l'autre, les navires en rade[§], puis ils
s'éloignèrent un peu plus pour voir se dérouler la côte.

Pendant trois heures, Pierre, tranquille, calme et content,
vagabonda sur l'eau frémissante, gouvernant, comme une

---

1 *barre* : gouvernail.
2 *brise-lames* : digue à l'avant d'un port.
3 *foc* : voile triangulaire établie à l'avant du navire.
4 *tapecul* : petite voile à l'arrière de certaines embarcations, pour résister à la dérive.

1780 bête ailée, rapide et docile, cette chose de bois et de toile qui
allait et venait à son caprice, sous une pression de ses doigts.

Il rêvassait, comme on rêvasse sur le dos d'un cheval ou
sur le pont d'un bateau, pensant à son avenir, qui serait
beau, et à la douceur de vivre avec intelligence. Dès le lende-
1785 main il demanderait à son frère de lui prêter, pour trois
mois, quinze cents francs afin de s'installer tout de suite
dans le joli appartement du boulevard François-Ier.

Le matelot dit tout à coup :

«V'là d'la brume, m'sieur Pierre, faut rentrer.»

1790 Il leva les yeux et aperçut vers le nord une ombre grise,
profonde et légère, noyant le ciel et couvrant la mer,
accourant vers eux, comme un nuage tombé d'en haut.

Il vira de bord, et, vent arrière, fit route vers la jetée§, suivi
par la brume rapide qui le gagnait. Lorsqu'elle atteignit la
1795 *Perle*, l'enveloppant dans son imperceptible épaisseur, un
frisson de froid courut sur les membres de Pierre, et une
odeur de fumée et de moisissure, l'odeur bizarre des brouillards marins, lui fit fermer la bouche pour ne point goûter
cette nuée humide et glacée. Quand la barque reprit dans le
1800 port sa place accoutumée, la ville entière était ensevelie déjà
sous cette vapeur menue qui, sans tomber, mouillait comme
une pluie et glissait sur les maisons et les rues à la façon
d'un fleuve qui coule.

Pierre, les pieds et les mains gelés, rentra vite et se jeta sur
1805 son lit pour sommeiller jusqu'au dîner.

Lorsqu'il parut dans la salle à manger, sa mère disait à
Jean :

«La galerie sera ravissante. Nous y mettrons des fleurs.
Tu verras. Je me chargerai de leur entretien et de leur renou-
1810 vellement. Quand tu donneras des fêtes, ça aura un coup
d'œil féerique.

— De quoi parlez-vous donc ? demanda le docteur.

— D'un appartement délicieux que je viens de louer
pour ton frère. Une trouvaille, un entresol§ donnant sur deux

1815 rues. Il y a deux salons, une galerie vitrée et une petite salle
      à manger en rotonde§, tout à fait coquette pour un garçon.»
          Pierre pâlit. Une colère lui serrait le cœur.
          «Où est-ce situé, cela ? dit-il.
          — Boulevard François-Ier.»
1820   Il n'eut plus de doutes et s'assit, tellement exaspéré qu'il
      avait envie de crier : «C'est trop fort à la fin ! Il n'y en a donc
      plus que pour lui !»
          Sa mère, radieuse, parlait toujours :
          «Et figure-toi que j'ai eu cela pour deux mille huit cents
1825 francs. On en voulait trois mille, mais j'ai obtenu deux cents
      francs de diminution en faisant un bail de trois, six ou neuf
      ans. Ton frère sera parfaitement là-dedans. Il suffit d'un inté-
      rieur élégant pour faire la fortune d'un avocat. Cela attire le
      client, le séduit, le retient, lui donne du respect et lui fait
1830 comprendre qu'un homme ainsi logé fait payer cher ses
      paroles.»
          Elle se tut quelques secondes, et reprit :
          «Il faudrait trouver quelque chose d'approchant pour toi,
      bien plus modeste puisque tu n'as rien, mais assez gentil[1]
1835 tout de même. Je t'assure que cela te servirait beaucoup.»
          Pierre répondit d'un ton dédaigneux :
          «Oh ! moi, c'est par le travail et la science que j'arriverai.»
          Sa mère insista :
          «Oui, mais je t'assure qu'un joli logement te servirait
1840 beaucoup tout de même.»
          Vers le milieu du repas il demanda tout à coup :
          «Comment l'aviez-vous connu, ce Maréchal ?»
          Le père Roland leva la tête et chercha dans ses souvenirs :
          «Attends, je ne me rappelle plus trop. C'est si vieux. Ah !
1845 oui, j'y suis. C'est ta mère qui a fait sa connaissance dans la
      boutique, n'est-ce pas, Louise ? Il était venu commander

---

1 *gentil* : Maupassant adopte la mode de son époque d'attribuer au mot «gentil»
   divers sens, dont celui ici d'«accueillant», de «sympathique».

quelque chose, et puis il est revenu souvent. Nous l'avons connu comme client avant de le connaître comme ami.»

Pierre, qui mangeait des flageolets[1] et les piquait un à un
1850 avec une pointe de sa fourchette, comme s'il les eût embrochés, reprit:

«À quelle époque ça s'est-il fait, cette connaissance-là?»

Roland chercha de nouveau, mais ne se souvenant plus de rien, il fit appel à la mémoire de sa femme:
1855 «En quelle année, voyons, Louise, tu ne dois pas avoir oublié, toi qui as un si bon souvenir? Voyons, c'était en… en… en cinquante-cinq ou cinquante-six?… Mais cherche donc, tu dois le savoir mieux que moi!»

Elle chercha quelque temps en effet, puis d'une voix sûre
1860 et tranquille:

«C'était en cinquante-huit, mon gros. Pierre avait alors trois ans. Je suis bien certaine de ne pas me tromper, car c'est l'année où l'enfant eut la fièvre scarlatine, et Maréchal, que nous connaissions encore très peu, nous a été d'un
1865 grand secours.»

Roland s'écria:

«C'est vrai, c'est vrai, il a été admirable, même! Comme ta mère n'en pouvait plus de fatigue et que moi j'étais occupé à la boutique, il allait chez le pharmacien chercher
1870 tes médicaments. Vraiment, c'était un brave cœur. Et quand tu as été guéri, tu ne te figures pas comme il fut content et comme il t'embrassait. C'est à partir de ce moment-là que nous sommes devenus de grands amis.»

Et cette pensée brusque, violente, entra dans l'âme de
1875 Pierre comme une balle qui troue et déchire: «Puisqu'il m'a connu le premier, qu'il fut si dévoué pour moi, puisqu'il m'aimait et m'embrassait tant, puisque je suis la cause de sa grande liaison avec mes parents, pourquoi a-t-il laissé toute sa fortune à mon frère et rien à moi?»

---

1 *flageolets*: variété de haricots nains.

1880   Il ne posa plus de questions et demeura sombre, absorbé plutôt que songeur, gardant en lui une inquiétude nouvelle, encore indécise, le germe secret d'un nouveau mal.

Il sortit de bonne heure et se remit à rôder par les rues. Elles étaient ensevelies sous le brouillard qui rendait 1885 pesante, opaque et nauséabonde la nuit. On eût dit une fumée pestilentielle abattue sur la terre. On la voyait passer sur les becs de gaz§ qu'elle paraissait éteindre par moments. Les pavés des rues devenaient glissants comme par les soirs de verglas, et toutes les mauvaises odeurs semblaient sortir 1890 du ventre des maisons, puanteurs des caves, des fosses, des égouts, des cuisines pauvres, pour se mêler à l'affreuse senteur de cette brume errante.

Pierre, le dos arrondi et les mains dans ses poches, ne voulant point rester dehors par ce froid, se rendit chez 1895 Marowsko.

Sous le bec de gaz§ qui veillait pour lui, le vieux pharmacien dormait toujours. En reconnaissant Pierre, qu'il aimait d'un amour de chien fidèle, il secoua sa torpeur, alla chercher deux verres et apporta la groseillette.

1900   «Eh bien! demanda le docteur, où en êtes-vous avec votre liqueur§?»

Le Polonais expliqua comment quatre des principaux cafés de la ville consentaient à la lancer dans la circulation, et comment *Le Phare de la Côte* et *Le Sémaphore havrais* lui 1905 feraient de la réclame en échange de quelques produits pharmaceutiques mis à la disposition des rédacteurs.

Après un long silence, Marowsko demanda si Jean, décidément, était en possession de sa fortune; puis il fit encore deux ou trois questions vagues sur le même sujet. 1910 Son dévouement ombrageux[1] pour Pierre se révoltait de cette préférence. Et Pierre croyait l'entendre penser, devinait, comprenait, lisait dans ses yeux détournés, dans le

---

1   *ombrageux*: sujet à la colère.

Pierre, le dos arrondi et les mains dans ses poches, ne voulant point rester dehors par ce froid, se rendit chez Marowsko.

Lignes 1893 à 1895.

Dessin de Geo-Dupuis, gravé par Lemoine, dans l'édition des *Œuvres complètes illustrées* de Guy de Maupassant, Paris, Ollendorf.

ton hésitant de sa voix, les phrases qui lui venaient aux
lèvres et qu'il ne disait pas, qu'il ne dirait point, lui si
1915 prudent, si timide, si cauteleux[1].

Maintenant il ne doutait plus, le vieux pensait : «Vous
n'auriez pas dû lui laisser accepter cet héritage qui fera mal
parler de votre mère.» Peut-être même croyait-il que Jean
était le fils de Maréchal. Certes il le croyait ! Comment ne le
1920 croirait-il pas, tant la chose devait paraître vraisemblable,
probable, évidente ? Mais lui-même, lui Pierre, le fils, depuis
trois jours ne luttait-il pas de toute sa force, avec toutes les
subtilités de son cœur, pour tromper sa raison, ne luttait-il
pas contre ce soupçon terrible ?

1925 Et de nouveau, tout à coup, le besoin d'être seul pour
songer, pour discuter cela avec lui-même, pour envisager
hardiment, sans scrupules, sans faiblesse, cette chose possible
et monstrueuse, entra en lui si dominateur qu'il se leva sans
même boire son verre de groseillette, serra la main du phar-
1930 macien stupéfait et se replongea dans le brouillard de la rue.

Il se disait : «Pourquoi ce Maréchal a-t-il laissé toute sa
fortune à Jean ?»

Ce n'était plus la jalousie maintenant qui lui faisait chercher cela, ce n'était plus cette envie un peu basse et naturelle
1935 qu'il savait cachée en lui et qu'il combattait depuis trois
jours, mais la terreur d'une chose épouvantable, la terreur
de croire lui-même que Jean, que son frère était le fils de cet
homme !

Non, il ne le croyait pas, il ne pouvait même se poser cette
1940 question criminelle ! Cependant il fallait que ce soupçon si
léger, si invraisemblable, fût rejeté de lui, complètement,
pour toujours. Il lui fallait la lumière, la certitude, il fallait
dans son cœur la sécurité complète, car il n'aimait que sa
mère au monde.

---

1 *cauteleux* : défiant, rusé, hypocrite même.

1945   Et tout seul en errant par la nuit, il allait faire, dans ses souvenirs, dans sa raison, l'enquête minutieuse d'où résulterait l'éclatante vérité. Après cela ce serait fini, il n'y penserait plus, plus jamais. Il irait dormir.

Il songeait : «Voyons, examinons d'abord les faits ; puis je
1950   me rappellerai tout ce que je sais de lui, de son allure avec mon frère et avec moi, je chercherai toutes les causes qui ont pu motiver cette préférence… Il a vu naître Jean ? — oui, mais il me connaissait auparavant. — S'il avait aimé ma mère d'un amour muet et réservé, c'est moi qu'il aurait
1955   préféré puisque c'est grâce à moi, grâce à ma fièvre scarlatine, qu'il est devenu l'ami intime de mes parents. Donc, logiquement, il devait me choisir, avoir pour moi une tendresse plus vive, à moins qu'il n'eût éprouvé pour mon frère, en le voyant grandir, une attraction, une prédilection
1960   instinctives.»

Alors il chercha dans sa mémoire, avec une tension désespérée de toute sa pensée, de toute sa puissance intellectuelle, à reconstituer, à revoir, à reconnaître, à pénétrer l'homme, cet homme qui avait passé devant lui, indifférent
1965   à son cœur, pendant toutes ses années de Paris.

Mais il sentit que la marche, le léger mouvement de ses pas, troublait un peu ses idées, dérangeait leur fixité, affaiblissait leur portée, voilait sa mémoire.

Pour jeter sur le passé et les événements inconnus ce
1970   regard aigu, à qui rien ne devait échapper, il fallait qu'il fût immobile, dans un lieu vaste et vide. Et il se décida à aller s'asseoir sur la jetée[§], comme l'autre nuit.

En approchant du port il entendit vers la pleine mer une plainte lamentable et sinistre, pareille au meuglement d'un
1975   taureau, mais plus longue et plus puissante. C'était le cri d'une sirène, le cri des navires perdus dans la brume.

Un frisson remua sa chair, crispa son cœur, tant il avait retenti dans son âme et dans ses nerfs, ce cri de détresse, qu'il croyait avoir jeté lui-même. Une autre voix semblable

1980 gémit à son tour, un peu plus loin ; puis tout près, la sirène
du port, leur répondant, poussa une clameur déchirante.

Pierre gagna la jetée§ à grands pas, ne pensant plus à rien,
satisfait d'entrer dans ces ténèbres lugubres et mugissantes.

Lorsqu'il se fut assis à l'extrémité du môle§, il ferma les
1985 yeux pour ne point voir les foyers électriques, voilés de
brouillard, qui rendent le port accessible la nuit, ni le feu
rouge du phare sur la jetée sud, qu'on distinguait à peine
cependant. Puis se tournant à moitié, il posa ses coudes sur
le granit et cacha sa figure dans ses mains.

1990 Sa pensée, sans qu'il prononçât ce mot avec ses lèvres,
répétait comme pour l'appeler, pour évoquer et provoquer
son ombre : «Maréchal... Maréchal.» Et dans le noir de ses
paupières baissées, il le vit tout à coup tel qu'il l'avait connu.
C'était un homme de soixante ans, portant en pointe sa
1995 barbe blanche, avec des sourcils épais, tout blancs aussi. Il
n'était ni grand ni petit, avait l'air affable[1], les yeux gris et
doux, le geste modeste, l'aspect d'un brave être, simple et
tendre. Il appelait Pierre et Jean «mes chers enfants», n'avait
jamais paru préférer l'un ou l'autre, et les recevait ensemble
2000 à dîner.

Et Pierre, avec une ténacité de chien qui suit une piste
évaporée, se mit à rechercher les paroles, les gestes, les intonations, les regards de cet homme disparu de la terre. Il le
retrouvait peu à peu, tout entier, dans son appartement de la
2005 rue Tronchet quand il les recevait à sa table, son frère et lui.

Deux bonnes le servaient, vieilles toutes deux, qui avaient
pris, depuis bien longtemps sans doute, l'habitude de dire
«Monsieur Pierre» et «Monsieur Jean».

Maréchal tendait ses deux mains aux jeunes gens, la
2010 droite à l'un, la gauche à l'autre, au hasard de leur entrée.

«Bonjour, mes enfants, disait-il, avez-vous des nouvelles
de vos parents ? Quant à moi, ils ne m'écrivent jamais.»

---

1 *affable* : empreint de bonté.

On causait, doucement et familièrement, de choses ordinaires. Rien de hors ligne dans l'esprit de cet homme, mais beaucoup d'aménité[1], de charme et de grâce. C'était certainement pour eux un bon ami, un de ces bons amis auxquels on ne songe guère parce qu'on les sent très sûrs.

Maintenant les souvenirs affluaient dans l'esprit de Pierre. Le voyant soucieux plusieurs fois, et devinant sa pauvreté d'étudiant, Maréchal lui avait offert et prêté spontanément de l'argent, quelques centaines de francs peut-être, oubliées par l'un et par l'autre et jamais rendues. Donc cet homme l'aimait toujours, s'intéressait toujours à lui, puisqu'il s'inquiétait de ses besoins. Alors… alors pourquoi laisser toute sa fortune à Jean ? Non, il n'avait jamais été visiblement plus affectueux pour le cadet que pour l'aîné, plus préoccupé de l'un que de l'autre, moins tendre en apparence avec celui-ci qu'avec celui-là. Alors… alors… il avait donc eu une raison puissante et secrète de tout donner à Jean — tout — et rien à Pierre ?

Plus il y songeait, plus il revivait le passé des dernières années, plus le docteur jugeait invraisemblable, incroyable cette différence établie entre eux.

Et une souffrance aiguë, une inexprimable angoisse entrée dans sa poitrine, faisait aller son cœur comme une loque agitée. Les ressorts en paraissaient brisés, et le sang y passait à flots, librement, en le secouant d'un ballottement tumultueux.

Alors, à mi-voix, comme on parle dans les cauchemars, il murmura : « Il faut savoir. Mon Dieu, il faut savoir. »

Il cherchait plus loin, maintenant, dans les temps plus anciens où ses parents habitaient Paris. Mais les visages lui échappaient, ce qui brouillait ses souvenirs. Il s'acharnait surtout à retrouver Maréchal avec des cheveux blonds, châtains ou noirs. Il ne le pouvait pas, la dernière figure de

---

1 *aménité* : amabilité charmante.

cet homme, sa figure de vieillard, ayant effacé les autres. Il se rappelait pourtant qu'il était plus mince, qu'il avait la main douce et qu'il apportait souvent des fleurs, très souvent, car son père répétait sans cesse : «Encore des bouquets ! mais
2050 c'est de la folie, mon cher, vous vous ruinerez en roses.»

Maréchal répondait : «Laissez donc, cela me fait plaisir.»

Et soudain l'intonation de sa mère, de sa mère qui souriait et disait : «Merci, mon ami», lui traversa l'esprit, si nette qu'il crut l'entendre. Elle les avait donc prononcés bien souvent,
2055 ces trois mots, pour qu'ils se fussent gravés ainsi dans la mémoire de son fils !

Donc Maréchal apportait des fleurs, lui, l'homme riche, le monsieur, le client, à cette petite boutiquière, à la femme de ce bijoutier modeste. L'avait-il aimée ? Comment serait-
2060 il devenu l'ami de ces marchands s'il n'avait pas aimé la femme ? C'était un homme instruit, d'esprit assez fin. Que de fois il avait parlé poètes et poésie avec Pierre ! Il n'appré-ciait point les écrivains en artiste, mais en bourgeois qui vibre. Le docteur avait souvent souri de ces attendrisse-
2065 ments, qu'il jugeait un peu niais. Aujourd'hui il comprenait que cet homme sentimental n'avait jamais pu, jamais, être l'ami de son père, de son père si positif, si terre à terre, si lourd, pour qui le mot «poésie» signifiait sottise.

Donc, ce Maréchal, jeune, libre, riche, prêt à toutes les ten-
2070 dresses, était entré, un jour, par hasard, dans une boutique, ayant remarqué peut-être la jolie marchande. Il avait acheté, était revenu, avait causé, de jour en jour plus familier, et payant par des acquisitions fréquentes le droit de s'asseoir dans cette maison, de sourire à la jeune femme et de serrer
2075 la main du mari.

Et puis après… après… oh ! mon Dieu… après ?…

Il avait aimé et caressé le premier enfant, l'enfant du bijoutier, jusqu'à la naissance de l'autre, puis il était demeuré impénétrable jusqu'à la mort, puis, son tombeau
2080 fermé, sa chair décomposée, son nom effacé des noms

vivants, tout son être disparu pour toujours, n'ayant plus
rien à ménager, à redouter et à cacher, il avait donné toute
sa fortune au deuxième enfant !... Pourquoi ?... Cet homme
était intelligent... il avait dû comprendre et prévoir qu'il
2085 pouvait, qu'il allait presque infailliblement laisser supposer
que cet enfant était à lui. Donc il déshonorait une femme ?
Comment aurait-il fait cela si Jean n'était point son fils ?

Et soudain un souvenir précis, terrible, traversa l'âme de
Pierre. Maréchal avait été blond, blond comme Jean. Il se
2090 rappelait maintenant un petit portrait miniature vu autrefois, à Paris, sur la cheminée de leur salon, et disparu à
présent. Où était-il ? Perdu, ou caché ? Oh ! s'il pouvait le
tenir rien qu'une seconde ! Sa mère l'avait gardé peut-être
dans le tiroir inconnu où l'on serre les reliques d'amour[1].

2095 Sa détresse, à cette pensée, devint si déchirante qu'il
poussa un gémissement, une de ces courtes plaintes
arrachées à la gorge par les douleurs trop vives. Et soudain,
comme si elle l'eût entendu, comme si elle l'eût compris et
lui eût répondu, la sirène de la jetée[§] hurla tout près de lui.
2100 Sa clameur de monstre surnaturel, plus retentissante que le
tonnerre, rugissement sauvage et formidable fait pour
dominer les voix du vent et des vagues, se répandit dans les
ténèbres sur la mer invisible ensevelie sous les brouillards.

Alors, à travers la brume, proches ou lointains, des cris
2105 pareils s'élevèrent de nouveau dans la nuit. Ils étaient
effrayants, ces appels poussés par les grands paquebots
aveugles.

Puis tout se tut encore.

Pierre avait ouvert les yeux et regardait, surpris d'être là,
2110 réveillé de son cauchemar.

«Je suis fou, pensa-t-il, je soupçonne ma mère.» Et un
flot d'amour et d'attendrissement, de repentir, de prière et

---

1 *reliques d'amour* : le terme «relique» est habituellement relié à un objet religieux
   qu'on vénère. Ici, «reliques d'amour» laisse croire à un amour presque divin ou saint.

de désolation noya son cœur. Sa mère ! La connaissant
comme il la connaissait, comment avait-il pu la suspecter ?
2115 Est-ce que l'âme, est-ce que la vie de cette femme simple,
chaste[1] et loyale, n'étaient pas plus claires que l'eau ? Quand
on l'avait vue et connue, comment ne pas la juger
insoupçonnable ? Et c'était lui, le fils, qui avait douté d'elle !
Oh ! s'il avait pu la prendre en ses bras en ce moment,
2120 comme il l'eût embrassée, caressée, comme il se fût age-
nouillé pour demander grâce !

Elle aurait trompé son père, elle ?... Son père ! Certes,
c'était un brave homme, honorable et probe[2] en affaires,
mais dont l'esprit n'avait jamais franchi l'horizon de sa bou-
2125 tique. Comment cette femme, fort jolie autrefois, il le savait
et on le voyait encore, douée d'une âme délicate,
affectueuse, attendrie, avait-elle accepté comme fiancé et
comme mari un homme si différent d'elle ?

Pourquoi chercher ? Elle avait épousé comme les fillettes
2130 épousent le garçon doté[3] que présentent les parents. Ils
s'étaient installés aussitôt dans leur magasin de la rue Mont-
martre ; et la jeune femme, régnant au comptoir, animée
par l'esprit du foyer nouveau, par ce sens subtil et sacré de
l'intérêt commun qui remplace l'amour et même l'affection
2135 dans la plupart des ménages commerçants de Paris, s'était
mise à travailler avec toute son intelligence active et fine à la
fortune espérée de leur maison. Et sa vie s'était écoulée
ainsi, uniforme, tranquille, honnête, sans tendresse !...

Sans tendresse ?... Était-il possible qu'une femme
2140 n'aimât point ? Une femme jeune, jolie, vivant à Paris, lisant
des livres, applaudissant des actrices mourant de passion sur
la scène, pouvait-elle aller de l'adolescence à la vieillesse sans

---

1 *chaste* : vertu de grande valeur chez une femme, la chasteté est le fait de s'abstenir
   des plaisirs de la chair et des pensées impures.

2 *probe* : droit, honnête.

3 *doté* : qui possède une dot, c'est-à-dire les biens qu'on apporte en se mariant
   (habituellement les jeunes filles).

qu'une fois, seulement, son cœur fût touché ? D'une autre il
ne le croirait pas, — pourquoi le croirait-il de sa mère ?

2145   Certes, elle avait pu aimer, comme une autre ! car
pourquoi serait-elle différente d'une autre, bien qu'elle fût
sa mère ?

Elle avait été jeune, avec toutes les défaillances poétiques
qui troublent le cœur des jeunes êtres ! Enfermée, empri-
2150 sonnée dans la boutique à côté d'un mari vulgaire et parlant
toujours commerce, elle avait rêvé de clairs de lune, de
voyages, de baisers donnés dans l'ombre des soirs. Et puis
un homme, un jour, était entré comme entrent les amoureux dans les livres, et il avait parlé comme eux.

2155   Elle l'avait aimé. Pourquoi pas ? C'était sa mère ! Eh bien !
fallait-il être aveugle et stupide au point de rejeter l'évidence
parce qu'il s'agissait de sa mère ?

S'était-elle donnée ?… Mais oui, puisque cet homme
n'avait pas eu d'autre amie ; — mais oui, puisqu'il était resté
2160 fidèle à la femme éloignée et vieillie, — mais oui, puisqu'il
avait laissé toute sa fortune à son fils, à leur fils !…

Et Pierre se leva, frémissant d'une telle fureur qu'il eût
voulu tuer quelqu'un ! Son bras tendu, sa main grande
ouverte avaient envie de frapper, de meurtrir, de broyer,
2165 d'étrangler ! Qui ? tout le monde, son père, son frère, le
mort, sa mère !

Il s'élança pour rentrer. Qu'allait-il faire ?

Comme il passait devant une tourelle auprès du mât des
signaux, le cri strident de la sirène lui partit dans la figure.
2170 Sa surprise fut si violente qu'il faillit tomber et recula
jusqu'au parapet de granit. Il s'y assit, n'ayant plus de force,
brisé par cette commotion.

Le vapeur[§] qui répondit le premier semblait tout proche
et se présentait à l'entrée, la marée étant haute.

2175   Pierre se retourna et aperçut son œil rouge, terni de
brume. Puis, sous la clarté diffuse des feux électriques du
port, une grande ombre noire se dessina entre les deux

jetées§. Derrière lui, la voix du veilleur, voix enrouée de
vieux capitaine en retraite, criait :

2180   «Le nom du navire ?»

Et dans le brouillard la voix du pilote§ debout sur le pont,
enrouée aussi, répondit :

«*Santa-Lucia.*

— Le pays ?

2185   — Italie.

— Le port ?

— Naples.»

Et Pierre devant ses yeux troublés crut apercevoir le
panache de feu du Vésuve tandis qu'au pied du volcan, des

2190 lucioles voltigeaient dans les bosquets d'orangers de Sorrente
ou de Castellamare ! Que de fois il avait rêvé de ces noms
familiers, comme s'il en connaissait les paysages ! Oh ! s'il
avait pu partir, tout de suite, n'importe où, et ne jamais
revenir, ne jamais écrire, ne jamais laisser savoir ce qu'il était

2195 devenu ! Mais non, il fallait rentrer, rentrer dans la maison
paternelle et se coucher dans son lit.

Tant pis, il ne rentrerait pas, il attendrait le jour. La voix
des sirènes lui plaisait. Il se releva et se mit à marcher
comme un officier qui fait le quart sur un pont.

2200   Un autre navire s'approchait derrière le premier, énorme
et mystérieux. C'était un anglais qui revenait des Indes.

Il en vit venir encore plusieurs, sortant l'un après l'autre
de l'ombre impénétrable. Puis, comme l'humidité du
brouillard devenait intolérable, Pierre se remit en route vers

2205 la ville. Il avait si froid qu'il entra dans un café de matelots
pour boire un grog[1] ; et quand l'eau-de-vie poivrée et
chaude lui eut brûlé le palais et la gorge, il sentit en lui
renaître un espoir.

---

1   *grog* : boisson faite d'eau chaude sucrée et d'eau de vie ou de rhum.

Il s'était trompé, peut-être ? Il la connaissait si bien, sa
2210 déraison vagabonde ! Il s'était trompé sans doute ? Il avait
accumulé les preuves ainsi qu'on dresse un réquisitoire[1]
contre un innocent toujours facile à condamner quand on
veut le croire coupable. Lorsqu'il aurait dormi, il penserait
tout autrement. Alors il rentra pour se coucher, et, à force de
2215 volonté, il finit par s'assoupir.

---

1 *réquisitoire* : discours d'accusation du procureur contre l'accusé (terme juridique).
   Par extension : discours qui énumère les torts, les fautes de quelqu'un.

– V –

Mais le corps du docteur s'engourdit à peine une heure
ou deux dans l'agitation d'un sommeil troublé. Quand il se
réveilla, dans l'obscurité de sa chambre chaude et fermée, il
ressentit, avant même que la pensée se fût rallumée en lui,
2220 cette oppression douloureuse, ce malaise de l'âme que laisse
en nous le chagrin sur lequel on a dormi. Il semble que le
malheur, dont le choc nous a seulement heurté la veille, se
soit glissé, durant notre repos, dans notre chair elle-même,
qu'il meurtrit et fatigue comme une fièvre. Brusquement le
2225 souvenir lui revint, et il s'assit dans son lit.

Alors il recommença lentement, un à un, tous les raisonnements qui avaient torturé son cœur sur la jetée[§] pendant
que criaient les sirènes. Plus il songeait, moins il doutait. Il
se sentait traîné par sa logique, comme par une main qui
2230 attire et étrangle, vers l'intolérable certitude.

Il avait soif, il avait chaud, son cœur battait. Il se leva
pour ouvrir sa fenêtre et respirer, et, quand il fut debout, un
bruit léger lui parvint à travers le mur.

Jean dormait tranquille et ronflait doucement. Il dormait,
2235 lui ! Il n'avait rien pressenti, rien deviné ! Un homme qui
avait connu leur mère lui laissait toute sa fortune. Il prenait
l'argent, trouvant cela juste et naturel.

Il dormait, riche et satisfait, sans savoir que son frère
haletait de souffrance et de détresse. Et une colère se levait
2240 en lui contre ce ronfleur insouciant et content.

La veille, il eût frappé contre sa porte, serait entré, et,
assis près du lit, lui aurait dit dans l'effarement de son réveil
subit : «Jean, tu ne dois pas garder ce legs[§] qui pourrait
demain faire suspecter notre mère et la déshonorer.»

2245 Mais aujourd'hui il ne pouvait plus parler, il ne pouvait
pas dire à Jean qu'il ne le croyait point le fils de leur père. Il
fallait à présent garder, enterrer en lui cette honte découverte

par lui, cacher à tous la tache aperçue, et que personne ne devait découvrir, pas même son frère, surtout son frère.

2250 Il ne songeait plus guère maintenant au vain respect de l'opinion publique. Il aurait voulu que tout le monde accusât sa mère pourvu qu'il la sût innocente, lui, lui seul ! Comment pourrait-il supporter de vivre près d'elle, tous les jours, et de croire, en la regardant, qu'elle avait enfanté son
2255 frère de la caresse d'un étranger ?

Comme elle était calme et sereine pourtant, comme elle paraissait sûre d'elle ! Était-il possible qu'une femme comme elle, d'une âme pure et d'un cœur droit, pût tomber, entraînée par la passion, sans que, plus tard, rien n'apparût
2260 de ses remords, des souvenirs de sa conscience troublée ?

Ah ! les remords ! les remords ! ils avaient dû, jadis, dans les premiers temps, la torturer, puis ils s'étaient effacés, comme tout s'efface. Certes, elle avait pleuré sa faute, et, peu à peu, l'avait presque oubliée. Est-ce que toutes les femmes,
2265 toutes, n'ont pas cette faculté d'oubli prodigieuse qui leur fait reconnaître à peine, après quelques années, l'homme à qui elles ont donné leur bouche et tout leur corps à baiser ? Le baiser frappe comme la foudre, l'amour passe comme un orage, puis la vie, de nouveau, se calme comme le ciel, et
2270 recommence ainsi qu'avant. Se souvient-on d'un nuage ?

Pierre ne pouvait plus demeurer dans sa chambre ! Cette maison, la maison de son père l'écrasait. Il sentait peser le toit sur sa tête et les murs l'étouffer. Et comme il avait très soif, il alluma sa bougie afin d'aller boire un verre d'eau
2275 fraîche au filtre de la cuisine.

Il descendit les deux étages, puis, comme il remontait avec la carafe pleine, il s'assit en chemise sur une marche de l'escalier où circulait un courant d'air, et il but, sans verre, par longues gorgées, comme un coureur essoufflé. Quand il
2280 eut cessé de remuer, le silence de cette demeure l'émut ; puis, un à un, il en distingua les moindres bruits. Ce fut d'abord l'horloge de la salle à manger dont le battement lui paraissait

grandir de seconde en seconde. Puis il entendit de nouveau
un ronflement, un ronflement de vieux, court, pénible et
2285 dur, celui de son père sans aucun doute ; et il fut crispé par
cette idée, comme si elle venait seulement de jaillir en lui,
que ces deux hommes qui ronflaient dans ce même logis, le
père et le fils, n'étaient rien l'un à l'autre ! Aucun lien, même
le plus léger, ne les unissait, et ils ne le savaient pas ! Ils se
2290 parlaient avec tendresse, ils s'embrassaient, se réjouissaient
et s'attendrissaient ensemble des mêmes choses, comme si le
même sang eût coulé dans leurs veines. Et deux personnes
nées aux deux extrémités du monde ne pouvaient pas être
plus étrangères l'une à l'autre que ce père et que ce fils. Ils
2295 croyaient s'aimer parce qu'un mensonge avait grandi entre
eux. C'était un mensonge qui faisait cet amour paternel et
cet amour filial, un mensonge impossible à dévoiler et que
personne ne connaîtrait jamais que lui, le vrai fils.

Pourtant, pourtant, s'il se trompait ? Comment le savoir ?
2300 Ah ! si une ressemblance, même légère, pouvait exister entre
son père et Jean, une de ces ressemblances mystérieuses qui
vont de l'aïeul aux arrière-petits-fils, montrant que toute
une race descend directement du même baiser. Il aurait fallu
si peu de chose, à lui médecin, pour reconnaître cela, la
2305 forme de la mâchoire, la courbure du nez, l'écartement des
yeux, la nature des dents ou des poils, moins encore, un
geste, une habitude, une manière d'être, un goût transmis, un
signe quelconque bien caractéristique pour un œil exercé.

Il cherchait et ne se rappelait rien, non, rien. Mais il avait
2310 mal regardé, mal observé, n'ayant aucune raison pour
découvrir ces imperceptibles indications.

Il se leva pour rentrer dans sa chambre et se mit à monter
l'escalier, à pas lents, songeant toujours. En passant devant
la porte de son frère, il s'arrêta net, la main tendue pour
2315 l'ouvrir. Un désir impérieux venait de surgir en lui de voir
Jean tout de suite, de le regarder longuement, de le surpren-
dre pendant le sommeil, pendant que la figure apaisée, que

Pourtant, pourtant, s'il se trompait ? Comment le savoir ?

Ligne 2299.

Dessin de Geo-Dupuis, gravé par Lemoine,
dans l'édition des *Œuvres complètes illustrées*
de Guy de Maupassant, Paris, Ollendorf.

les traits détendus se reposent, que toute la grimace de la vie
a disparu. Il saisirait ainsi le secret dormant de sa physio-
2320 nomie ; et si quelque ressemblance existait, appréciable, elle
ne lui échapperait pas.

Mais si Jean s'éveillait, que dirait-il ? Comment expliquer
cette visite ?

Il demeurait debout, les doigts crispés sur la serrure et
2325 cherchant une raison, un prétexte.

Il se rappela tout à coup que, huit jours plus tôt, il avait
prêté à son frère une fiole de laudanum[1] pour calmer une
rage de dents. Il pouvait lui-même souffrir, cette nuit-là,
et venir réclamer sa drogue[2]. Donc il entra, mais d'un pied
2330 furtif, comme un voleur.

Jean, la bouche entrouverte, dormait d'un sommeil animal
et profond. Sa barbe et ses cheveux blonds faisaient une
tache d'or sur le linge blanc. Il ne s'éveilla point, mais il cessa
de ronfler.

2335 Pierre, penché vers lui, le contemplait d'un œil avide.
Non, ce jeune homme-là ne ressemblait pas à Roland ; et,
pour la seconde fois, s'éveilla dans son esprit le souvenir du
petit portrait disparu de Maréchal. Il fallait qu'il le trouvât !
En le voyant, peut-être, il ne douterait plus.

2340 Son frère remua, gêné sans doute par sa présence, ou par
la lueur de sa bougie pénétrant ses paupières. Alors le docteur
recula, sur la pointe des pieds, vers la porte, qu'il referma
sans bruit ; puis il retourna dans sa chambre, mais il ne se
coucha pas.

2345 Le jour fut lent à venir. Les heures sonnaient, l'une après
l'autre, à la pendule de la salle à manger, dont le timbre avait
un son profond et grave, comme si ce petit instrument d'hor-
logerie eût avalé une cloche de cathédrale. Elles montaient,
dans l'escalier vide, traversaient les murs et les portes,

---

1 *laudanum* : calmant sédatif dérivé de l'opium.
2 *drogue* : médicament.

2350 allaient mourir au fond des chambres dans l'oreille inerte
des dormeurs. Pierre s'était mis à marcher de long en large,
de son lit à sa fenêtre. Qu'allait-il faire ? Il se sentait trop
bouleversé pour passer ce jour-là dans sa famille. Il voulait
encore rester seul, au moins jusqu'au lendemain, pour
2355 réfléchir, se calmer, se fortifier pour la vie de chaque jour
qu'il lui faudrait reprendre.

Eh bien ! il irait à Trouville[1], voir grouiller la foule sur la
plage. Cela le distrairait, changerait l'air de sa pensée, lui
donnerait le temps de se préparer à l'horrible chose qu'il
2360 avait découverte.

Dès que l'aurore parut, il fit sa toilette et s'habilla. Le
brouillard s'était dissipé, il faisait beau, très beau. Comme le
bateau de Trouville ne quittait le port qu'à neuf heures, le
docteur songea qu'il lui faudrait embrasser sa mère[2] avant
2365 de partir.

Il attendit le moment où elle se levait tous les jours, puis
il descendit. Son cœur battait si fort en touchant sa porte
qu'il s'arrêta pour respirer. Sa main, posée sur la serrure,
était molle et vibrante, presque incapable du léger effort de
2370 tourner le bouton pour entrer. Il frappa. La voix de sa mère
demanda :

«Qui est-ce ?

— Moi, Pierre.

— Qu'est-ce que tu veux ?

2375 — Te dire bonjour parce que je vais passer la journée à
Trouville avec des amis.

— C'est que je suis encore au lit.

— Bon, alors ne te dérange pas. Je t'embrasserai en
rentrant, ce soir.»

2380 Il espéra qu'il pourrait partir sans la voir, sans poser sur
ses joues le baiser faux qui lui soulevait le cœur d'avance.

---

1 *Trouville* : station balnéaire à la mode, tout près du Havre.
2 *embrasser sa mère* : dire au revoir à sa mère.

Mais elle répondit :

«Un moment, je t'ouvre. Tu attendras que je me sois recouchée.»

2385   Il entendit ses pieds nus sur le parquet, puis le bruit du verrou glissant. Elle cria :

«Entre.»

Il entra. Elle était assise dans son lit tandis qu'à son côté, Roland, un foulard sur la tête et tourné vers le mur,

2390   s'obstinait à dormir. Rien ne l'éveillait tant qu'on ne l'avait pas secoué à lui arracher le bras. Les jours de pêche, c'était la bonne, sonnée à l'heure convenue par le matelot Papagris, qui venait tirer son maître de cet invincible repos.

Pierre, en allant vers elle, regardait sa mère ; et il lui sem-

2395   blait tout à coup qu'il ne l'avait jamais vue.

Elle lui tendit ses joues, il y mit deux baisers, puis s'assit sur une chaise basse.

«C'est hier soir que tu as décidé cette partie ? dit-elle.

— Oui, hier soir.

2400   — Tu reviens pour dîner ?

— Je ne sais pas encore. En tout cas ne m'attendez point.»

Il l'examinait avec une curiosité stupéfaite. C'était sa mère, cette femme ! Toute cette figure, vue dès l'enfance, dès que son œil avait pu distinguer, ce sourire, cette voix si

2405   connue, si familière, lui paraissaient brusquement nouveaux et autres de ce qu'ils avaient été jusque-là pour lui. Il comprenait à présent que, l'aimant, il ne l'avait jamais regardée. C'était bien elle pourtant, et il n'ignorait rien des plus petits détails de son visage ; mais ces petits détails, il les apercevait

2410   nettement pour la première fois. Son attention anxieuse, fouillant cette tête chérie, la lui révélait différente, avec une physionomie qu'il n'avait jamais découverte.

Il se leva pour partir, puis, cédant soudain à l'invincible envie de savoir qui lui mordait le cœur depuis la veille :

2415   «Dis donc, j'ai cru me rappeler qu'il y avait autrefois, à Paris, un petit portrait de Maréchal dans notre salon.»

Elle hésita une seconde ou deux, ou du moins il se figura qu'elle hésitait; puis elle dit:

«Mais oui.

2420   — Et qu'est-ce qu'il est devenu, ce portrait?»

Elle aurait pu encore répondre plus vite:

«Ce portrait... attends... je ne sais trop... Peut-être que je l'ai dans mon secrétaire.

— Tu serais bien aimable de le retrouver.

2425   — Oui, je chercherai. Pourquoi le veux-tu?

— Oh! ce n'est pas pour moi. J'ai songé qu'il serait tout naturel de le donner à Jean, et que cela ferait plaisir à mon frère.

— Oui, tu as raison, c'est une bonne pensée. Je vais le
2430 chercher dès que je serai levée.»

Et il sortit.

C'était un jour bleu, sans un souffle d'air. Les gens dans la rue semblaient gais, les commerçants allant à leurs affaires, les employés allant à leur bureau, les jeunes filles allant à
2435 leur magasin. Quelques-uns chantonnaient, mis en joie par la clarté.

Sur le bateau de Trouville, les passagers montaient déjà. Pierre s'assit, tout à l'arrière, sur un banc de bois.

Il se demandait:

2440   «A-t-elle été inquiétée par ma question sur le portrait, ou seulement surprise? L'a-t-elle égaré ou caché? Sait-elle où il est, ou bien ne sait-elle pas? Si elle l'a caché, pourquoi?»

Et son esprit, suivant toujours la même marche, de déduction en déduction, conclut ceci:

2445   Le portrait, portrait d'ami, portrait d'amant, était resté dans le salon bien en vue, jusqu'au jour où la femme, où la mère s'était aperçue, la première, avant tout le monde, que ce portrait ressemblait à son fils. Sans doute, depuis longtemps, elle épiait cette ressemblance; puis, l'ayant découverte,
2450 l'ayant vu naître et comprenant que chacun pourrait, un jour ou l'autre, l'apercevoir aussi, elle avait enlevé, un soir,

la petite peinture redoutable et l'avait cachée, n'osant pas la détruire.

2455 Et Pierre se rappelait fort bien maintenant que cette miniature avait disparu longtemps, longtemps avant leur départ de Paris ! Elle avait disparu, croyait-il, quand la barbe de Jean, se mettant à pousser, l'avait rendu tout à coup pareil au jeune homme blond qui souriait dans le cadre.

2460 Le mouvement du bateau qui partait troubla sa pensée et la dispersa. Alors, s'étant levé, il regarda la mer.

Le petit paquebot sortit des jetées[§], tourna à gauche et soufflant, haletant, frémissant, s'en alla vers la côte lointaine qu'on apercevait dans la brume matinale. De place en place 2465 la voile rouge d'un lourd bateau de pêche immobile sur la mer plate avait l'air d'un gros rocher sortant de l'eau. Et la Seine descendant de Rouen semblait un large bras de mer séparant deux terres voisines.

En moins d'une heure on parvint au port de Trouville, et comme c'était le moment du bain[1], Pierre se rendit sur la 2470 plage.

De loin, elle avait l'air d'un long jardin plein de fleurs éclatantes. Sur la grande dune de sable jaune, depuis la jetée jusqu'aux Roches Noires, les ombrelles de toutes les couleurs, les chapeaux de toutes les formes, les toilettes de 2475 toutes les nuances, par groupes devant les cabines, par lignes le long du flot ou dispersées çà et là, ressemblaient vraiment à des bouquets énormes dans une prairie démesurée. Et le bruit confus, proche et lointain des voix égrenées dans l'air léger, les appels, les cris d'enfants qu'on baigne, les rires 2480 clairs des femmes faisaient une rumeur continue et douce, mêlée à la brise insensible et qu'on aspirait avec elle.

Pierre marchait au milieu de ces gens, plus perdu, plus séparé d'eux, plus isolé, plus noyé dans sa pensée torturante, que si on l'avait jeté à la mer du pont d'un navire, à cent

---

1 *le moment du bain :* le moment d'aller se baigner.

2485 lieues au large. Il les frôlait, entendait, sans écouter, quelques phrases ; et il voyait, sans regarder, les hommes parler aux femmes et les femmes sourire aux hommes.

Mais tout à coup, comme s'il s'éveillait, il les aperçut distinctement ; et une haine surgit en lui contre eux, car ils 2490 semblaient heureux et contents.

Il allait maintenant, frôlant les groupes, tournant autour, saisi par des pensées nouvelles. Toutes ces toilettes multicolores qui couvraient le sable comme un bouquet, ces étoffes jolies, ces ombrelles voyantes, la grâce factice[1] des 2495 tailles emprisonnées, toutes ces inventions ingénieuses de la mode depuis la chaussure mignonne jusqu'au chapeau extravagant, la séduction du geste, de la voix et du sourire, la coquetterie enfin étalée sur cette plage lui apparaissaient soudain comme une immense floraison de la perversité 2500 féminine. Toutes ces femmes parées voulaient plaire, séduire, et tenter quelqu'un. Elles s'étaient faites belles pour les hommes, pour tous les hommes, excepté pour l'époux qu'elles n'avaient plus besoin de conquérir. Elles s'étaient faites belles pour l'amant d'aujourd'hui et l'amant de demain, 2505 pour l'inconnu rencontré, remarqué, attendu peut-être.

Et ces hommes, assis près d'elles, les yeux dans les yeux, parlant la bouche près de la bouche, les appelaient et les désiraient, les chassaient comme un gibier souple et fuyant, bien qu'il semblât si proche et si facile. Cette vaste plage 2510 n'était donc qu'une halle[2] d'amour où les unes se vendaient, les autres se donnaient, celles-ci marchandaient leurs caresses et celles-là se promettaient seulement. Toutes ces femmes ne pensaient qu'à la même chose, offrir et faire désirer leur chair déjà donnée, déjà vendue, déjà promise à 2515 d'autres hommes. Et il songea que sur la terre entière c'était toujours la même chose.

---

1 *factice :* artificielle.
2 *halle :* marché public où l'on étale les produits à vendre.

Sa mère avait fait comme les autres, voilà tout ! Comme les autres ? — non ! Il existait des exceptions, et beaucoup, beaucoup ! Celles qu'il voyait autour de lui, des riches, des
2520 folles, des chercheuses d'amour, appartenaient en somme à la galanterie élégante et mondaine ou même à la galanterie tarifée[1], car on ne rencontrait pas, sur les plages piétinées par la légion des désœuvrées[2], le peuple des honnêtes femmes enfermées dans la maison close[3].
2525 La mer montait, chassant peu à peu vers la ville les premières lignes des baigneurs. On voyait les groupes se lever vivement et fuir, en emportant leurs sièges, devant le flot jaune qui s'en venait frangé d'une petite dentelle d'écume. Les cabines roulantes, attelées d'un cheval, remontaient
2530 aussi ; et sur les planches de la promenade, qui borde la plage d'un bout à l'autre, c'était maintenant une coulée continue, épaisse et lente, de foule élégante, formant deux courants contraires qui se coudoyaient et se mêlaient. Pierre, nerveux, exaspéré par ce frôlement, s'enfuit, s'en-
2535 fonça dans la ville et s'arrêta pour déjeuner chez un simple marchand de vins[4], à l'entrée des champs.

Quand il eut pris son café, il s'étendit sur deux chaises devant la porte, et comme il n'avait guère dormi cette nuit-là, il s'assoupit à l'ombre d'un tilleul.
2540 Après quelques heures de repos, s'étant secoué, il s'aperçut qu'il était temps de revenir pour reprendre le bateau, et il se mit en route, accablé par une courbature subite tombée sur lui pendant son assoupissement. Maintenant il voulait rentrer, il voulait savoir si sa mère
2545 avait retrouvé le portrait de Maréchal. En parlerait-elle la

1 *galanterie tarifée* : allusion à la prostitution.
2 *désœuvrées* : femmes qui n'ont rien à faire, femmes oisives.
3 *maison close* : maison de prostitution. Jeu de mots de Maupassant, insinuant que même les «honnêtes femmes» sont des prostituées.
4 *marchand de vins* : les marchands de vins servaient aussi à manger, mais n'étaient pas considérés comme de vrais restaurants, les menus étant peu élaborés.

première, ou faudrait-il qu'il le demandât de nouveau ? Certes si elle attendait qu'on l'interrogeât encore, elle avait une raison secrète de ne point montrer ce portrait.

2550 Mais lorsqu'il fut rentré dans sa chambre, il hésita à descendre pour le dîner. Il souffrait trop. Son cœur soulevé n'avait pas encore eu le temps de s'apaiser. Il se décida pourtant, et il parut dans la salle à manger comme on se mettait à table.

Un air de joie animait les visages.

2555 « Eh bien ! dit Roland, ça avance-t-il, vos achats ? Moi, je ne veux rien voir avant que tout soit installé. »

Sa femme répondit :

« Mais oui, ça va. Seulement il faut longtemps réfléchir pour ne pas commettre d'impair[1]. La question du mobilier
2560 nous préoccupe beaucoup. »

Elle avait passé la journée à visiter avec Jean des boutiques de tapissiers et des magasins d'ameublement. Elle voulait des étoffes riches, un peu pompeuses, pour frapper l'œil. Son fils, au contraire, désirait quelque chose de simple et
2565 de distingué. Alors, devant tous les échantillons proposés ils avaient répété, l'un et l'autre, leurs arguments. Elle prétendait que le client, le plaideur a besoin d'être impressionné, qu'il doit ressentir, en entrant dans le salon d'attente, l'émotion de la richesse.

2570 Jean au contraire, désirant n'attirer que la clientèle élégante et opulente, voulait conquérir l'esprit des gens fins par son goût modeste et sûr.

Et la discussion, qui avait duré toute la journée, reprit dès le potage.

2575 Roland n'avait pas d'opinion. Il répétait :

« Moi, je ne veux entendre parler de rien. J'irai voir quand ce sera fini. »

Mme Roland fit appel au jugement de son fils aîné :

---

1 *impair* : faute de goût, maladresse.

«Voyons, toi, Pierre, qu'en penses-tu ?»

2580 Il avait les nerfs tellement surexcités qu'il eut envie de répondre par un juron. Il dit cependant sur un ton sec, où vibrait son irritation :

«Oh ! moi, je suis tout à fait de l'avis de Jean. Je n'aime que la simplicité, qui est, quand il s'agit de goût, compara-

2585 ble à la droiture quand il s'agit de caractère.»

Sa mère reprit :

«Songe que nous habitons une ville de commerçants, où le bon goût ne court pas les rues.»

Pierre répondit :

2590 «Et qu'importe ? Est-ce une raison pour imiter les sots ? Si mes compatriotes sont bêtes ou malhonnêtes, ai-je besoin de suivre leur exemple ? Une femme ne commettra pas une faute pour cette raison que ses voisines ont des amants.»

Jean se mit à rire :

2595 «Tu as des arguments par comparaison qui semblent pris dans les maximes d'un moraliste.»

Pierre ne répliqua point. Sa mère et son frère recommen-cèrent à parler d'étoffes et de fauteuils.

Il les regardait comme il avait regardé sa mère, le matin,

2600 avant de partir pour Trouville ; il les regardait en étranger qui observe, et il se croyait en effet entré tout à coup dans une famille inconnue.

Son père, surtout, étonnait son œil et sa pensée. Ce gros homme flasque, content et niais, c'était son père, à lui ! Non,

2605 non, Jean ne lui ressemblait en rien.

Sa famille ! Depuis deux jours une main inconnue et malfaisante, la main d'un mort, avait arraché et cassé, un à un, tous les liens qui tenaient l'un à l'autre ces quatre êtres. C'était fini, c'était brisé. Plus de mère, car il ne pourrait plus

2610 la chérir, ne la pouvant vénérer avec ce respect absolu, tendre et pieux[§], dont a besoin le cœur des fils ; plus de frère, puisque ce frère était l'enfant d'un étranger ; il ne lui restait qu'un père, ce gros homme, qu'il n'aimait pas, malgré lui.

Et tout à coup :

2615   «Dis donc, maman, as-tu retrouvé ce portrait ?»

Elle ouvrit des yeux surpris :

«Quel portrait ?

— Le portrait de Maréchal.

— Non… c'est-à-dire oui… je ne l'ai pas retrouvé, mais
2620   je crois savoir où il est.

— Quoi donc ?» demanda Roland.

Pierre lui dit :

«Un petit portrait de Maréchal qui était autrefois dans
notre salon à Paris. J'ai pensé que Jean serait content de le
2625   posséder.»

Roland s'écria :

«Mais oui, mais oui, je m'en souviens parfaitement ; je
l'ai même vu encore à la fin de l'autre semaine. Ta mère
l'avait tiré de son secrétaire en rangeant ses papiers. C'était
2630   jeudi ou vendredi. Tu te rappelles bien, Louise ? J'étais en
train de me raser quand tu l'as pris dans un tiroir et posé sur
une chaise à côté de toi, avec un tas de lettres dont tu as
brûlé la moitié. Hein ? est-ce drôle que tu aies touché à ce
portrait deux ou trois jours à peine avant l'héritage de Jean ?
2635   Si je croyais aux pressentiments, je dirais que c'en est un !»

Mme Roland répondit avec tranquillité :

«Oui, oui, je sais où il est ; j'irai le chercher tout à l'heure.»

Donc elle avait menti ! Elle avait menti en répondant,
ce matin-là même, à son fils qui lui demandait ce qu'était
2640   devenue cette miniature : «Je ne sais pas trop… peut-être
que je l'ai dans mon secrétaire.»

Elle l'avait vue, touchée, maniée, contemplée quelques
jours auparavant, puis elle l'avait recachée dans ce tiroir
secret, avec des lettres, ses lettres à lui.

2645   Pierre regardait sa mère, qui avait menti. Il la regardait
avec une colère exaspérée de fils trompé, volé dans son
affection sacrée, et avec une jalousie d'homme longtemps
aveugle qui découvre enfin une trahison honteuse. S'il avait

été le mari de cette femme, lui, son enfant, il l'aurait saisie
2650 par les poignets, par les épaules ou par les cheveux et jetée à
terre, frappée, meurtrie, écrasée ! Et il ne pouvait rien dire,
rien faire, rien montrer, rien révéler. Il était son fils, il n'avait
rien à venger, lui, on ne l'avait pas trompé.

Mais oui, elle l'avait trompé dans sa tendresse, trompé
2655 dans son pieux§ respect. Elle se devait à lui irréprochable,
comme se doivent toutes les mères à leurs enfants. Si la
fureur dont il était soulevé arrivait presque à de la haine,
c'est qu'il la sentait plus criminelle envers lui qu'envers son
père lui-même.

2660 L'amour de l'homme et de la femme est un pacte volontaire où celui qui faiblit n'est coupable que de perfidie[1];
mais quand la femme est devenue mère, son devoir a grandi
puisque la nature lui confie une race. Si elle succombe alors,
elle est lâche, indigne et infâme.

2665 «C'est égal, dit tout à coup Roland en allongeant ses
jambes sous la table, comme il faisait chaque soir pour
siroter son verre de cassis[2], ça n'est pas mauvais de vivre à
rien faire quand on a une petite aisance. J'espère que Jean
nous offrira des dîners extra, maintenant. Ma foi, tant pis si
2670 j'attrape quelquefois mal à l'estomac.»

Puis se tournant vers sa femme :

«Va donc chercher ce portrait, ma chatte, puisque tu as
fini de manger. Ça me fera plaisir aussi de le revoir.»

Elle se leva, prit une bougie et sortit. Puis, après une
2675 absence qui parut longue à Pierre, bien qu'elle n'eût pas
duré trois minutes, Mme Roland rentra, souriante, et tenant
par l'anneau un cadre doré de forme ancienne.

«Voilà, dit-elle, je l'ai retrouvé presque tout de suite.»

Le docteur, le premier, avait tendu la main. Il reçut le
2680 portrait, et, d'un peu loin, à bout de bras, l'examina. Puis,
sentant bien que sa mère le regardait, il leva lentement les

---

1 *perfidie* : trahison, déloyauté.

2 *cassis* : liqueur fabriquée à partir des fruits du groseillier.

yeux sur son frère, pour comparer. Il faillit dire, emporté par
sa violence : «Tiens, cela ressemble à Jean.» S'il n'osa pas
prononcer ces redoutables paroles, il manifesta sa pensée
2685 par la façon dont il comparait la figure vivante et la figure
peinte.

Elles avaient, certes, des signes communs : la même barbe
et le même front, mais rien d'assez précis pour permettre de
déclarer : «Voilà le père, et voilà le fils.» C'était plutôt un air
2690 de famille, une parenté de physionomies qu'anime le même
sang. Or, ce qui fut pour Pierre plus décisif encore que cette
allure des visages, c'est que sa mère s'était levée, avait tourné
le dos et feignait d'enfermer, avec trop de lenteur, le sucre et
le cassis dans un placard.

2695 Elle avait compris qu'il savait, ou du moins qu'il soupçonnait !

«Passe-moi donc ça», disait Roland.

Pierre tendit la miniature et son père attira la bougie
pour bien voir ; puis il murmura d'une voix attendrie :
2700 «Pauvre garçon ! dire qu'il était comme ça quand nous
l'avons connu. Cristi ! comme ça va vite ! Il était joli homme,
tout de même, à cette époque, et si plaisant de manières,
n'est-ce pas, Louise ?»

Comme sa femme ne répondait pas, il reprit :
2705 «Et quel caractère égal ! Je ne lui ai jamais vu de mauvaise
humeur. Voilà, c'est fini, il n'en reste plus rien… que ce
qu'il a laissé à Jean. Enfin, on pourra jurer que celui-là s'est
montré bon ami et fidèle jusqu'au bout. Même en mourant
il ne nous a pas oubliés.»

2710 Jean, à son tour, tendit le bras pour prendre le portrait. Il
le contempla quelques instants, puis avec regret :

«Moi, je ne le reconnais pas du tout. Je ne me le rappelle
qu'avec ses cheveux blancs.»

Et il rendit la miniature à sa mère. Elle y jeta un regard
2715 rapide, vite détourné, qui semblait craintif ; puis de sa voix
naturelle :

«Cela t'appartient maintenant, mon Jeannot, puisque tu
es son héritier. Nous le porterons dans ton nouvel appartement.»

2720   Et comme on entrait au salon, elle posa la miniature sur
la cheminée, près de la pendule, où elle était autrefois.

Roland bourrait sa pipe, Pierre et Jean allumèrent des
cigarettes. Ils les fumaient ordinairement l'un en marchant
à travers la pièce, l'autre assis, enfoncé dans un fauteuil, et
2725   les jambes croisées. Le père se mettait toujours à cheval sur
une chaise et crachait de loin dans la cheminée.

Mme Roland, sur un siège bas, près d'une petite table qui
portait la lampe, brodait, tricotait ou marquait du linge.

Elle commençait, ce soir-là, une tapisserie destinée à la
2730   chambre de Jean. C'était un travail difficile et compliqué dont
le début exigeait toute son attention. De temps en temps
cependant son œil qui comptait les points se levait et allait,
prompt et furtif, vers le petit portrait du mort appuyé contre
la pendule. Et le docteur qui traversait l'étroit salon en quatre
2735   ou cinq enjambées, les mains derrière le dos et la cigarette
aux lèvres, rencontrait chaque fois le regard de sa mère.

On eût dit qu'ils s'épiaient, qu'une lutte venait de se
déclarer entre eux; et un malaise douloureux, un malaise
insoutenable crispait le cœur de Pierre. Il se disait, torturé et
2740   satisfait pourtant : «Doit-elle souffrir en ce moment, si elle
sait que je l'ai devinée !» Et à chaque retour vers le foyer, il
s'arrêtait quelques secondes à contempler le visage blond de
Maréchal, pour bien montrer qu'une idée fixe le hantait. Et
ce petit portrait, moins grand qu'une main ouverte, sem-
2745   blait une personne vivante, méchante, redoutable, entrée
soudain dans cette maison et dans cette famille.

Tout à coup la sonnette de la rue tinta. Mme Roland, toujours si calme, eut un sursaut qui révéla le trouble de ses
nerfs au docteur.

2750   Puis elle dit : «Ça doit être Mme Rosémilly.» Et son œil
anxieux encore une fois se leva vers la cheminée.

Pierre comprit, ou crut comprendre sa terreur et son angoisse. Le regard des femmes est perçant, leur esprit agile, et leur pensée soupçonneuse. Quand celle qui allait entrer 2755 apercevrait cette miniature inconnue, du premier coup, peut-être, elle découvrirait la ressemblance entre cette figure et celle de Jean. Alors elle saurait et comprendrait tout ! Il eut peur, une peur brusque et horrible que cette honte fût dévoilée, et se retournant, comme la porte s'ouvrait, il prit la 2760 petite peinture et la glissa sous la pendule sans que son père et son frère l'eussent vu.

Rencontrant de nouveau les yeux de sa mère ils lui parurent changés, troubles et hagards.

«Bonjour, disait Mme Rosémilly, je viens boire avec vous 2765 une tasse de thé.»

Mais pendant qu'on s'agitait autour d'elle pour s'informer de sa santé, Pierre disparut par la porte restée ouverte.

Quand on s'aperçut de son départ, on s'étonna. Jean mécontent, à cause de la jeune veuve qu'il craignait blessée, 2770 murmurait :

«Quel ours[1] !»

Mme Roland répondit :

«Il ne faut pas lui en vouloir, il est un peu malade aujourd'hui et fatigué d'ailleurs de sa promenade à Trouville.

2775   — N'importe, reprit Roland, ce n'est pas une raison pour s'en aller comme un sauvage.»

Mme Rosémilly voulut arranger les choses en affirmant :

«Mais non, mais non, il est parti à l'anglaise[2] ; on se sauve toujours ainsi dans le monde quand on s'en va de bonne 2780 heure.

        — Oh ! répondit Jean, dans le monde, c'est possible, mais on ne traite pas sa famille à l'anglaise, et mon frère ne fait que cela, depuis quelque temps.»

---

1 *ours* : homme de peu de manières, antisocial, rustre.
2 *il est parti à l'anglaise* : il s'est sauvé lâchement et furtivement. À noter que les Anglais disent «partir à la française» !

– VI –

Rien ne survint chez les Roland pendant une semaine ou
2785 deux. Le père pêchait, Jean s'installait aidé de sa mère, Pierre,
très sombre, ne paraissait plus qu'aux heures des repas.

Son père lui ayant demandé un soir :

«Pourquoi diable nous fais-tu une figure d'enterrement ?
Ça n'est pas d'aujourd'hui que je le remarque !»

2790 Le docteur répondit :

«C'est que je sens terriblement le poids de la vie.»

Le bonhomme n'y comprit rien et, d'un air désolé :

«Vraiment c'est trop fort. Depuis que nous avons eu le
bonheur de cet héritage, tout le monde semble malheureux.
2795 C'est comme s'il nous était arrivé un accident, comme si
nous pleurions quelqu'un !

— Je pleure quelqu'un, en effet, dit Pierre.

— Toi ? Qui donc ?

— Oh ! quelqu'un que tu n'as pas connu, et que j'aimais
2800 trop.»

Roland s'imagina qu'il s'agissait d'une amourette, d'une
personne légère courtisée par son fils, et il demanda :

«Une femme, sans doute ?

— Oui, une femme.

2805 — Morte ?

— Non, c'est pis, perdue[1].

— Ah !»

Bien qu'il s'étonnât de cette confidence imprévue, faite
devant sa femme, et du ton bizarre de son fils, le vieux n'in-
2810 sista point, car il estimait que ces choses-là ne regardent pas
les tiers[2].

---

1 *femme [...] perdue* : femme infidèle, qui n'est plus digne d'aucun respect.
2 *tiers* : troisième personne, personne non impliquée.

Mme Roland semblait n'avoir point entendu ; elle paraissait malade, étant très pâle. Plusieurs fois déjà son mari, surpris de la voir s'asseoir comme si elle tombait sur son siège, de l'entendre souffler comme si elle ne pouvait plus respirer, lui avait dit :

« Vraiment, Louise, tu as mauvaise mine, tu te fatigues trop sans doute à installer Jean ! Repose-toi un peu, sacristi ! Il n'est pas pressé, le gaillard, puisqu'il est riche. »

Elle remuait la tête sans répondre.

Sa pâleur, ce jour-là, devint si grande que Roland, de nouveau, la remarqua.

« Allons, dit-il, ça ne va pas du tout, ma pauvre vieille, il faut te soigner. »

Puis se tournant vers son fils :

« Tu le vois bien, toi, qu'elle est souffrante, ta mère. L'as-tu examinée, au moins ? »

Pierre répondit :

« Non, je ne m'étais pas aperçu qu'elle eût quelque chose. »

Alors Roland se fâcha :

« Mais ça crève les yeux, nom d'un chien ! À quoi ça te sert-il d'être docteur alors, si tu ne t'aperçois même pas que ta mère est indisposée ? Mais regarde-la, tiens, regarde-la. Non, vrai, on pourrait crever, ce médecin-là ne s'en douterait pas ! »

Mme Roland s'était mise à haleter, si blême que son mari s'écria :

« Mais elle va se trouver mal !

— Non… non… ce n'est rien… ça va passer… ce n'est rien. »

Pierre s'était approché, et la regardant fixement :

« Voyons, qu'est-ce que tu as ? » dit-il.

Elle répétait, d'une voix basse, précipitée :

« Mais rien… rien… je t'assure… rien. »

2845 Roland était parti chercher du vinaigre[1] ; il rentra, et tendant la bouteille à son fils :

«Tiens… mais soulage-la donc, toi. As-tu tâté son cœur[2], au moins ?»

Comme Pierre se penchait pour prendre son pouls, elle
2850 retira sa main d'un mouvement si brusque qu'elle heurta une chaise voisine.

«Allons, dit-il d'une voix froide, laisse-toi soigner puisque tu es malade.»

Alors elle souleva et lui tendit son bras. Elle avait la peau
2855 brûlante, les battements du sang tumultueux et saccadés. Il murmura :

«En effet, c'est assez sérieux. Il faudra prendre des calmants. Je vais te faire une ordonnance.»

Et comme il écrivait, courbé sur son papier, un bruit
2860 léger de soupirs pressés, de suffocation, de souffles courts et retenus le fit se retourner soudain.

Elle pleurait, les deux mains sur la face.

Roland, éperdu, demandait :

«Louise, Louise, qu'est-ce que tu as ? mais qu'est-ce que
2865 tu as donc ?»

Elle ne répondait pas et semblait déchirée par un chagrin horrible et profond.

Son mari voulut prendre ses mains et les ôter de son visage. Elle résista, répétant :
2870 «Non, non, non.»

Il se tourna vers son fils :

«Mais qu'est-ce qu'elle a ? Je ne l'ai jamais vue ainsi.

— Ce n'est rien, dit Pierre, une petite crise de nerfs.»

Et il lui semblait que son cœur à lui se soulageait à la voir
2875 ainsi torturée, que cette douleur allégeait son ressentiment,

---

1 On faisait respirer du vinaigre ou des sels forts à une personne évanouie ou sur le point de s'évanouir.

2 *tâté son cœur* : pris son pouls.

diminuait la dette d'opprobre[1] de sa mère. Il la contemplait comme un juge satisfait de sa besogne.

Mais soudain elle se leva, se jeta vers la porte, d'un élan si brusque qu'on ne put ni le prévoir ni l'arrêter ; et elle cou-
2880 rut s'enfermer dans sa chambre.

Roland et le docteur demeurèrent face à face.

« Est-ce que tu y comprends quelque chose ? dit l'un.

— Oui, répondit l'autre, cela vient d'un simple petit malaise nerveux qui se déclare souvent à l'âge de maman. Il
2885 est probable qu'elle aura encore beaucoup de crises comme celle-là. »

Elle en eut d'autres en effet, presque chaque jour, et que Pierre semblait provoquer d'une parole, comme s'il avait eu le secret de son mal étrange et inconnu. Il guettait sur sa figure
2890 les intermittences de repos, et, avec des ruses de tortionnaire, réveillait par un seul mot la douleur un instant calmée.

Et il souffrait autant qu'elle, lui ! Il souffrait affreusement de ne plus l'aimer, de ne plus la respecter et de la torturer. Quand il avait bien avivé la plaie saignante, ouverte par lui
2895 dans ce cœur de femme et de mère, quand il sentait combien elle était misérable et désespérée, il s'en allait seul, par la ville, si tenaillé par les remords, si meurtri par la pitié, si désolé de l'avoir ainsi broyée sous son mépris de fils, qu'il avait envie de se jeter à la mer, de se noyer pour en finir.
2900 Oh ! comme il aurait voulu pardonner, maintenant ! mais il ne le pouvait point, étant incapable d'oublier. Si seulement il avait pu ne pas la faire souffrir ; mais il ne le pouvait pas non plus, souffrant toujours lui-même. Il rentrait aux heures des repas, plein de résolutions attendries, puis dès
2905 qu'il l'apercevait, dès qu'il voyait son œil, autrefois si droit et si franc, et fuyant à présent, craintif, éperdu, il frappait malgré lui, ne pouvant garder la phrase perfide[§] qui lui montait aux lèvres.

---

1 *d'opprobre* : de ce qui humilie, mortifie à l'extrême d'une manière éclatante et publique.

L'infâme secret, connu d'eux seuls, l'aiguillonnait[1] contre
2910 elle. C'était un venin qu'il portait à présent dans les veines
et qui lui donnait des envies de mordre à la façon d'un chien
enragé.

Rien ne le gênait plus pour la déchirer sans cesse, car Jean
habitait maintenant presque tout à fait son nouvel apparte-
2915 ment, et il revenait seulement pour dîner et pour coucher,
chaque soir, dans sa famille.

Il s'apercevait souvent des amertumes et des violences
de son frère, qu'il attribuait à la jalousie. Il se promettait
bien de le remettre à sa place, et de lui donner une leçon un
2920 jour ou l'autre, car la vie de famille devenait fort pénible à
la suite de ces scènes continuelles. Mais comme il vivait à
part maintenant, il souffrait moins de ces brutalités ; et son
amour de la tranquillité le poussait à la patience. La fortune,
d'ailleurs, l'avait grisé, et sa pensée ne s'arrêtait plus guère
2925 qu'aux choses ayant pour lui un intérêt direct. Il arrivait,
l'esprit plein de petits soucis nouveaux, préoccupé de la
coupe d'une jaquette, de la forme d'un chapeau de feutre, de
la grandeur convenable pour les cartes de visite. Et il parlait
avec persistance de tous les détails de sa maison, de planches
2930 posées dans le placard de sa chambre pour serrer le linge,
de portemanteaux installés dans le vestibule, de sonneries
électriques disposées pour prévenir toute pénétration clan-
destine dans le logis.

Il avait été décidé qu'à l'occasion de son installation,
2935 on ferait une partie de campagne[2] à Saint-Jouin, et qu'on
reviendrait prendre le thé, chez lui, après dîner. Roland
voulait aller par mer, mais la distance et l'incertitude où l'on
était d'arriver par cette voie, si le vent contraire soufflait,
firent repousser son avis, et un break[3] fut loué pour cette
2940 excursion.

---

1 *aiguillonnait* : animait, stimulait.

2 *partie de campagne* : pique-nique et partie de plaisir à la campagne.

3 *break* : voiture à deux banquettes.

On partit vers dix heures afin d'arriver pour le déjeuner. La grand-route poudreuse se déployait à travers la campagne normande que les ondulations des plaines et les fermes entourées d'arbres font ressembler à un parc sans fin. Dans 2945 la voiture emportée au trot lent de deux gros chevaux, la famille Roland, Mme Rosémilly et le capitaine Beausire se taisaient, assourdis par le bruit des roues, et fermaient les yeux dans un nuage de poussière.

C'était l'époque des récoltes mûres. À côté des trèfles 2950 d'un vert sombre, et des betteraves d'un vert cru, les blés jaunes éclairaient la campagne d'une lueur dorée et blonde. Ils semblaient avoir bu la lumière du soleil tombée sur eux. On commençait à moissonner par places, et dans les champs attaqués par les faux, on voyait les hommes se 2955 balancer en promenant au ras du sol leur grande lame en forme d'aile.

Après deux heures de marche, le break[§] prit un chemin à gauche, passa près d'un moulin à vent qui tournait, mélancolique épave grise, à moitié pourrie et condamnée, dernier 2960 survivant des vieux moulins, puis il entra dans une jolie cour et s'arrêta devant une maison coquette, auberge célèbre dans le pays.

La patronne, qu'on appelle la belle Alphonsine, s'en vint, souriante, sur sa porte, et tendit la main aux deux dames qui 2965 hésitaient devant le marchepied trop haut.

Sous une tente, au bord de l'herbage ombragé de pommiers, des étrangers déjeunaient déjà, des Parisiens venus d'Étretat; et on entendait dans l'intérieur de la maison des voix, des rires et des bruits de vaisselle.

2970 On dut manger dans une chambre, toutes les salles étant pleines. Soudain Roland aperçut contre la muraille des filets à salicoques[1].

«Ah! ah! cria-t-il, on pêche du bouquet ici?

---

1   *salicoques*: crevettes roses ou «bouquets» (mot normand).

— Oui, répondit Beausire, c'est même l'endroit où on en
2975 prend le plus de toute la côte.

— Bigre ! si nous y allions après déjeuner ?»

Il se trouvait justement que la marée était basse à trois
heures ; et on décida que tout le monde passerait l'après-
midi dans les rochers, à chercher des salicoques[§].
2980 On mangea peu, pour éviter l'afflux de sang à la tête
quand on aurait les pieds dans l'eau. On voulait d'ailleurs se
réserver pour le dîner, qui fut commandé magnifique et qui
devait être prêt dès six heures, quand on rentrerait.

Roland ne se tenait pas d'impatience. Il voulait acheter
2985 les engins spéciaux employés pour cette pêche, et qui
ressemblent beaucoup à ceux dont on se sert pour attraper
des papillons dans les prairies.

On les nomme lanets. Ce sont de petites poches en filet
attachées sur un cercle de bois, au bout d'un long bâton.
2990 Alphonsine, souriant toujours, les lui prêta. Puis elle aida
les deux femmes à faire une toilette improvisée pour ne point
mouiller leur robe. Elle offrit des jupes, de gros bas de laine
et des espadrilles[1]. Les hommes ôtèrent leurs chaussettes
et achetèrent chez le cordonnier du lieu des savates[2] et des
2995 sabots.

Puis on se mit en route, le lanet[§] sur l'épaule et la hotte[3]
sur le dos. Mme Rosémilly, dans ce costume, était tout à fait
gentille[4], d'une gentillesse imprévue, paysanne et hardie.

La jupe prêtée par Alphonsine, coquettement relevée et
3000 fermée par un point de couture afin de pouvoir courir et
sauter sans peur dans les roches, montrait la cheville et le
bas du mollet[5], un ferme mollet de petite femme souple et
forte. La taille était libre pour laisser aux mouvements leur

---

1 *espadrilles* : chaussures de toile à semelle de corde.

2 *savates* : vieilles chaussures.

3 *hotte* : sorte de panier d'osier avec bretelles qu'on porte sur le dos.

4 *gentille* : mot passe-partout pour mignonne, belle, désirable.

5 Montrer la cheville et le bas du mollet était osé.

aisance; et elle avait trouvé, pour se couvrir la tête, un
3005 immense chapeau de jardinier, en paille jaune, aux bords
démesurés, à qui une branche de tamaris, tenant un côté
retroussé, donnait un air mousquetaire et crâne§.

Jean, depuis son héritage, se demandait tous les jours
s'il l'épouserait ou non. Chaque fois qu'il la revoyait, il se
3010 sentait décidé à en faire sa femme, puis, dès qu'il se trouvait
seul, il songeait qu'en attendant on a le temps de réfléchir.
Elle était moins riche que lui maintenant, car elle ne
possédait qu'une douzaine de mille francs de revenu, mais
en biens-fonds, en fermes et en terrains dans Le Havre, sur
3015 les bassins; et cela, plus tard, pouvait valoir une grosse
somme. La fortune était donc à peu près équivalente, et la
jeune veuve assurément lui plaisait beaucoup.

En la regardant marcher devant lui ce jour-là, il pensait :
«Allons, il faut que je me décide. Certes, je ne trouverai pas
3020 mieux.»

Ils suivirent un petit vallon en pente, descendant du
village vers la falaise; et la falaise, au bout de ce vallon, dominait la mer de quatre-vingts mètres. Dans l'encadrement
des côtes vertes, s'abaissant à droite et à gauche, un grand
3025 triangle d'eau, d'un bleu d'argent sous le soleil, apparaissait
au loin, et une voile, à peine visible, avait l'air d'un insecte
là-bas. Le ciel plein de lumière se mêlait tellement à l'eau
qu'on ne distinguait point du tout où finissait l'un et où
commençait l'autre; et les deux femmes, qui précédaient les
3030 trois hommes, dessinaient sur cet horizon clair leurs tailles
serrées dans leurs corsages.

Jean, l'œil allumé, regardait fuir devant lui la cheville
mince, la jambe fine, la hanche souple et le grand chapeau
provocant de Mme Rosémilly. Et cette fuite activait son désir,
3035 le poussait aux résolutions décisives que prennent brusquement les hésitants et les timides. L'air tiède, où se mêlait à
l'odeur des côtes, des ajoncs, des trèfles et des herbes, la senteur marine des roches découvertes, l'animait encore en le

grisant[§] doucement, et il se décidait un peu plus à chaque
3040 pas, à chaque seconde, à chaque regard jeté sur la silhouette
alerte de la jeune femme ; il se décidait à ne plus hésiter, à lui
dire qu'il l'aimait et qu'il désirait l'épouser. La pêche lui
servirait, facilitant leur tête-à-tête ; et ce serait en outre un
joli cadre, un joli endroit pour parler d'amour, les pieds
3045 dans un bassin d'eau limpide, en regardant fuir sous les
varechs les longues barbes des crevettes.

Quand ils arrivèrent au bout du vallon, au bord de
l'abîme, ils aperçurent un petit sentier qui descendait le
long de la falaise, et sous eux, entre la mer et le pied de la
3050 montagne, à mi-côte à peu près, un surprenant chaos de
rochers énormes, écroulés, renversés, entassés les uns sur les
autres dans une espèce de plaine herbeuse et mouvementée
qui courait à perte de vue vers le sud, formée par les éboulements anciens. Sur cette longue bande de broussailles et de
3055 gazon secouée, eût-on dit, par des sursauts de volcan, les
rocs tombés semblaient les ruines d'une grande cité dis-
parue qui regardait autrefois l'Océan, dominée elle-même
par la muraille blanche et sans fin de la falaise.

«Ça, c'est beau», dit en s'arrêtant Mme Rosémilly.
3060 Jean l'avait rejointe, et, le cœur ému, lui offrait la main
pour descendre l'étroit escalier taillé dans la roche.

Ils partirent en avant, tandis que Beausire, se raidissant
sur ses courtes jambes, tendait son bras replié à Mme Roland
étourdie par le vide.
3065 Roland et Pierre venaient les derniers, et le docteur dut
traîner son père, tellement troublé par le vertige, qu'il se
laissait glisser, de marche en marche, sur son derrière.

Les jeunes gens, qui dévalaient en tête, allaient vite, et
soudain ils aperçurent, à côté d'un banc de bois qui mar-
3070 quait un repos vers le milieu de la valleuse[1], un filet d'eau
claire jaillissant d'un petit trou de la falaise. Il se répandait

---

1 *valleuse* : petite vallée suspendue, aboutissant à la mer et formant entaille dans une
falaise (mot dialectal de l'ouest de la France).

Roland et Pierre venaient les derniers, et le docteur
dut traîner son père, tellement troublé par le vertige,
qu'il se laissait glisser, de marche en marche, sur son derrière.

Lignes 3065 à 3067.

Dessin de Geo-Dupuis, gravé par Lemoine,
dans l'édition des Œuvres complètes illustrées
de Guy de Maupassant, Paris, Ollendorf.

d'abord en un bassin grand comme une cuvette qu'il s'était
creusé lui-même, puis tombant en cascade haute de deux
pieds à peine, il s'enfuyait à travers le sentier, où avait
3075 poussé un tapis de cresson, puis disparaissait dans les ronces
et les herbes, à travers la plaine soulevée où s'entassaient les
éboulements.

«Oh! que j'ai soif!» s'écria Mme Rosémilly.

Mais comment boire? Elle essayait de recueillir dans
3080 le fond de sa main l'eau qui lui fuyait à travers les doigts.
Jean eut une idée, mit une pierre dans le chemin; et elle
s'agenouilla dessus afin de puiser à la source même avec ses
lèvres qui se trouvaient ainsi à la même hauteur.

Quand elle releva sa tête, couverte de gouttelettes bril-
3085 lantes semées par milliers sur la peau, sur les cheveux, sur les
cils, sur le corsage, Jean penché vers elle murmura :

«Comme vous êtes jolie!»

Elle répondit, sur le ton qu'on prend pour gronder un
enfant :

3090 «Voulez-vous bien vous taire?»

C'étaient les premières paroles un peu galantes qu'ils
échangeaient.

«Allons, dit Jean fort troublé, sauvons-nous avant qu'on
nous rejoigne.»

3095 Il apercevait, en effet, tout près d'eux maintenant, le dos
du capitaine Beausire qui descendait à reculons afin de
soutenir par les deux mains Mme Roland, et, plus haut, plus
loin, Roland se laissait toujours glisser, calé sur son fond de
culotte en se traînant sur les pieds et sur les coudes avec une
3100 allure de tortue, tandis que Pierre le précédait en surveillant
ses mouvements.

Le sentier moins escarpé devenait une sorte de chemin en
pente contournant les blocs énormes tombés autrefois de la
montagne. Mme Rosémilly et Jean se mirent à courir et
3105 furent bientôt sur le galet. Ils le traversèrent pour gagner les
roches. Elles s'étendaient en une longue et plate surface

couverte d'herbes marines et où brillaient d'innombrables
flaques d'eau. La mer basse était là-bas, très loin, derrière
cette plaine gluante de varechs, d'un vert luisant et noir.

3110   Jean releva son pantalon jusqu'au-dessus du mollet et ses
manches jusqu'au coude, afin de se mouiller sans crainte,
puis il dit : « En avant ! » et sauta avec résolution dans la première mare rencontrée.

Plus prudente, bien que décidée aussi à entrer dans l'eau
3115   tout à l'heure, la jeune femme tournait autour de l'étroit
bassin, à pas craintifs, car elle glissait sur les plantes
visqueuses.

« Voyez-vous quelque chose ? disait-elle.

— Oui, je vois votre visage qui se reflète dans l'eau.

3120   — Si vous ne voyez que cela, nous n'aurons pas une
fameuse pêche. »

Il murmura d'une voix tendre :

« Oh ! de toutes les pêches c'est encore celle que je préfé-
rerais faire. »

3125   Elle riait :

« Essayez donc, vous allez voir comme il passera à travers
votre filet.

— Pourtant... si vous vouliez ?

— Je veux vous voir prendre des salicoques[§]... et rien de
3130   plus... pour le moment.

— Vous êtes méchante. Allons plus loin, il n'y a rien ici. »

Et il lui offrit la main pour marcher sur les rochers gras.
Elle s'appuyait un peu craintive, et lui, tout à coup, se sentait
envahi par l'amour, soulevé de désirs, affamé d'elle, comme
3135   si le mal qui germait en lui avait attendu ce jour-là pour
éclore.

Ils arrivèrent bientôt auprès d'une crevasse plus profonde, où flottaient sous l'eau frémissante et coulant vers la
mer lointaine par une fissure invisible, des herbes longues,
3140   fines, bizarrement colorées, des chevelures roses et vertes,
qui semblaient nager.

Mme Rosémilly s'écria :

«Tenez, tenez, j'en vois une, une grosse, une très grosse là-bas !»

3145 Il l'aperçut à son tour, et descendit dans le trou résolument, bien qu'il se mouillât jusqu'à la ceinture.

Mais la bête remuant ses longues moustaches reculait doucement devant le filet. Jean la poussait vers les varechs, sûr de l'y prendre. Quand elle se sentit bloquée, elle glissa
3150 d'un brusque élan par-dessus le lanet^§, traversa la mare et disparut.

La jeune femme qui regardait, toute palpitante, cette chasse, ne put retenir ce cri :

«Oh ! maladroit !»

3155 Il fut vexé, et d'un mouvement irréfléchi traîna son filet dans un fond plein d'herbes. En le ramenant à la surface de l'eau, il vit dedans trois grosses salicoques transparentes, cueillies à l'aveuglette dans leur cachette invisible.

Il les présenta, triomphant, à Mme Rosémilly qui n'osait
3160 point les prendre, par peur de la pointe aiguë et dentelée dont leur tête fine est armée.

Elle s'y décida pourtant, et pinçant entre deux doigts le bout effilé de leur barbe, elle les mit, l'une après l'autre, dans sa hotte^§, avec un peu de varech qui les conserverait vivantes.
3165 Puis ayant trouvé une flaque d'eau moins creuse, elle y entra, à pas hésitants, un peu suffoquée par le froid qui lui saisissait les pieds, et elle se mit à pêcher elle-même. Elle était adroite et rusée, ayant la main souple et le flair de chasseur qu'il fallait. Presque à chaque coup, elle ramenait des bêtes trompées et
3170 surprises par la lenteur ingénieuse de sa poursuite.

Jean maintenant ne trouvait rien, mais il la suivait pas à pas, la frôlait, se penchait sur elle, simulait un grand désespoir de sa maladresse, voulait apprendre.

«Oh ! montrez-moi, disait-il, montrez-moi !»

3175 Puis, comme leurs deux visages se reflétaient, l'un contre l'autre, dans l'eau si claire dont les plantes noires du fond

Mme Rosémilly s'écria :
« Tenez, tenez, j'en vois une, une grosse, une très grosse là-bas ! »

Lignes 3142 à 3144.

WALTER DUNNE, D'APRÈS LE DESSIN ORIGINAL D'ALBERT LYNCH.

faisaient une glace limpide, Jean souriait à cette tête voisine qui le regardait d'en bas, et parfois, du bout des doigts, lui jetait un baiser qui semblait tomber dessus.

3180 «Ah! que vous êtes ennuyeux! disait la jeune femme; mon cher, il ne faut jamais faire deux choses à la fois.»

Il répondit :

«Je n'en fais qu'une. Je vous aime.»

Elle se redressa, et d'un ton sérieux :

3185 «Voyons, qu'est-ce qui vous prend depuis dix minutes, avez-vous perdu la tête ?

— Non, je n'ai pas perdu la tête. Je vous aime, et j'ose, enfin, vous le dire.»

Ils étaient debout maintenant dans la mare salée qui les 3190 mouillait jusqu'aux mollets, et les mains ruisselantes appuyées sur leurs filets, ils se regardaient au fond des yeux.

Elle reprit, d'un ton plaisant et contrarié :

«Que vous êtes malavisé[1] de me parler de ça en ce moment ! Ne pouviez-vous attendre un autre jour et ne pas 3195 me gâter ma pêche ?»

Il murmura :

«Pardon, mais je ne pouvais plus me taire. Je vous aime depuis longtemps. Aujourd'hui vous m'avez grisé[§] à me faire perdre la raison.»

3200 Alors, tout à coup, elle sembla en prendre son parti, se résigner à parler d'affaires et à renoncer aux plaisirs.

«Asseyons-nous sur ce rocher, dit-elle, nous pourrons causer tranquillement.»

Ils grimpèrent sur un roc un peu haut, et lorsqu'ils y 3205 furent installés côte à côte, les pieds pendants, en plein soleil, elle reprit :

«Mon cher ami, vous n'êtes plus un enfant et je ne suis pas une jeune fille. Nous savons fort bien l'un et l'autre de quoi il s'agit, et nous pouvons peser toutes les conséquences

---

1 *malavisé* : imprudent, maladroit, sot.

3210 de nos actes. Si vous vous décidez aujourd'hui à me déclarer votre amour, je suppose naturellement que vous désirez m'épouser. »

Il ne s'attendait guère à cet exposé net de la situation, et il répondit niaisement :

3215   « Mais oui.

— En avez-vous parlé à votre père et à votre mère ?

— Non, je voulais savoir si vous m'accepteriez. »

Elle lui tendit sa main encore mouillée, et comme il y mettait la sienne avec élan :

3220   « Moi, je veux bien, dit-elle. Je vous crois bon et loyal. Mais n'oubliez point que je ne voudrais pas déplaire à vos parents.

— Oh ! pensez-vous que ma mère n'a rien prévu et qu'elle vous aimerait comme elle vous aime si elle ne désirait pas

3225 un mariage entre nous ?

— C'est vrai, je suis un peu troublée. »

Ils se turent. Et il s'étonnait, lui, au contraire qu'elle fût si peu troublée, si raisonnable. Il s'attendait à des gentillesses galantes, à des refus qui disent oui, à toute une coquette co-

3230 médie d'amour mêlée à la pêche, dans le clapotement de l'eau ! Et c'était fini, il se sentait lié, marié, en vingt paroles. Ils n'avaient plus rien à se dire puisqu'ils étaient d'accord et ils demeuraient maintenant un peu embarrassés tous deux de ce qui s'était passé, si vite, entre eux, un peu confus

3235 même, n'osant plus parler, n'osant plus pêcher, ne sachant que faire.

La voix de Roland les sauva :

« Par ici, par ici, les enfants ! Venez voir Beausire. Il vide la mer, ce gaillard-là. »

3240   Le capitaine, en effet, faisait une pêche merveilleuse. Mouillé jusqu'aux reins, il allait de mare en mare, reconnaissant d'un seul coup d'œil les meilleures places, et fouillant, d'un mouvement lent et sûr de son lanet[§], toutes les cavités cachées sous les varechs.

3245   Et les belles salicoques[§] transparentes, d'un blond gris, frétillaient au fond de sa main quand il les prenait d'un geste sec pour les jeter dans sa hotte[§].

Mme Rosémilly surprise, ravie, ne le quitta plus, l'imitant de son mieux, oubliant presque sa promesse et Jean qui
3250 suivait, rêveur, pour se donner tout entière à cette joie enfantine de ramasser des bêtes sous les herbes flottantes.

Roland s'écria tout à coup :

«Tiens, Mme Roland qui nous rejoint.»

Elle était restée d'abord seule avec Pierre sur la plage, car
3255 ils n'avaient envie ni l'un ni l'autre de s'amuser à courir dans les roches et à barboter dans les flaques ; et pourtant ils hésitaient à demeurer ensemble. Elle avait peur de lui, et son fils avait peur d'elle et de lui-même, peur de sa cruauté qu'il ne maîtrisait point.

3260   Ils s'assirent donc, l'un près de l'autre, sur le galet.

Et tous deux, sous la chaleur du soleil calmée par l'air marin, devant le vaste et doux horizon d'eau bleue moirée d'argent, pensaient en même temps : «Comme il aurait fait bon ici, autrefois !»

3265   Elle n'osait point parler à Pierre, sachant bien qu'il répondrait une dureté ; et il n'osait pas parler à sa mère sachant aussi que, malgré lui, il le ferait avec violence.

Du bout de sa canne il tourmentait les galets ronds, les remuait et les battait. Elle, les yeux vagues, avait pris entre
3270 ses doigts trois ou quatre petits cailloux qu'elle faisait passer d'une main dans l'autre, d'un geste lent et machinal. Puis son regard indécis, qui errait devant elle, aperçut, au milieu des varechs, son fils Jean qui pêchait avec Mme Rosémilly. Alors elle les suivit, épiant leurs mouvements, comprenant
3275 confusément, avec son instinct de mère, qu'ils ne causaient point comme tous les jours. Elle les vit se pencher côte à côte quand ils se regardaient dans l'eau, demeurer debout face à face quand ils interrogeaient leur cœur, puis grimper et s'asseoir sur le rocher pour s'engager l'un envers l'autre.

3280   Leurs silhouettes se détachaient bien nettes, semblaient
seules au milieu de l'horizon, prenaient dans ce large espace
de ciel, de mer, de falaises, quelque chose de grand et de
symbolique.

Pierre aussi les regardait, et un rire sec sortit brusque-
3285   ment de ses lèvres.

Sans se tourner vers lui, Mme Roland lui dit :

«Qu'est-ce que tu as donc ?»

Il ricanait toujours :

«Je m'instruis. J'apprends comment on se prépare à être
3290   cocu.»

Elle eut un sursaut de colère, de révolte, choquée du mot,
exaspérée de ce qu'elle croyait comprendre.

«Pour qui dis-tu ça ?

— Pour Jean, parbleu ! C'est très comique de les voir
3295   ainsi !»

Elle murmura, d'une voix basse, tremblante d'émotion :

«Oh ! Pierre, que tu es cruel ! Cette femme est la droiture
même. Ton frère ne pourrait trouver mieux»

Il se mit à rire tout à fait, d'un rire voulu et saccadé :
3300   «Ah ! ah ! ah ! La droiture même ! Toutes les femmes sont
la droiture même… et tous leurs maris sont cocus. Ah ! ah !
ah !»

Sans répondre elle se leva, descendit vivement la pente de
galets, et, au risque de glisser, de tomber dans les trous cachés
3305   sous les herbes, de se casser la jambe ou le bras, elle s'en alla,
courant presque, marchant à travers les mares, sans voir,
tout droit devant elle, vers son autre fils.

En la voyant approcher, Jean lui cria :

«Eh bien ? maman, tu te décides ?»
3310   Sans répondre elle lui saisit le bras comme pour lui dire :
«Sauve-moi, défends-moi.»

Il vit son trouble et, très surpris :

«Comme tu es pâle ! Qu'est-ce que tu as ?»

Elle balbutia :

3315   «J'ai failli tomber, j'ai eu peur sur ces rochers.»

Alors Jean la guida, la soutint, lui expliquant la pêche pour qu'elle y prît intérêt. Mais comme elle ne l'écoutait guère, et comme il éprouvait un besoin violent de se confier à quelqu'un, il l'entraîna plus loin et, à voix basse :

3320   «Devine ce que j'ai fait ?

— Mais… mais… je ne sais pas.

— Devine.

— Je ne… je ne sais pas.

— Eh bien, j'ai dit à Mme Rosémilly que je désirais
3325   l'épouser.»

Elle ne répondit rien, ayant la tête bourdonnante, l'esprit en détresse au point de ne plus comprendre qu'à peine. Elle répéta :

«L'épouser ?

3330   — Oui, ai-je bien fait ? Elle est charmante, n'est-ce pas ?

— Oui… charmante… tu as bien fait.

— Alors tu m'approuves ?

— Oui… je t'approuve.

— Comme tu dis ça drôlement. On croirait que… que…
3335   tu n'es pas contente.

— Mais oui… je suis… contente.

— Bien vrai ?

— Bien vrai.»

Et pour le lui prouver, elle le saisit à pleins bras et l'em-
3340   brassa à plein visage, par grands baisers de mère.

Puis, quand elle se fut essuyé les yeux, où des larmes étaient venues, elle aperçut là-bas sur la plage un corps étendu sur le ventre, comme un cadavre, la figure dans le galet : c'était l'autre, Pierre, qui songeait, désespéré.

3345   Alors elle emmena son petit Jean plus loin encore, tout près du flot, et ils parlèrent longtemps de ce mariage où se rattachait son cœur.

La mer montant les chassa vers les pêcheurs qu'ils rejoi-
gnirent, puis tout le monde regagna la côte. On réveilla
3350 Pierre qui feignait de dormir ; et le dîner fut très long, arrosé
de beaucoup de vins.

– VII –

Dans le break[§], en revenant, tous les hommes, hormis
Jean, sommeillèrent. Beausire et Roland s'abattaient, toutes
les cinq minutes, sur une épaule voisine qui les repoussait
3355 d'une secousse. Ils se redressaient alors, cessaient de ronfler,
ouvraient les yeux, murmuraient : «Bien beau temps», et
retombaient, presque aussitôt, de l'autre côté.

Lorsqu'on entra dans Le Havre, leur engourdissement
était si profond qu'ils eurent beaucoup de peine à le secouer,
3360 et Beausire refusa même de monter chez Jean où le thé les
attendait. On dut le déposer devant sa porte.

Le jeune avocat, pour la première fois, allait coucher dans
son logis nouveau ; et une grande joie, un peu puérile[1],
l'avait saisi tout à coup de montrer, justement ce soir-là, à sa
3365 fiancée, l'appartement qu'elle habiterait bientôt.

La bonne était partie, Mme Roland ayant déclaré qu'elle
ferait chauffer l'eau et servirait elle-même, car elle n'aimait
pas laisser veiller les domestiques, par crainte du feu.

Personne, autre qu'elle, son fils et les ouvriers, n'était
3370 encore entré, afin que la surprise fût complète quand on
verrait combien c'était joli.

Dans le vestibule, Jean pria qu'on attendît. Il voulait
allumer les bougies et les lampes, et il laissa dans l'obscurité
Mme Rosémilly, son père et son frère, puis il cria : «Arrivez !»
3375 en ouvrant toute grande la porte à deux battants.

La galerie vitrée, éclairée par un lustre et des verres de
couleur cachés dans les palmiers, les caoutchoucs et les fleurs,
apparaissait d'abord pareille à un décor de théâtre. Il y eut
une seconde d'étonnement. Roland, émerveillé de ce luxe,
3380 murmura : «Nom d'un chien», saisi par l'envie de battre des
mains comme devant les apothéoses[2].

---

1 *puérile* : enfantine.
2 *apothéoses* : triomphes.

Puis on pénétra dans le premier salon, petit, tendu avec une étoffe vieil or, pareille à celle des sièges. Le grand salon de consultation très simple, d'un rouge saumon pâle, avait
3385 grand air.

Jean s'assit dans le fauteuil devant son bureau chargé de livres, et d'une voix grave, un peu forcée :

«Oui, Madame, les textes de lois sont formels et me donnent, avec l'assentiment que je vous avais annoncé, l'absolue
3390 certitude qu'avant trois mois l'affaire dont nous nous sommes entretenus recevra une heureuse solution.»

Il regardait Mme Rosémilly qui se mit à sourire en regardant Mme Roland ; et Mme Roland, lui prenant la main, la serra.

3395 Jean, radieux, fit une gambade[1] de collégien et s'écria :

«Hein, comme la voix porte bien. Il serait excellent pour plaider, ce salon.»

Il se mit à déclamer :

«Si l'humanité seule, si ce sentiment de bienveillance
3400 naturelle que nous éprouvons pour toute souffrance devait être le mobile de l'acquittement que nous sollicitons de vous, nous ferions appel à votre pitié, Messieurs les jurés, à votre cœur de père et d'homme ; mais nous avons pour nous le droit, et c'est la seule question du droit que nous
3405 allons soulever devant vous…»

Pierre regardait ce logis qui aurait pu être le sien, et il s'irritait des gamineries de son frère, le jugeant, décidément, trop niais et pauvre d'esprit.

Mme Roland ouvrit une porte à droite.

3410 «Voici la chambre à coucher», dit-elle.

Elle avait mis à la parer tout son amour de mère. La tenture était en cretonne[2] de Rouen qui imitait la vieille toile normande. Un dessin Louis XV[3] — une bergère dans un

---

1 *gambade* : saut marquant la gaieté.
2 *cretonne* : tissu de coton.
3 *dessin Louis XV* : dessin à la mode sous le règne de Louis XV.

médaillon que fermaient les becs unis de deux colombes —
3415 donnait aux murs, aux rideaux, au lit, aux fauteuils un air
galant et champêtre tout à fait gentil.

«Oh ! c'est charmant, dit Mme Rosémilly, devenue un peu
sérieuse, en entrant dans cette pièce.

— Cela vous plaît ? demanda Jean.

3420 — Énormément.

— Si vous saviez comme ça me fait plaisir.»

Ils se regardèrent une seconde, avec beaucoup de tendresse confiante au fond des yeux.

Elle était gênée un peu cependant, un peu confuse dans
3425 cette chambre à coucher qui serait sa chambre nuptiale. Elle
avait remarqué, en entrant, que la couche[1] était très large,
une vraie couche de ménage, choisie par Mme Roland qui
avait prévu sans doute et désiré le prochain mariage de son
fils ; et cette précaution de mère lui faisait plaisir cependant,
3430 semblait lui dire qu'on l'attendait dans la famille.

Puis quand on fut rentré dans le salon, Jean ouvrit
brusquement la porte de gauche et on aperçut la salle à
manger ronde, percée de trois fenêtres, et décorée en
lanterne japonaise. La mère et le fils avaient mis là toute la
3435 fantaisie dont ils étaient capables. Cette pièce à meubles de
bambou, à magots[2], à potiches[3], à soieries pailletées d'or, à
stores transparents où des perles de verre semblaient des
gouttes d'eau, à éventails cloués aux murs pour maintenir
les étoffes, avec ses écrans, ses sabres, ses masques, ses grues[4]
3440 faites en plumes véritables, tous ses menus bibelots de porcelaine, de bois, de papier, d'ivoire, de nacre et de bronze
avait l'aspect prétentieux et maniéré que donnent les mains
inhabiles et les yeux ignorants aux choses qui exigent le plus
de tact, de goût et d'éducation artiste. Ce fut celle cependant

---

1   *couche* : lit.

2   *magots* : figurines trapues de l'Extrême-Orient, en porcelaine, pierre, jade.

3   *potiches* : grands vases de porcelaine d'Extrême-Orient.

4   *grues* : échassiers, migrateurs, qui volent par bandes.

3445 qu'on admira le plus. Pierre seul fit des réserves[1] avec une
ironie un peu amère dont son frère se sentit blessé.

Sur la table, les fruits se dressaient en pyramides, et les
gâteaux s'élevaient en monuments.

On n'avait guère faim ; on suça les fruits et on grignota les
3450 pâtisseries plutôt qu'on ne les mangea. Puis, au bout d'une
heure, Mme Rosémilly demanda la permission de se retirer.

Il fut décidé que le père Roland l'accompagnerait à
sa porte et partirait immédiatement avec elle, tandis que
Mme Roland, en l'absence de la bonne, jetterait son coup d'œil
3455 de mère sur le logis afin que son fils ne manquât de rien.

«Faut-il revenir te chercher ?» demanda Roland.

Elle hésita, puis répondit :

«Non, mon gros, couche-toi. Pierre me ramènera.»

Dès qu'ils furent partis, elle souffla les bougies, serra
3460 les gâteaux, le sucre et les liqueurs[§] dans un meuble dont la
clef fut remise à Jean ; puis elle passa dans la chambre à
coucher, entrouvrit le lit, regarda si la carafe était remplie
d'eau fraîche et la fenêtre bien fermée.

Pierre et Jean étaient demeurés dans le petit salon, celui-
3465 ci encore froissé de la critique faite sur son goût, et celui-là
de plus en plus agacé de voir son frère dans ce logis.

Ils fumaient assis tous les deux, sans se parler. Pierre tout
à coup se leva :

«Cristi ! dit-il, la veuve avait l'air bien vannée[2] ce soir, les
3470 excursions ne lui réussissent pas.»

Jean se sentit soulevé soudain par une de ces promptes et
furieuses colères de débonnaires[3] blessés au cœur.

Le souffle lui manquait, tant son émotion était vive, et il
balbutia :

3475 «Je te défends désormais de dire "la veuve" quand tu
parleras de Mme Rosémilly.»

---

1 *fit des réserves* : émit des doutes, ne donna pas son assentiment total.
2 *bien vannée* : extrêmement fatiguée.
3 *débonnaires* : d'une bonté poussée à l'extrême, un peu faibles, bonasses.

Pierre se tourna vers lui, hautain :

«Je crois que tu me donnes des ordres. Deviens-tu fou, par hasard ?»

3480   Jean aussitôt s'était dressé :

«Je ne deviens pas fou, mais j'en ai assez de tes manières envers moi.»

Pierre ricana :

«Envers toi ? Est-ce que tu fais partie de Mme Rosémilly ?

3485   — Sache que Mme Rosémilly va devenir ma femme.»

L'autre rit plus fort :

«Ah ! ah ! très bien. Je comprends maintenant pourquoi je ne devrai plus l'appeler "la veuve". Mais tu as pris une drôle de manière pour m'annoncer ton mariage.

3490   — Je te défends de plaisanter... tu entends... je te le défends.»

Jean s'était approché, pâle, la voix tremblante, exaspéré de cette ironie poursuivant la femme qu'il aimait et qu'il avait choisie.

3495   Mais Pierre soudain devint aussi furieux. Tout ce qui s'amassait en lui de colères impuissantes, de rancunes écrasées, de révoltes domptées depuis quelque temps et de désespoir silencieux, lui montant à la tête, l'étourdit comme un coup de sang.

3500   «Tu oses ?... Tu oses ?... Et moi je t'ordonne de te taire, tu entends, je te l'ordonne !»

Jean, surpris de cette violence, se tut quelques secondes, cherchant, dans ce trouble d'esprit où nous jette la fureur, la chose, la phrase, le mot qui pourrait blesser son frère

3505   jusqu'au cœur.

Il reprit, en s'efforçant de se maîtriser pour bien frapper, de ralentir sa parole pour la rendre plus aiguë :

«Voilà longtemps que je te sais jaloux de moi, depuis le jour où tu as commencé à dire "la veuve" parce que tu as

3510   compris que cela me faisait mal.»

Pierre poussa un de ces rires stridents et méprisants qui lui étaient familiers :

«Ah ! ah ! mon Dieu ! Jaloux de toi !... moi ?... moi ?... et de quoi ?... de quoi, mon Dieu ? de ta figure ou de ton 3515 esprit ?...»

Mais Jean sentit bien qu'il avait touché la plaie de cette âme :

«Oui, tu es jaloux de moi, et jaloux depuis l'enfance ; et tu es devenu furieux quand tu as vu que cette femme me 3520 préférait et qu'elle ne voulait pas de toi.»

Pierre bégayait, exaspéré de cette supposition :

«Moi... moi... jaloux de toi ? à cause de cette cruche, de cette dinde, de cette oie grasse ?...»

Jean qui voyait porter ses coups reprit :

3525 «Et le jour où tu as essayé de ramer plus fort que moi, dans la *Perle* ? Et tout ce que tu dis devant elle pour te faire valoir ? Mais tu crèves de jalousie ! Et quand cette fortune m'est arrivée, tu es devenu enragé, et tu m'as détesté, et tu l'as montré de toutes les manières, et tu as fait souffrir tout 3530 le monde, et tu n'es pas une heure sans cracher la bile qui t'étouffe.»

Pierre ferma ses poings de fureur avec une envie irrésistible de sauter sur son frère et de le prendre à la gorge :

«Ah ! tais-toi, cette fois, ne parle point de cette fortune !» 3535 Jean se récria :

«Mais la jalousie te suinte de la peau. Tu ne dis pas un mot à mon père, à ma mère ou à moi, où elle n'éclate. Tu feins de me mépriser parce que tu es jaloux ! tu cherches querelle à tout le monde parce que tu es jaloux. Et main-3540 tenant que je suis riche, tu ne te contiens plus, tu es devenu venimeux, tu tortures notre mère comme si c'était sa faute !...»

Pierre avait reculé jusqu'à la cheminée, la bouche entrouverte, l'œil dilaté, en proie à une de ces folies de rage qui 3545 font commettre des crimes.

Il répéta d'une voix plus basse, mais haletante :

«Tais-toi, tais-toi donc !

— Non. Voilà longtemps que je voulais te dire ma pensée entière ; tu m'en donnes l'occasion, tant pis pour toi. J'aime une femme ! Tu le sais et tu la railles devant moi, tu me pousses à bout ; tant pis pour toi. Mais je casserai tes dents de vipère, moi ! Je te forcerai à me respecter.

— Te respecter, toi ?

— Oui, moi !

— Te respecter... toi... qui nous as tous déshonorés, par ta cupidité ?

— Tu dis ? Répète... répète ?...

— Je dis qu'on n'accepte pas la fortune d'un homme quand on passe pour le fils d'un autre.»

Jean demeurait immobile, ne comprenant pas, effaré devant l'insinuation qu'il pressentait :

«Comment ? Tu dis... répète encore ?

— Je dis ce que tout le monde chuchote, ce que tout le monde colporte, que tu es le fils de l'homme qui t'a laissé sa fortune. Eh bien ! un garçon propre n'accepte pas l'argent qui déshonore sa mère.

— Pierre... Pierre... Pierre... y songes-tu ?... Toi... c'est toi... toi... qui prononces cette infamie[§] ?

— Oui... moi... c'est moi. Tu ne vois donc point que j'en crève de chagrin depuis un mois, que je passe mes nuits sans dormir et mes jours à me cacher comme une bête, que je ne sais plus ce que je dis ni ce que je fais, ni ce que je deviendrai tant je souffre, tant je suis affolé de honte et de douleur, car j'ai deviné d'abord et je sais maintenant.

— Pierre... Tais-toi... Maman est dans la chambre à côté ! Songe qu'elle peut nous entendre... qu'elle nous entend.»

Mais il fallait qu'il vidât son cœur ! et il dit tout, ses soupçons, ses raisonnements, ses luttes, sa certitude, et l'histoire du portrait encore une fois disparu.

Il parlait par phrases courtes, hachées, presque sans suite, des phrases d'halluciné.

Il semblait maintenant avoir oublié Jean et sa mère dans la pièce voisine. Il parlait comme si personne ne l'écoutait,
3585 parce qu'il devait parler, parce qu'il avait trop souffert, trop comprimé et refermé sa plaie. Elle avait grossi comme une tumeur, et cette tumeur venait de crever, éclaboussant tout le monde. Il s'était mis à marcher comme il faisait presque toujours; et les yeux fixés devant lui, gesticulant, dans une
3590 frénésie de désespoir, avec des sanglots dans la gorge, des retours de haine contre lui-même, il parlait comme s'il eût confessé sa misère et la misère des siens, comme s'il eût jeté sa peine à l'air invisible et sourd où s'envolaient ses paroles.

Jean éperdu, et presque convaincu soudain par l'énergie
3595 aveugle de son frère, s'était adossé contre la porte derrière laquelle il devinait que leur mère les avait entendus.

Elle ne pouvait point sortir; il fallait passer par le salon. Elle n'était point revenue; donc elle n'avait pas osé.

Pierre tout à coup, frappant du pied, cria :
3600 «Tiens, je suis un cochon d'avoir dit ça !»

Et il s'enfuit, nu-tête, dans l'escalier.

Le bruit de la grande porte de la rue, retombant avec fracas, réveilla Jean de la torpeur profonde où il était tombé. Quelques secondes s'étaient écoulées, plus longues que des
3605 heures, et son âme s'était engourdie dans un hébétement d'idiot. Il sentait bien qu'il lui faudrait penser tout à l'heure, et agir, mais il attendait, ne voulant même plus comprendre, savoir, se rappeler, par peur, par faiblesse, par lâcheté. Il était de la race des temporiseurs[1] qui remettent toujours au
3610 lendemain; et quand il lui fallait, sur-le-champ, prendre une résolution, il cherchait encore, par instinct, à gagner quelques moments.

---

1 *temporiseurs* : personnes qui ont l'habitude de tout remettre à plus tard (on dit «temporisateurs»).

Mais le silence profond qui l'entourait maintenant, après
les vociférations de Pierre, ce silence subit des murs, des
3615 meubles, avec cette lumière vive des six bougies et des deux
lampes, l'effraya si fort tout à coup qu'il eut envie de se
sauver aussi.

Alors il secoua sa pensée, il secoua son cœur, et il essaya
de réfléchir.

3620 Jamais il n'avait rencontré une difficulté dans sa vie. Il est
des hommes qui se laissent aller comme l'eau qui coule. Il
avait fait ses classes avec soin, pour n'être pas puni, et terminé
ses études de droit avec régularité parce que son existence
était calme. Toutes les choses du monde lui paraissaient
3625 naturelles sans éveiller autrement son attention. Il aimait
l'ordre, la sagesse, le repos par tempérament, n'ayant point de
replis dans l'esprit ; et il demeurait, devant cette catastrophe,
comme un homme qui tombe à l'eau sans avoir jamais nagé.

Il essaya de douter d'abord. Son frère avait menti par
3630 haine et par jalousie ?

Et pourtant, comment aurait-il été assez misérable pour
dire de leur mère une chose pareille s'il n'avait pas été
lui-même égaré par le désespoir ? Et puis Jean gardait dans
l'oreille, dans le regard, dans les nerfs, jusque dans le fond
3635 de la chair, certaines paroles, certains cris de souffrance, des
intonations et des gestes de Pierre, si douloureux qu'ils
étaient irrésistibles, aussi irrécusables[1] que la certitude.

Il demeurait trop écrasé pour faire un mouvement ou
pour avoir une volonté. Sa détresse devenait intolérable ; et
3640 il sentait que, derrière la porte, sa mère était là qui avait tout
entendu et qui attendait.

Que faisait-elle ? Pas un mouvement, pas un frisson, pas
un souffle, pas un soupir ne révélait la présence d'un être
derrière cette planche. Se serait-elle sauvée ? Mais par où ? Si

---

1 *irrécusables* : indiscutables.

3645 elle s'était sauvée… elle avait donc sauté par la fenêtre dans la rue !

Un sursaut de frayeur le souleva, si prompt et si dominateur qu'il enfonça plutôt qu'il n'ouvrit la porte et se jeta dans sa chambre.

3650 Elle semblait vide. Une seule bougie l'éclairait, posée sur la commode.

Jean s'élança vers la fenêtre, elle était fermée, avec les volets clos. Il se retourna, fouillant les coins noirs de son regard anxieux, et il s'aperçut que les rideaux du lit[1] avaient 3655 été tirés. Il y courut et les ouvrit. Sa mère était étendue sur sa couche, la figure enfouie dans l'oreiller, qu'elle avait ramené de ses deux mains crispées sur sa tête, pour ne plus entendre.

Il la crut d'abord étouffée. Puis l'ayant saisie par les 3660 épaules, il la retourna sans qu'elle lâchât l'oreiller qui lui cachait le visage et qu'elle mordait pour ne pas crier.

Mais le contact de ce corps raidi, de ces bras crispés, lui communiqua la secousse de son indicible[2] torture. L'énergie et la force dont elle retenait avec ses doigts et avec ses dents 3665 la toile gonflée de plumes sur sa bouche, sur ses yeux et sur ses oreilles pour qu'il ne la vît point et ne lui parlât pas, lui firent deviner, par la commotion qu'il reçut, jusqu'à quel point on peut souffrir. Et son cœur, son simple cœur, fut déchiré de pitié. Il n'était pas un juge, lui, même un juge 3670 miséricordieux, il était un homme plein de faiblesse et un fils plein de tendresse. Il ne se rappela rien de ce que l'autre lui avait dit, il ne raisonna pas et ne discuta point, il toucha seulement de ses deux mains le corps inerte de sa mère, et ne pouvant arracher l'oreiller de sa figure, il cria, en baisant 3675 sa robe :

«Maman, maman, ma pauvre maman, regarde-moi !»

---

1 *rideaux du lit* : à cette époque, il était fréquent d'entourer le lit de rideaux, surtout chez les bourgeois et les riches.
2 *indicible* : inexprimable.

Elle aurait semblé morte si tous ses membres n'eussent été parcourus d'un frémissement presque insensible, d'une vibration de corde tendue. Il répétait :

3680 «Maman, maman, écoute-moi. Ça n'est pas vrai. Je sais bien que ça n'est pas vrai.»

Elle eut un spasme, une suffocation, puis tout à coup elle sanglota dans l'oreiller. Alors tous ses nerfs se détendirent, ses muscles raidis s'amollirent, ses doigts s'entrouvrant

3685 lâchèrent la toile ; et il lui découvrit la face.

Elle était toute pâle, toute blanche, et de ses paupières fermées on voyait couler des gouttes d'eau. L'ayant enlacée par le cou, il lui baisa les yeux, lentement, par grands baisers désolés qui se mouillaient à ses larmes, et il disait toujours :

3690 «Maman, ma chère maman, je sais bien que ça n'est pas vrai. Ne pleure pas, je le sais ! Ça n'est pas vrai !»

Elle se souleva, s'assit, le regarda, et avec un de ces efforts de courage qu'il faut, en certains cas, pour se tuer, elle lui dit :

3695 «Non, c'est vrai, mon enfant.»

Et ils restèrent sans paroles, l'un devant l'autre. Pendant quelques instants encore elle suffoqua, tendant la gorge, en renversant la tête pour respirer, puis elle se vainquit de nouveau, et reprit :

3700 «C'est vrai, mon enfant. Pourquoi mentir ? C'est vrai. Tu ne me croirais pas, si je mentais.»

Elle avait l'air d'une folle. Saisi de terreur, il tomba à genoux près du lit en murmurant :

«Tais-toi, maman, tais-toi.»

3705 Elle s'était levée, avec une résolution et une énergie effrayantes :

«Mais je n'ai plus rien à te dire, mon enfant, adieu.»

Et elle marcha vers la porte.

Il la saisit à pleins bras, criant :

3710 «Qu'est-ce que tu fais, maman, où vas-tu ?

— Je ne sais pas… est-ce que je sais… je n'ai plus rien à faire… puisque je suis toute seule.»

Elle se débattait pour s'échapper. La retenant, il ne trouvait qu'un mot à lui répéter :

3715 «Maman… maman… maman…»

Et elle disait dans ses efforts pour rompre cette étreinte :

«Mais non, mais non, je ne suis plus ta mère maintenant, je ne suis plus rien pour toi, pour personne, plus rien, plus rien ! Tu n'as plus ni père ni mère, mon pauvre enfant…

3720 adieu.»

Il comprit brusquement que s'il la laissait partir il ne la reverrait jamais, et, l'enlevant, il la porta sur un fauteuil, l'assit de force, puis s'agenouillant et formant une chaîne de ses bras :

3725 «Tu ne sortiras point d'ici, maman ; moi je t'aime et je te garde. Je te garde toujours, tu es à moi.»

Elle murmura d'une voix accablée :

«Non, mon pauvre garçon, ça n'est plus possible. Ce soir tu pleures, et demain tu me jetterais dehors. Tu ne me par-

3730 donnerais pas non plus.»

Il répondit avec un si grand élan de si sincère amour :

«Oh ! moi ? moi ? Comme tu me connais peu !» qu'elle poussa un cri, lui prit la tête par les cheveux, à pleines mains, l'attira avec violence et le baisa éperdument à travers

3735 la figure.

Puis elle demeura immobile, la joue contre la joue de son fils, sentant, à travers sa barbe, la chaleur de sa chair ; et elle lui dit, tout bas, dans l'oreille :

«Non, mon petit Jean. Tu ne me pardonnerais pas

3740 demain. Tu le crois et tu te trompes. Tu m'as pardonné ce soir, et ce pardon-là m'a sauvé la vie ; mais il ne faut plus que tu me voies.»

Il répéta, en l'étreignant :

«Maman, ne dis pas ça !

3745   — Si, mon petit, il faut que je m'en aille. Je ne sais pas
où, ni comment je m'y prendrai, ni ce que je dirai, mais
il le faut. Je n'oserais plus te regarder, ni t'embrasser,
comprends-tu ?»

Alors, à son tour, il lui dit, tout bas, dans l'oreille :

3750   «Ma petite mère, tu resteras, parce que je le veux, parce
que j'ai besoin de toi. Et tu vas me jurer de m'obéir, tout de
suite.

— Non, mon enfant.

— Oh ! maman, il le faut, tu entends. Il le faut.

3755   — Non, mon enfant, c'est impossible. Ce serait nous
condamner tous à l'enfer. Je sais ce que c'est, moi, que ce
supplice-là, depuis un mois. Tu es attendri, mais quand ce
sera passé, quand tu me regarderas comme me regarde
Pierre, quand tu te rappelleras ce que je t'ai dit !... Oh !...

3760 mon petit Jean, songe... songe que je suis ta mère !...

— Je ne veux pas que tu me quittes, maman, je n'ai que
toi.

— Mais pense, mon fils, que nous ne pourrons plus nous
voir sans rougir tous les deux, sans que je me sente mourir

3765 de honte et sans que tes yeux fassent baisser les miens.

— Ça n'est pas vrai, maman.

— Oui, oui, oui, c'est vrai ! Oh ! j'ai compris, va, toutes
les luttes de ton pauvre frère, toutes, depuis le premier jour.
Maintenant, lorsque je devine son pas dans la maison, mon

3770 cœur saute à briser ma poitrine, lorsque j'entends sa voix,
je sens que je vais m'évanouir. Je t'avais encore, toi ! Maintenant, je ne t'ai plus. Oh ! mon petit Jean, crois-tu que je
pourrais vivre entre vous deux ?

— Oui, maman. Je t'aimerai tant que tu n'y penseras

3775 plus.

— Oh ! oh ! comme si c'était possible !

— Oui, c'est possible.

— Comment veux-tu que je n'y pense plus entre ton
frère et toi ? Est-ce que vous n'y penserez plus, vous ?

3780　　　— Moi, je te le jure !

— Mais tu y penseras à toutes les heures du jour.

— Non, je te le jure. Et puis, écoute : si tu pars, je m'engage et je me fais tuer.»

Elle fut bouleversée par cette menace puérile[§] et étreignit
3785　Jean en le caressant avec une tendresse passionnée. Il reprit :

«Je t'aime plus que tu ne crois, va, bien plus, bien plus.
Voyons, sois raisonnable. Essaie de rester seulement huit
jours. Veux-tu me promettre huit jours ? Tu ne peux pas me
refuser ça ?»

3790　　　Elle posa ses deux mains sur les épaules de Jean, et le tenant à la longueur de ses bras :

«Mon enfant… tâchons d'être calmes et de ne pas nous
attendrir. Laisse-moi te parler d'abord. Si je devais une seule
fois entendre sur tes lèvres ce que j'entends depuis un mois
3795　dans la bouche de ton frère, si je devais une seule fois voir
dans tes yeux ce que je lis dans les siens, si je devais deviner
rien que par un mot ou par un regard que je te suis odieuse
comme à lui… une heure après, tu entends, une heure
après… je serais partie pour toujours.

3800　　　— Maman, je te le jure…

— Laisse-moi parler… Depuis un mois j'ai souffert tout
ce qu'une créature peut souffrir. À partir du moment où j'ai
compris que ton frère, que mon autre fils me soupçonnait,
et qu'il devinait, minute par minute, la vérité, tous les
3805　instants de ma vie ont été un martyre qu'il est impossible de
t'exprimer.»

Elle avait une voix si douloureuse que la contagion de sa
torture emplit de larmes les yeux de Jean.

Il voulut l'embrasser, mais elle le repoussa :

3810　　　«Laisse-moi… écoute… j'ai encore tant de choses à te
dire pour que tu comprennes… mais tu ne comprendras
pas… c'est que… si je devais rester… il faudrait… Non, je
ne peux pas !

— Dis, maman, dis.

3815   — Eh bien ! oui. Au moins je ne t'aurais pas trompé… Tu
veux que je reste avec toi, n'est-ce pas ? Pour cela, pour que
nous puissions nous voir encore, nous parler, nous rencontrer toute la journée dans la maison, car je n'ose plus ouvrir
une porte dans la peur de trouver ton frère derrière elle,
3820 pour cela il faut, non pas que tu me pardonnes — rien ne
fait plus de mal qu'un pardon —, mais que tu ne m'en
veuilles pas de ce que j'ai fait… Il faut que tu te sentes assez
fort, assez différent de tout le monde pour te dire que tu
n'es pas le fils de Roland, sans rougir de cela et sans me
3825 mépriser !… Moi j'ai assez souffert… j'ai trop souffert, je ne
peux plus, non, je ne peux plus ! Et ce n'est pas d'hier, va,
c'est de longtemps… Mais tu ne pourras jamais comprendre
ça, toi ! Pour que nous puissions encore vivre ensemble, et
nous embrasser, mon petit Jean, dis-toi bien que si j'ai été la
3830 maîtresse de ton père, j'ai été encore plus sa femme, sa vraie
femme, que je n'en ai pas honte au fond du cœur, que je ne
regrette rien, que je l'aime encore tout mort qu'il est, que je
l'aimerai toujours, que je n'ai aimé que lui, qu'il a été toute
ma vie, toute ma joie, tout mon espoir, toute ma consola-
3835 tion, tout, tout, tout pour moi, pendant si longtemps !
Écoute, mon petit : devant Dieu qui m'entend, je n'aurais
jamais rien eu de bon dans l'existence, si je ne l'avais pas
rencontré, jamais rien, pas une tendresse, pas une douceur,
pas une de ces heures qui nous font tant regretter de vieillir,
3840 rien ! Je lui dois tout ! Je n'ai eu que lui au monde, et puis
vous deux, ton frère et toi. Sans vous ce serait vide, noir et vide
comme la nuit. Je n'aurais jamais aimé rien, rien connu, rien
désiré, je n'aurais pas seulement pleuré, car j'ai pleuré, mon
petit Jean. Oh ! oui, j'ai pleuré, depuis que nous sommes
3845 venus ici. Je m'étais donnée à lui tout entière, corps et âme,
pour toujours, avec bonheur, et pendant plus de dix ans j'ai
été sa femme comme il a été mon mari devant Dieu qui
nous avait faits l'un pour l'autre. Et puis, j'ai compris qu'il
m'aimait moins. Il était toujours bon et prévenant, mais je

3850 n'étais plus pour lui ce que j'avais été. C'était fini ! Oh ! que
j'ai pleuré !... Comme c'est misérable et trompeur, la vie !...
Il n'y a rien qui dure... Et nous sommes arrivés ici ; et
jamais je ne l'ai plus revu, jamais il n'est venu... Il promettait dans toutes ses lettres !... Je l'attendais toujours !... et je
3855 ne l'ai plus revu !... et voilà qu'il est mort !... Mais il nous
aimait encore puisqu'il a pensé à toi. Moi je l'aimerai jusqu'à
mon dernier soupir, et je ne le renierai jamais, et je t'aime
parce que tu es son enfant, et je ne pourrais pas avoir
honte de lui devant toi ! Comprends-tu ? Je ne pourrais pas !
3860 Si tu veux que je reste, il faut que tu acceptes d'être son fils
et que nous parlions de lui quelquefois, et que tu l'aimes un
peu, et que nous pensions à lui quand nous nous
regarderons. Si tu ne veux pas, si tu ne peux pas, adieu, mon
petit, il est impossible que nous restions ensemble mainte-
3865 nant ! Je ferai ce que tu décideras.»

Jean répondit d'une voix douce :

«Reste, maman.»

Elle le serra dans ses bras et se remit à pleurer ; puis elle
reprit, la joue contre sa joue :

3870 «Oui, mais Pierre ? Qu'allons-nous devenir avec lui ?»

Jean murmura :

«Nous trouverons quelque chose. Tu ne peux plus vivre
auprès de lui.»

Au souvenir de l'aîné elle fut crispée d'angoisse :

3875 «Non, je ne puis plus, non ! non !»

Et se jetant sur le cœur de Jean, elle s'écria, l'âme en
détresse :

«Sauve-moi de lui, toi, mon petit, sauve-moi, fais
quelque chose, je ne sais pas... trouve... sauve-moi !

3880 — Oui, maman, je chercherai.

— Tout de suite... il faut... Tout de suite... ne me quitte
pas ! J'ai si peur de lui... si peur !

— Oui, je trouverai. Je te promets.

— Oh ! mais vite, vite ! Tu ne comprends pas ce qui se
3885 passe en moi quand je le vois.»

Puis elle lui murmura tout bas, dans l'oreille :

«Garde-moi ici, chez toi.»

Il hésita, réfléchit et comprit, avec son bon sens positif, le
danger de cette combinaison.

3890 Mais il dut raisonner longtemps, discuter, combattre avec
des arguments précis son affolement et sa terreur.

«Seulement ce soir, disait-elle, seulement cette nuit. Tu
feras dire demain à Roland que je me suis trouvée malade.

— Ce n'est pas possible, puisque Pierre est rentré.
3895 Voyons, aie du courage. J'arrangerai tout, je te le promets,
dès demain. Je serai à neuf heures à la maison. Voyons, mets
ton chapeau.

Je vais te reconduire.

— Je ferai ce que tu voudras», dit-elle avec un abandon
3900 enfantin, craintif et reconnaissant.

Elle essaya de se lever; mais la secousse avait été trop
forte; elle ne pouvait encore se tenir sur ses jambes.

Alors il lui fit boire de l'eau sucrée, respirer de l'alcali[1], et
il lui lava les tempes avec du vinaigre. Elle se laissait faire,
3905 brisée et soulagée comme après un accouchement.

Elle put enfin marcher et prit son bras. Trois heures sonnaient quand ils passèrent à l'hôtel de ville.

Devant la porte de leur logis il l'embrassa et lui dit :
«Adieu, maman, bon courage.»

3910 Elle monta, à pas furtifs, l'escalier silencieux, entra dans
sa chambre, se dévêtit bien vite, et se glissa, avec l'émotion
retrouvée des adultères anciens, auprès de Roland qui
ronflait.

Seul dans la maison, Pierre ne dormait pas et l'avait
3915 entendue revenir.

---

1 *alcali :* ammoniaque (pour éviter l'évanouissement).

Elle le serra dans ses bras et se remit à pleurer ; puis elle reprit, la joue contre sa joue :

«Oui, mais Pierre ? Qu'allons-nous devenir avec lui ?»

Lignes 3868 à 3870.

Dessin de Geo-Dupuis, gravé par Lemoine, dans l'édition des Œuvres complètes illustrées de Guy de Maupassant, Paris, Ollendorf.

– VIII –

Quand il fut rentré dans son appartement, Jean s'affaissa
sur un divan, car les chagrins et les soucis qui donnaient à
son frère des envies de courir et de fuir comme une bête
chassée, agissant diversement sur sa nature somnolente, lui
3920 cassaient les jambes et les bras. Il se sentait mou à ne plus
faire un mouvement, à ne pouvoir gagner son lit, mou de
corps et d'esprit, écrasé et désolé. Il n'était point frappé,
comme l'avait été Pierre, dans la pureté de son amour filial[1],
dans cette dignité secrète qui est l'enveloppe des cœurs fiers,
3925 mais accablé par un coup du destin qui menaçait en même
temps ses intérêts les plus chers.

Quand son âme enfin se fut calmée, quand sa pensée se
fut éclaircie ainsi qu'une eau battue et remuée, il envisagea
la situation qu'on venait de lui révéler. S'il eût appris de
3930 toute autre manière le secret de sa naissance, il se serait
assurément indigné et aurait ressenti un profond chagrin ;
mais après sa querelle avec son frère, après cette délation
violente et brutale ébranlant ses nerfs, l'émotion poignante
de la confession de sa mère le laissa sans énergie pour se
3935 révolter. Le choc reçu par sa sensibilité avait été assez fort
pour emporter, dans un irrésistible attendrissement, tous les
préjugés et toutes les saintes susceptibilités de la morale
naturelle. D'ailleurs, il n'était pas un homme de résistance.
Il n'aimait lutter contre personne et encore moins contre
3940 lui-même ; il se résigna donc, et, par un penchant instinctif,
par un amour inné du repos, de la vie douce et tranquille, il
s'inquiéta aussitôt des perturbations qui allaient surgir
autour de lui et l'atteindre du même coup. Il les pressentait
inévitables, et, pour les écarter, il se décida à des efforts sur-
3945 humains d'énergie et d'activité. Il fallait que tout de suite,

---

1 *filial* : entre gens de la même famille.

dès le lendemain, la difficulté fût tranchée, car il avait aussi
par instants ce besoin impérieux des solutions immédiates
qui constitue toute la force des faibles, incapables de vouloir
longtemps. Son esprit d'avocat, habitué d'ailleurs à démêler
3950 et à étudier les situations compliquées, les questions d'ordre
intime, dans les familles troublées, découvrit immédiatement toutes les conséquences prochaines de l'état d'âme de
son frère. Malgré lui il en envisageait les suites à un point de
vue presque professionnel, comme s'il eût réglé les relations
3955 futures de clients après une catastrophe d'ordre moral.
Certes un contact continuel avec Pierre lui devenait impossible. Il l'éviterait facilement en restant chez lui, mais il était
encore inadmissible que leur mère continuât à demeurer
sous le même toit que son fils aîné.

3960   Et longtemps il médita, immobile sur les coussins, ima-
ginant et rejetant des combinaisons sans trouver rien qui pût
le satisfaire.

        Mais une idée soudain l'assaillit : — Cette fortune qu'il
avait reçue, un honnête homme la garderait-il ?

3965   Il se répondit : «Non», d'abord, et se décida à la donner
aux pauvres. C'était dur, tant pis. Il vendrait son mobilier et
travaillerait comme un autre, comme travaillent tous ceux
qui débutent. Cette résolution virile et douloureuse fouet-
tant son courage, il se leva et vint poser son front contre les
3970 vitres. Il avait été pauvre, il redeviendrait pauvre. Il n'en
mourrait pas, après tout. Ses yeux regardaient le bec de gaz[§]
qui brûlait en face de lui de l'autre côté de la rue. Or, comme
une femme attardée passait sur le trottoir, il songea brusquement à Mme Rosémilly, et il reçut au cœur la secousse des
3975 émotions profondes nées en nous d'une pensée cruelle.
Toutes les conséquences désespérantes de sa décision lui
apparurent en même temps. Il devrait renoncer à épouser
cette femme, renoncer au bonheur, renoncer à tout.
Pouvait-il agir ainsi, maintenant qu'il s'était engagé vis-à-vis
3980 d'elle ? Elle l'avait accepté le sachant riche. Pauvre, elle

l'accepterait encore; mais avait-il le droit de lui demander,
de lui imposer ce sacrifice? Ne valait-il pas mieux garder
cet argent comme un dépôt qu'il restituerait plus tard aux
indigents[1]?

3985   Et dans son âme où l'égoïsme prenait des masques honnêtes, tous les intérêts diffusés luttaient et se combattaient.
Les scrupules premiers cédaient la place aux raisonnements
ingénieux, puis reparaissaient, puis s'effaçaient de nouveau.

        Il revint s'asseoir, cherchant un motif décisif, un prétexte
3990 tout-puissant pour fixer ses hésitations et convaincre sa
droiture native. Vingt fois déjà il s'était posé cette question:
«Puisque je suis le fils de cet homme, que je le sais et que
je l'accepte, n'est-il pas naturel que j'accepte aussi son héritage?» Mais cet argument ne pouvait empêcher le «non»
3995 murmuré par la conscience intime.

        Soudain il songea: «Puisque je ne suis pas le fils de celui
que j'avais cru être mon père, je ne puis plus rien accepter
de lui, ni de son vivant, ni après sa mort. Ce ne serait ni
digne ni équitable. Ce serait voler mon frère.»

4000   Cette nouvelle manière de voir l'ayant soulagé, ayant
apaisé sa conscience, il retourna vers la fenêtre.

        «Oui, se disait-il, il faut que je renonce à l'héritage de ma
famille, que je le laisse à Pierre tout entier, puisque je ne suis
pas l'enfant de son père. Cela est juste. Alors n'est-il pas
4005 juste aussi que je garde l'argent de mon père à moi?»

        Ayant reconnu qu'il ne pouvait profiter de la fortune de
Roland, s'étant décidé à l'abandonner intégralement, il consentit donc et se résigna à garder celle de Maréchal, car en
repoussant l'une et l'autre, il se trouverait réduit à la pure
4010 mendicité[2].

        Cette affaire délicate une fois réglée, il revint à la question
de la présence de Pierre dans la famille. Comment l'écarter?
Il désespérait de découvrir une solution pratique, quand le

---

1 *indigents*: pauvres.

2 *mendicité*: action de mendier, de demander la charité.

sifflet d'un vapeur[§] entrant au port sembla lui jeter une
4015 réponse en lui suggérant une idée.

Alors il s'étendit tout habillé sur son lit et rêvassa
jusqu'au jour.

Vers neuf heures il sortit pour s'assurer si l'exécution de
son projet était possible. Puis, après quelques démarches et
4020 quelques visites, il se rendit à la maison de ses parents. Sa
mère l'attendait enfermée dans sa chambre.

«Si tu n'étais pas venu, dit-elle, je n'aurais jamais osé
descendre.»

On entendit aussitôt Roland qui criait dans l'escalier :

4025 «On ne mange donc point aujourd'hui, nom d'un
chien !»

On ne répondit pas, et il hurla :

«Joséphine, nom de Dieu ! qu'est-ce que vous faites ?»

La voix de la bonne sortit des profondeurs du sous-sol :

4030 «V'là, M'sieu, qué qui faut ?

— Où est Madame ?

— Madame est en haut avec m'sieu Jean.»

Alors il vociféra en levant la tête vers l'étage supérieur :
«Louise ?»

4035 Mme Roland entrouvrit la porte et répondit :

«Quoi ? mon ami.

— On ne mange donc pas, nom d'un chien !

— Voilà, mon ami, nous venons.»

Et elle descendit, suivie de Jean.

4040 Roland s'écria en apercevant le jeune homme :

«Tiens, te voilà, toi ! Tu t'embêtes déjà dans ton logis ?

— Non, père, mais j'avais à causer avec maman ce
matin.»

Jean s'avança, la main ouverte, et quand il sentit se refer-
4045 mer sur ses doigts l'étreinte paternelle du vieillard, une
émotion bizarre et imprévue le crispa, l'émotion des sépa-
rations et des adieux sans espoir de retour.

Mme Roland demanda :

«Pierre n'est pas arrivé?»

4050   Son mari haussa les épaules:

«Non, mais tant pis, il est toujours en retard. Commen-
çons sans lui.»

Elle se tourna vers Jean:

«Tu devrais aller le chercher, mon enfant; ça le blesse
4055 quand on ne l'attend pas.

— Oui, maman, j'y vais.»

Et le jeune homme sortit.

Il monta l'escalier, avec la résolution fiévreuse d'un craintif
qui va se battre.

4060   Quand il eut heurté la porte, Pierre répondit:

«Entrez.»

Il entra.

L'autre écrivait, penché sur sa table.

«Bonjour», dit Jean.

4065   Pierre se leva:

«Bonjour.»

Et ils se tendirent la main comme si rien ne s'était passé.

«Tu ne descends pas déjeuner?

— Mais... c'est que... j'ai beaucoup à travailler.»

4070   La voix de l'aîné tremblait, et son œil anxieux demandait
au cadet ce qu'il allait faire.

«On t'attend.

— Ah! est-ce que... est-ce que notre mère est en bas?...

— Oui, c'est même elle qui m'a envoyé te chercher.

4075   — Ah, alors... je descends.»

Devant la porte de la salle il hésita à se montrer le premier; puis il l'ouvrit d'un geste saccadé, et il aperçut son
père et sa mère assis à table, face à face.

Il s'approcha d'elle d'abord sans lever les yeux, sans
4080 prononcer un mot, et s'étant penché il lui tendit son front à
baiser comme il faisait depuis quelque temps, au lieu de
l'embrasser sur les joues comme jadis. Il devina qu'elle
approchait sa bouche, mais il ne sentit point les lèvres sur sa

peau, et il se redressa, le cœur battant, après ce simulacre[1]
4085 de caresse.

Il se demandait : «Que se sont-ils dit, après mon départ ?»

Jean répétait avec tendresse «mère» et «chère maman»,
prenait soin d'elle, la servait et lui versait à boire. Pierre
alors comprit qu'ils avaient pleuré ensemble, mais il ne put
4090 pénétrer leur pensée ! Jean croyait-il sa mère coupable ou
son frère un misérable ?

Et tous les reproches qu'il s'était faits d'avoir dit l'horrible
chose l'assaillirent de nouveau, lui serrant la gorge et lui
fermant la bouche, l'empêchant de manger et de parler.

4095 Il était envahi maintenant par un besoin de fuir
intolérable, de quitter cette maison qui n'était plus sienne,
ces gens qui ne tenaient plus à lui que par d'imperceptibles
liens. Et il aurait voulu partir sur l'heure, n'importe où,
sentant que c'était fini, qu'il ne pouvait plus rester près
4100 d'eux, qu'il les torturerait toujours malgré lui, rien que par
sa présence, et qu'ils lui feraient souffrir sans cesse un
insoutenable supplice.

Jean parlait, causait avec Roland. Pierre n'écoutant pas,
n'entendait point. Il crut sentir cependant une intention
4105 dans la voix de son frère et prit garde au sens des paroles.

Jean disait :

«Ce sera, paraît-il, le plus beau bâtiment de leur flotte.
On parle de six mille cinq cents tonneaux[2]. Il fera son premier voyage le mois prochain.»

4110 Roland s'étonnait :

«Déjà ! Je croyais qu'il ne serait pas en état de prendre la
mer cet été.

— Pardon ; on a poussé les travaux avec ardeur pour que
la première traversée ait lieu avant l'automne. J'ai passé ce
4115 matin aux bureaux de la Compagnie et j'ai causé avec un des
administrateurs.

---

1 *simulacre :* semblant, apparence.

2 *tonneaux :* unités de mesure du volume valant chacune 2,83 mètres cubes.

— Ah ! ah ! lequel ?

— M. Marchand, l'ami particulier du président du conseil d'administration.

4120   — Tiens, tu le connais ?

— Oui. Et puis j'avais un petit service à lui demander.

— Ah ! alors tu me feras visiter en grand détail la *Lorraine* dès qu'elle entrera dans le port, n'est-ce pas ?

— Certainement, c'est très facile ! »

4125   Jean paraissait hésiter, chercher ses phrases, poursuivre une introuvable transition. Il reprit :

« En somme, c'est une vie très acceptable qu'on mène sur ces grands transatlantiques. On passe plus de la moitié des mois à terre dans deux villes superbes, New York et Le Havre,

4130 et le reste en mer avec des gens charmants. On peut même faire là des connaissances très agréables et très utiles pour plus tard, oui, très utiles, parmi les passagers. Songe que le capitaine, avec les économies sur le charbon, peut arriver à vingt-cinq mille francs par an, sinon plus… »

4135   Roland fit un « bigre ! » suivi d'un sifflement qui témoignaient d'un profond respect pour la somme et pour le capitaine.

Jean reprit :

« Le commissaire de bord peut atteindre dix mille, et le

4140 médecin a cinq mille de traitement fixe, avec logement, nourriture, éclairage, chauffage, service, etc., etc. Ce qui équivaut à dix mille au moins, c'est très beau. »

Pierre, qui avait levé les yeux, rencontra ceux de son frère, et le comprit.

4145   Alors, après une hésitation, il demanda :

« Est-ce très difficile à obtenir, les places de médecin sur un transatlantique ?

— Oui et non. Tout dépend des circonstances et des protections. »

4150   Il y eut un long silence, puis le docteur reprit :

« C'est le mois prochain que part la *Lorraine* ?

— Oui, le sept.»

Et ils se turent.

Pierre songeait. Certes ce serait une solution s'il pouvait
4155 s'embarquer comme médecin sur ce paquebot. Plus tard on
verrait ; il le quitterait peut-être. En attendant il y gagnerait
sa vie sans demander rien à sa famille. Il avait dû, l'avant-
veille, vendre sa montre, car maintenant il ne tendait plus la
main devant sa mère ! Il n'avait donc aucune ressource, hors
4160 celle-là, aucun moyen de manger d'autre pain que le pain de
la maison inhabitable, de dormir dans un autre lit, sous un
autre toit. Il dit alors, en hésitant un peu :

«Si je pouvais, je partirais volontiers là-dessus, moi.»

Jean demanda :

4165 «Pourquoi ne pourrais-tu pas ?

— Parce que je ne connais personne à la Compagnie
transatlantique.»

Roland demeurait stupéfait :

«Et tous tes beaux projets de réussite, que deviennent-
4170 ils ?»

Pierre murmura :

«Il y a des jours où il faut savoir tout sacrifier, et renoncer
aux meilleurs espoirs. D'ailleurs, ce n'est qu'un début, un
moyen d'amasser quelques milliers de francs pour m'établir
4175 ensuite.»

Son père, aussitôt, fut convaincu :

«Ça, c'est vrai. En deux ans tu peux mettre de côté six ou
sept mille francs, qui bien employés te mèneront loin. Qu'en
penses-tu, Louise ?»

4180 Elle répondit d'une voix basse, presque inintelligible[1] :

«Je pense que Pierre a raison.»

Roland s'écria :

«Mais je vais en parler à M. Poulin, que je connais beaucoup ! Il est juge au tribunal de commerce et il s'occupe des

---

1 *inintelligible* : qu'on ne peut comprendre.

4185 affaires de la Compagnie. J'ai aussi M. Lenient, l'armateur[1],
qui est intime avec un des vice-présidents.»

Jean demanda à son frère :

«Veux-tu que je tâte[2] aujourd'hui même M. Marchand ?

— Oui, je veux bien.»

4190 Pierre reprit, après avoir songé quelques instants :

«Le meilleur moyen serait peut-être encore d'écrire à mes
maîtres de l'École de médecine qui m'avaient en grande
estime. On embarque souvent sur ces bateaux-là des sujets[3]
médiocres. Des lettres très chaudes[4] des professeurs Mas-
4195 Roussel, Rémusot, Flache et Borriquel enlèveraient la chose[5]
en une heure mieux que toutes les recommandations dou-
teuses. Il suffirait de faire présenter ces lettres par ton ami
M. Marchand au conseil d'administration.»

Jean approuvait tout à fait :

4200 «Ton idée est excellente, excellente !»

Et il souriait, rassuré, presque content, sûr du succès,
étant incapable de s'affliger longtemps.

«Tu vas leur écrire aujourd'hui même, dit-il.

— Tout à l'heure, tout de suite. J'y vais. Je ne prendrai pas
4205 de café ce matin, je suis trop nerveux.»

Il se leva et sortit.

Alors Jean se tourna vers sa mère :

«Toi, maman, qu'est-ce que tu fais ?

— Rien… Je ne sais pas.

4210 — Veux-tu venir avec moi jusque chez Mme Rosémilly ?

— Mais… oui.. oui…

— Tu sais… il est indispensable que j'y aille aujourd'hui.

— Oui… oui… C'est vrai.

---

1 *armateur* : celui qui exploite commercialement un navire, en tant que propriétaire
   ou locataire.
2 *tâte* : questionne avec prudence, sonde.
3 *sujets* : candidats.
4 *chaudes* : chaleureuses (recommandations).
5 *enlèverait la chose* : règlerait le cas.

— Pourquoi ça, indispensable ? demanda Roland, ha-
4215 bitué d'ailleurs à ne jamais comprendre ce qu'on disait
devant lui.

— Parce que je lui ai promis d'y aller.

— Ah ! très bien. C'est différent, alors. »

Et il se mit à bourrer sa pipe, tandis que la mère et le fils
4220 montaient l'escalier pour prendre leurs chapeaux.

Quand ils furent dans la rue, Jean lui demanda :

« Veux-tu mon bras, maman ? »

Il ne le lui offrait jamais, car ils avaient l'habitude de
marcher côte à côte. Elle accepta et s'appuya sur lui.

4225 Ils ne parlèrent point pendant quelque temps, puis il lui
dit :

« Tu vois que Pierre consent parfaitement à s'en aller. »

Elle murmura :

« Le pauvre garçon !

4230 — Pourquoi ça, le pauvre garçon ? Il ne sera pas malheureux du tout sur la *Lorraine*.

— Non… je sais bien, mais je pense à tant de choses. »

Longtemps elle songea, la tête baissée, marchant du
même pas que son fils, puis avec cette voix bizarre qu'on
4235 prend par moments pour conclure une longue et secrète
pensée :

« C'est vilain, la vie ! Si on y trouve une fois un peu de
douceur, on est coupable de s'y abandonner et on le paie
bien cher plus tard. »

4240 Il fit, très bas :

« Ne parle plus de ça, maman.

— Est-ce possible ? J'y pense tout le temps.

— Tu oublieras. »

Elle se tut encore, puis, avec un regret profond :

4245 « Ah ! comme j'aurais pu être heureuse en épousant un
autre homme ! »

À présent, elle s'exaspérait contre Roland, rejetant sur sa
laideur, sur sa bêtise, sur sa gaucherie, sur la pesanteur de

son esprit et l'aspect commun de sa personne toute la
responsabilité de sa faute et de son malheur. C'était à cela, à
la vulgarité de cet homme, qu'elle devait de l'avoir trompé,
d'avoir désespéré un de ses fils et fait à l'autre la plus douloureuse confession dont pût saigner le cœur d'une mère.

Elle murmura : «C'est si affreux pour une jeune fille
d'épouser un mari comme le mien.» Jean ne répondait pas.
Il pensait à celui dont il avait cru être jusqu'ici le fils, et
peut-être la notion confuse qu'il portait depuis longtemps
de la médiocrité paternelle, l'ironie constante de son frère,
l'indifférence dédaigneuse des autres et jusqu'au mépris de
la bonne pour Roland avaient-ils préparé son âme à l'aveu
terrible de sa mère. Il lui en coûtait moins d'être le fils d'un
autre ; et après la grande secousse d'émotion de la veille, s'il
n'avait pas eu le contrecoup de révolte, d'indignation et de
colère redouté par Mme Roland, c'est que depuis bien longtemps il souffrait inconsciemment de se sentir l'enfant de ce
lourdaud bonasse.

Ils étaient arrivés devant la maison de Mme Rosémilly.

Elle habitait, sur la route de Sainte-Adresse, le deuxième
étage d'une grande construction qui lui appartenait. De ses
fenêtres on découvrait toute la rade§ du Havre.

En apercevant Mme Roland qui entrait la première, au lieu
de lui tendre les mains comme toujours, elle ouvrit les bras
et l'embrassa, car elle devinait l'intention de sa démarche.

Le mobilier du salon, en velours frappé, était toujours
recouvert de housses. Les murs, tapissés de papier à fleurs,
portaient quatre gravures achetées par le premier mari, le
capitaine. Elles représentaient des scènes maritimes et senti-
mentales. On voyait sur la première la femme d'un pêcheur
agitant un mouchoir sur une côte, tandis que disparaît à
l'horizon la voile qui emporte son homme. Sur la seconde, la
même femme, à genoux sur la même côte, se tord les bras en
regardant au loin, sous un ciel plein d'éclairs, sur une mer de
vagues invraisemblables, la barque de l'époux qui va sombrer.

Les deux autres gravures représentaient des scènes ana-
4285 logues dans une classe supérieure de la société.

Une jeune femme blonde rêve, accoudée sur le bordage
d'un grand paquebot qui s'en va. Elle regarde la côte déjà
lointaine d'un œil mouillé de larmes et de regrets.

Qui a-t-elle laissé derrière elle ?

4290 Puis, la même jeune femme assise près d'une fenêtre
ouverte sur l'Océan est évanouie dans un fauteuil. Une lettre
vient de tomber de ses genoux sur le tapis.

Il est donc mort, quel désespoir !

Les visiteurs, généralement, étaient émus et séduits par la
4295 tristesse banale de ces sujets transparents et poétiques. On
comprenait tout de suite, sans explication et sans recherche,
et on plaignait les pauvres femmes, bien qu'on ne sût pas au
juste la nature du chagrin de la plus distinguée. Mais ce
doute même aidait à la rêverie. Elle avait dû perdre son
4300 fiancé ! L'œil, dès l'entrée, était attiré invinciblement vers ces
quatre sujets et retenu comme par une fascination. Il ne s'en
écartait que pour y revenir toujours, et toujours contempler
les quatre expressions des deux femmes qui se ressemblaient
comme deux sœurs. Il se dégageait surtout du dessin net,
4305 bien fini, soigné, distingué à la façon d'une gravure de mode,
ainsi que du cadre bien luisant, une sensation de propreté et
de rectitude qu'accentuait encore le reste de l'ameublement.

Les sièges demeuraient rangés suivant un ordre invariable,
les uns contre la muraille, les autres autour du guéridon[§].
4310 Les rideaux blancs, immaculés, avaient des plis si droits et si
réguliers qu'on avait envie de les friper un peu ; et jamais un
grain de poussière ne ternissait le globe où la pendule dorée,
de style Empire, une mappemonde portée par un Atlas[1] age-
nouillé, semblait mûrir comme un melon d'appartement.

4315 Les deux femmes, en s'asseyant, modifièrent un peu la
place normale de leurs chaises.

---

1 *Atlas* : personnage de la mythologie grecque et latine qui portait la Terre sur ses
   épaules.

«Vous n'êtes pas sortie aujourd'hui ? demanda Mme Roland.

— Non. Je vous avoue que je suis un peu fatiguée.»

Et elle rappela, comme pour en remercier Jean et sa mère,
4320 tout le plaisir qu'elle avait pris à cette excursion et à cette
pêche.

«Vous savez, disait-elle, que j'ai mangé ce matin mes sali-
coques§. Elles étaient délicieuses. Si vous voulez, nous
recommencerons un jour ou l'autre cette partie-là…»

4325   Le jeune homme l'interrompit :

«Avant d'en commencer une seconde, si nous terminions
la première ?

— Comment ça ? Mais il me semble qu'elle est finie.

— Oh ! Madame, j'ai fait, de mon côté, dans ce rocher de
4330 Saint-Jouin, une pêche que je veux aussi rapporter chez
moi.»

Elle prit un air naïf et malin[1] :

«Vous ? Quoi donc ? Qu'est-ce que vous avez trouvé ?

— Une femme ! Et nous venons, maman et moi, vous
4335 demander si elle n'a pas changé d'avis ce matin.»

Elle se mit à sourire :

«Non, Monsieur, je ne change jamais d'avis, moi.»

Ce fut lui qui lui tendit alors sa main toute grande, où elle
fit tomber la sienne d'un geste vif et résolu. Et il demanda :
4340   «Le plus tôt possible, n'est-ce pas ?

— Quand vous voudrez.

— Six semaines ?

— Je n'ai pas d'opinion. Qu'en pense ma future belle-
mère ?»

4345   Mme Roland répondit avec un sourire un peu mélancolique :

«Oh ! moi, je ne pense rien. Je vous remercie seulement
d'avoir bien voulu Jean, car vous le rendrez très heureux.

— On fera ce qu'on pourra, maman.»

---

1 *malin* : intelligent.

⁴³⁵⁰   Un peu attendrie, pour la première fois, Mme Rosémilly se
leva et, prenant à pleins bras Mme Roland, l'embrassa
longtemps comme un enfant ; et sous cette caresse nouvelle
une émotion puissante gonfla le cœur malade de la pauvre
femme. Elle n'aurait pu dire ce qu'elle éprouvait. C'était
⁴³⁵⁵ triste et doux en même temps. Elle avait perdu un fils, un
grand fils, et on lui rendait à la place une fille, une grande
fille.

Quand elles se retrouvèrent face à face, sur leurs sièges,
elles se prirent les mains et restèrent ainsi, se regardant et se
⁴³⁶⁰ souriant, tandis que Jean semblait presque oublié d'elles.

Puis elles parlèrent d'un tas de choses auxquelles il fallait
songer pour ce prochain mariage, et quand tout fut décidé,
réglé, Mme Rosémilly parut soudain se souvenir d'un détail
et demanda :

⁴³⁶⁵   «Vous avez consulté M. Roland, n'est-ce pas ?»

La même rougeur couvrit soudain les joues de la mère et
du fils. Ce fut la mère qui répondit :

«Oh ! non, c'est inutile !»

Puis elle hésita, sentant qu'une explication était néces-
⁴³⁷⁰ saire, et elle reprit :

«Nous faisons tout sans rien lui dire. Il suffit de lui
annoncer ce que nous avons décidé.»

Mme Rosémilly, nullement surprise, souriait, jugeant cela
bien naturel, car le bonhomme comptait si peu.

⁴³⁷⁵   Quand Mme Roland se retrouva dans la rue avec son fils :

«Si nous allions chez toi, dit-elle. Je voudrais bien me
reposer.»

Elle se sentait sans abri, sans refuge, ayant l'épouvante de
sa maison.

⁴³⁸⁰   Ils entrèrent chez Jean.

Dès qu'elle sentit la porte fermée derrière elle, elle poussa un gros soupir comme si cette serrure l'avait mise en
sûreté ; puis, au lieu de se reposer, comme elle l'avait dit, elle
commença à ouvrir les armoires, à vérifier les piles de linge,

4385 le nombre des mouchoirs et des chaussettes. Elle changeait
l'ordre établi pour chercher des arrangements plus har-
monieux, qui plaisaient davantage à son œil de ménagère ;
et quand elle eut disposé les choses à son gré, aligné les
serviettes, les caleçons et les chemises sur leurs tablettes
4390 spéciales, divisé tout le linge en trois classes principales, linge
de corps, linge de maison et linge de table, elle se recula
pour contempler son œuvre, et elle dit :
        «Jean, viens donc voir comme c'est joli.»
        Il se leva et admira pour lui faire plaisir.
4395   Soudain, comme il s'était rassis, elle s'approcha de son
fauteuil à pas légers, par-derrière, et, lui enlaçant le cou de
son bras droit, elle l'embrassa en posant sur la cheminée un
petit objet enveloppé dans un papier blanc, qu'elle tenait de
l'autre main.
4400   Il demanda :
        «Qu'est-ce que c'est ?»
        Comme elle ne répondait pas, il comprit, en reconnais-
sant la forme du cadre :
        «Donne !» dit-il.
4405   Mais elle feignit de ne pas entendre, et retourna vers ses
armoires. Il se leva, prit vivement cette relique[§] douloureuse
et, traversant l'appartement, alla l'enfermer à double tour,
dans le tiroir de son bureau. Alors elle essuya du bout de ses
doigts une larme au bord de ses yeux, puis elle dit, d'une
4410 voix un peu chevrotante :
        «Maintenant, je vais voir si ta nouvelle bonne tient bien
ta cuisine. Comme elle est sortie en ce moment, je pourrai
tout inspecter pour me rendre compte.»

– IX –

Les lettres de recommandation des professeurs Mas-
4415 Roussel, Rémusot, Flache et Borriquel, écrites dans les termes
les plus flatteurs pour le Dr Pierre Roland, leur élève, avaient
été soumises par M. Marchand au conseil de la Compagnie
transatlantique, appuyées par MM. Poulin, juge au tribunal
de commerce, Lenient, gros armateur, et Marival, adjoint au
4420 maire du Havre, ami particulier du capitaine Beausire.

Il se trouvait que le médecin de la *Lorraine* n'était pas
encore désigné, et Pierre eut la chance d'être nommé en
quelques jours.

Le pli[1] qui l'en prévenait lui fut remis par la bonne
4425 Joséphine, un matin, comme il finissait sa toilette.

Sa première émotion fut celle du condamné à mort à qui
on annonce sa peine commuée[2] ; et il sentit immédiatement
sa souffrance adoucie un peu par la pensée de ce départ et de
cette vie calme toujours bercée par l'eau qui roule, toujours
4430 errante, toujours fuyante.

Il vivait maintenant dans la maison paternelle en
étranger muet et réservé. Depuis le soir où il avait laissé
s'échapper devant son frère l'infâme secret découvert par
lui, il sentait qu'il avait brisé les dernières attaches avec les
4435 siens. Un remords le harcelait d'avoir dit cette chose à Jean.
Il se jugeait odieux, malpropre, méchant, et cependant il
était soulagé d'avoir parlé.

Jamais il ne rencontrait plus le regard de sa mère ou le
regard de son frère. Leurs yeux pour s'éviter avaient pris une
4440 mobilité surprenante et des ruses d'ennemis qui redoutent
de se croiser. Toujours il se demandait : «Qu'a-t-elle pu dire
à Jean ? A-t-elle avoué ou a-t-elle nié ? Que croit mon frère ?

---

1 *pli* : lettre.
2 *commuée* : changée en une peine moindre.

Que pense-t-il d'elle, que pense-t-il de moi ?» Il ne devinait pas et s'en exaspérait. Il ne leur parlait presque plus
4445 d'ailleurs, sauf devant Roland, afin d'éviter ses questions.

Quand il eut reçu la lettre lui annonçant sa nomination, il la présenta, le jour même, à sa famille. Son père, qui avait une grande tendance à se réjouir de tout, battit des mains. Jean répondit d'un ton sérieux, mais l'âme pleine de joie :
4450 «Je te félicite de tout mon cœur, car je sais qu'il y avait beaucoup de concurrents. Tu dois cela certainement aux lettres de tes professeurs.»

Et sa mère baissa la tête en murmurant :

«Je suis bien heureuse que tu aies réussi.»
4455 Il alla, après le déjeuner, aux bureaux de la Compagnie, afin de se renseigner sur mille choses; et il demanda le nom du médecin de la *Picardie* qui devait partir le lendemain, pour s'informer près de lui de tous les détails de sa vie nouvelle et des particularités qu'il y devait rencontrer.
4460 Le Dr Pirette étant à bord, il s'y rendit, et il fut reçu dans une petite chambre de paquebot par un jeune homme à barbe blonde qui ressemblait à son frère. Ils causèrent longtemps.

On entendait dans les profondeurs sonores de l'immense
4465 bâtiment une grande agitation confuse et continue, où la chute des marchandises entassées dans les cales se mêlait aux pas, aux voix, au mouvement des machines chargeant les caisses, aux sifflets des contremaîtres et à la rumeur des chaînes traînées ou enroulées sur les treuils par l'haleine
4470 rauque de la vapeur qui faisait vibrer un peu le corps entier du gros navire.

Mais lorsque Pierre eut quitté son collègue et se retrouva dans la rue, une tristesse nouvelle s'abattit sur lui, et l'enveloppa comme ces brumes qui courent sur la mer, venues du
4475 bout du monde et qui portent dans leur épaisseur insaisissable quelque chose de mystérieux et d'impur comme le souffle pestilentiel de terres malfaisantes et lointaines.

On entendait dans les profondeurs sonores de l'immense
bâtiment une grande agitation confuse et continue [...]

Lignes 4464 à 4465.

En ses heures de plus grande souffrance il ne s'était jamais senti plongé ainsi dans un cloaque[1] de misère. C'est 4480 que la dernière déchirure était faite ; il ne tenait plus à rien. En arrachant de son cœur les racines de toutes ses tendresses, il n'avait pas éprouvé encore cette détresse de chien perdu qui venait soudain de le saisir.

Ce n'était plus une douleur morale et torturante, mais 4485 l'affolement d'une bête sans abri, une angoisse matérielle d'être errant qui n'a plus de toit et que la pluie, le vent, l'orage, toutes les forces brutales du monde vont assaillir. En mettant le pied sur ce paquebot, en entrant dans cette chambrette balancée sur les vagues, la chair de l'homme qui 4490 a toujours dormi dans un lit immobile et tranquille s'était révoltée contre l'insécurité de tous les lendemains futurs. Jusqu'alors elle s'était sentie protégée, cette chair, par le mur sordide enfoncé dans la terre qui le tient, et par la certitude du repos à la même place, sous le toit qui résiste 4495 au vent. Maintenant, tout ce qu'on aime braver dans la chaleur du logis fermé deviendrait un enfer et une constante souffrance.

Plus de sol sous les pas, mais la mer qui roule, qui gronde et engloutit. Plus d'espace autour de soi pour se promener, 4500 courir, se perdre par les chemins, mais quelques mètres de planches pour marcher comme un condamné au milieu d'autres prisonniers. Plus d'arbres, de jardins, de rues, de maisons, rien que de l'eau et des nuages. Et sans cesse il sentirait remuer ce navire sous ses pieds. Les jours d'orage il 4505 faudrait s'appuyer aux cloisons, s'accrocher aux portes, se cramponner aux bords de la couchette étroite pour ne point rouler par terre. Les jours de calme il entendrait la trépidation[2] ronflante de l'hélice et sentirait fuir ce bateau qui le porte, d'une fuite continue, régulière, exaspérante.

---

1 *cloaque* : lieu destiné à recevoir les déchets, dépotoir.
2 *trépidation* : agitation avec secousses rapides.

4510   Et il se trouvait condamné à cette vie de forçat vagabond, uniquement parce que sa mère s'était livrée aux caresses d'un homme.

Il allait devant lui, défaillant à présent sous la mélancolie désolée des gens qui vont s'expatrier.

4515   Il ne se sentait plus au cœur ce mépris hautain, cette haine dédaigneuse pour les inconnus qui passent, mais une triste envie de leur parler, de leur dire qu'il allait quitter la France, d'être écouté et consolé. C'était, au fond de lui, un besoin honteux de pauvre qui va tendre la main, un besoin 4520 timide et fort de sentir quelqu'un souffrir de son départ.

Il songea à Marowsko. Seul le vieux Polonais l'aimait assez pour ressentir une vraie et poignante émotion ; et le docteur se décida tout de suite à l'aller voir.

Quand il entra dans la boutique, le pharmacien, qui pilait 4525 des poudres au fond d'un mortier de marbre, eut un petit tressaillement et quitta sa besogne.

«On ne vous aperçoit plus jamais ?» dit-il.

Le jeune homme expliqua qu'il avait eu à entreprendre des démarches nombreuses, sans en dévoiler le motif, et il 4530 s'assit en demandant :

«Eh bien ! les affaires vont-elles ?»

Elles n'allaient pas, les affaires. La concurrence était terrible, le malade rare et pauvre dans ce quartier travailleur. On n'y pouvait vendre que des médicaments à bon marché ; et 4535 les médecins n'y ordonnaient point ces remèdes rares et compliqués sur lesquels on gagne cinq cents pour cent. Le bonhomme conclut :

«Si ça dure encore trois mois comme ça, il faudra fermer boutique. Si je ne comptais pas sur vous, mon bon docteur, 4540 je me serais déjà mis à cirer les bottes.»

Pierre sentit son cœur se serrer, et il se décida brusquement à porter le coup, puisqu'il le fallait :

«Oh! moi... moi... je ne pourrai plus vous être d'aucun
secours. Je quitte Le Havre au commencement du mois
4545 prochain.»

Marowsko ôta ses lunettes, tant son émotion fut vive :

«Vous... vous... qu'est-ce que vous dites là ?

— Je dis que je m'en vais, mon pauvre ami.»

Le vieux demeurait atterré, sentant crouler son dernier
4550 espoir, et il se révolta soudain contre cet homme qu'il avait
suivi, qu'il aimait, en qui il avait eu tant de confiance, et qui
l'abandonnait ainsi.

Il bredouilla :

«Mais vous n'allez pas me trahir à votre tour, vous ?»

4555 Pierre se sentait tellement attendri qu'il avait envie de
l'embrasser :

«Mais je ne vous trahis pas. Je n'ai point trouvé à me
caser ici et je pars comme médecin sur un paquebot transatlantique.

4560 — Oh ! monsieur Pierre ! Vous m'aviez si bien promis de
m'aider à vivre !

— Que voulez-vous ! Il faut que je vive moi-même. Je
n'ai pas un sou de fortune.»

Marowsko répétait :

4565 «C'est mal, c'est mal, ce que vous faites. Je n'ai plus qu'à
mourir de faim, moi. À mon âge, c'est fini. C'est mal. Vous
abandonnez un pauvre vieux qui est venu pour vous suivre.
C'est mal.»

Pierre voulait s'expliquer, protester, donner ses raisons,
4570 prouver qu'il n'avait pu faire autrement; le Polonais n'écoutait point, révolté de cette désertion, et il finit par dire,
faisant allusion sans doute à des événements politiques :

«Vous autres Français, vous ne tenez pas vos promesses.»[1]

Alors Pierre se leva, froissé à son tour, et le prenant d'un
4575 peu haut :

---

1 Allusion au fait que la France avait laissé croire à la Pologne, en 1830, qu'elle la
soutiendrait contre l'empire russe. Mais elle ne l'a pas fait.

«Vous êtes injuste, père Marowsko. Pour se décider à ce que j'ai fait, il faut de puissants motifs; et vous devriez le comprendre. Au revoir. J'espère que je vous retrouverai plus raisonnable.»

4580   Et il sortit.

«Allons, pensait-il, personne n'aura pour moi un regret sincère.»

Sa pensée cherchait, allant à tous ceux qu'il connaissait, ou qu'il avait connus, et elle retrouva, au milieu de tous les
4585   visages défilant dans son souvenir, celui de la fille de brasserie qui lui avait fait soupçonner sa mère.

Il hésita, gardant contre elle une rancune instinctive, puis soudain, se décidant, il pensa : «Elle avait raison, après tout.» Et il s'orienta pour retrouver sa rue.

4590   La brasserie était, par hasard, remplie de monde et remplie aussi de fumée. Les consommateurs, bourgeois et ouvriers, car c'était un jour de fête, appelaient, riaient, criaient, et le patron lui-même servait, courant de table en table, emportant des bocks vides et les rapportant pleins de mousse.

4595   Quand Pierre eut trouvé une place, non loin du comptoir, il attendit, espérant que la bonne le verrait et le reconnaîtrait.

Mais elle passait et repassait devant lui, sans un coup d'œil, trottant menu sous ses jupes avec un petit dandinement gentil.

4600   Il finit par frapper la table d'une pièce d'argent. Elle accourut :

«Que désirez-vous, Monsieur ?»

Elle ne le regardait pas, l'esprit perdu dans le calcul des consommations servies.

4605   «Eh bien ! fit-il, c'est comme ça qu'on dit bonjour à ses amis ?»

Elle fixa ses yeux sur lui, et d'une voix pressée :

«Ah ! c'est vous. Vous allez bien. Mais je n'ai pas le temps aujourd'hui. C'est un bock que vous voulez ?

4610   — Oui, un bock.»

Quand elle l'apporta, il reprit :

« Je viens te faire mes adieux. Je pars. »

Elle répondit avec indifférence :

« Ah bah ! Où allez-vous ?

4615   — En Amérique.

— On dit que c'est un beau pays. »

Et rien de plus. Vraiment il fallait être bien malavisé pour lui parler ce jour-là. Il y avait trop de monde au café !

Et Pierre s'en alla vers la mer. En arrivant sur la jetée[§], il 4620 vit la *Perle* qui rentrait portant son père et le capitaine Beausire. Le matelot Papagris ramait ; et les deux hommes, assis à l'arrière, fumaient leur pipe avec un air de parfait bonheur. Le docteur songea en les voyant passer : « Bienheureux les simples d'esprit. »[1]

4625   Et il s'assit sur un des bancs du brise-lames pour tâcher de s'engourdir dans une somnolence de brute.

Quand il rentra, le soir, à la maison, sa mère lui dit, sans oser lever les yeux sur lui :

« Il va te falloir un tas d'affaires pour partir, et je suis un 4630 peu embarrassée. Je t'ai commandé tantôt ton linge de corps et j'ai passé chez le tailleur pour les habits ; mais n'as-tu besoin de rien d'autre, de choses que je ne connais pas, peut-être ? »

Il ouvrit la bouche pour dire : « Non, de rien. » Mais il 4635 songea qu'il lui fallait au moins accepter de quoi se vêtir décemment, et ce fut d'un ton très calme qu'il répondit :

« Je ne sais pas encore, moi ; je m'informerai à la Compagnie. »

Il s'informa, et on lui remit la liste des objets indispen- 4640 sables. Sa mère, en la recevant de ses mains, le regarda pour la première fois depuis bien longtemps, et elle avait au fond des yeux l'expression si humble, si douce, si triste, si suppliante des pauvres chiens battus qui demandent grâce.

---

1   Citation tirée du *Sermon sur la montagne*, dans le Nouveau Testament.

Le 1ᵉʳ octobre, la *Lorraine*, venant de Saint-Nazaire, entra
4645 au port du Havre, pour en repartir le 7 du même mois à
destination de New York; et Pierre Roland dut prendre
possession de la petite cabine flottante où serait désormais
emprisonnée sa vie.

Le lendemain, comme il sortait, il rencontra dans
4650 l'escalier sa mère qui l'attendait et qui murmura d'une voix
à peine intelligible :

«Tu ne veux pas que je t'aide à t'installer sur ce bateau ?

— Non, merci, tout est fini.»

Elle murmura :

4655 «Je désire tant voir ta chambrette.

— Ce n'est pas la peine. C'est très laid et très petit.»

Il passa, la laissant atterrée, appuyée au mur, et la face
blême.

Or Roland, qui visita la *Lorraine* ce jour-là même, ne parla
4660 pendant le dîner que de ce magnifique navire et s'étonna
beaucoup que sa femme n'eût aucune envie de le connaître
puisque leur fils allait s'embarquer dessus.

Pierre ne vécut guère dans sa famille pendant les jours
qui suivirent. Il était nerveux, irritable, dur, et sa parole
4665 brutale semblait fouetter tout le monde. Mais la veille de
son départ il parut soudain très changé, très adouci. Il
demanda, au moment d'embrasser ses parents avant d'aller
coucher à bord pour la première fois :

«Vous viendrez me dire adieu, demain sur le bateau ?»
4670 Roland s'écria :

«Mais oui, mais oui, parbleu. N'est-ce pas, Louise ?

— Mais certainement», dit-elle tout bas.

Pierre reprit :

«Nous partons à onze heures juste. Il faut être là-bas à
4675 neuf heures et demie au plus tard.

— Tiens ! s'écria son père, une idée. En te quittant
nous courrons bien vite nous embarquer sur la *Perle* afin de

t'attendre hors des jetées[§] et de te voir encore une fois. N'est-ce pas, Louise ?

4680   — Oui, certainement.»

Roland reprit :

«De cette façon, tu ne nous confondras pas avec la foule qui encombre le môle[§] quand partent les transatlantiques. On ne peut jamais reconnaître les siens dans le tas. Ça te va ?

4685   — Mais oui, ça me va. C'est entendu.»

Une heure plus tard il était étendu dans son petit lit marin, étroit et long comme un cercueil. Il y resta longtemps, les yeux ouverts, songeant à tout ce qui s'était passé depuis deux mois dans sa vie, et surtout dans son âme.

4690 À force d'avoir souffert et fait souffrir les autres, sa douleur agressive et vengeresse s'était fatiguée, comme une lame émoussée. Il n'avait presque plus le courage d'en vouloir à quelqu'un et de quoi que ce soit, et il laissait aller sa révolte à vau-l'eau[1] à la façon de son existence. Il se sentait telle-

4695 ment las de lutter, las de frapper, las de détester, las de tout, qu'il n'en pouvait plus et tâchait d'engourdir son cœur dans l'oubli, comme on tombe dans le sommeil. Il entendait vaguement autour de lui les bruits nouveaux du navire, bruits légers, à peine perceptibles en cette nuit calme du port ; et de

4700 sa blessure jusque-là si cruelle il ne sentait plus aussi que les tiraillements douloureux des plaies qui se cicatrisent.

Il avait dormi profondément quand le mouvement des matelots le tira de son repos. Il faisait jour, le train de marée arrivait au quai amenant les voyageurs de Paris.

4705   Alors il erra sur le navire au milieu de ces gens affairés, inquiets, cherchant leurs cabines, s'appelant, se question-nant et se répondant au hasard, dans l'effarement du voyage commencé. Après qu'il eut salué le capitaine et serré la main de son compagnon le commissaire du bord, il entra dans le

4710 salon où quelques Anglais sommeillaient déjà dans les coins.

---

1   *à vau-l'eau* : au fil de l'eau, à la dérive.

La grande pièce aux murs de marbre blanc encadrés de filets[1]
d'or prolongeait indéfiniment dans les glaces la perspective
de ses longues tables flanquées de deux lignes illimitées de
sièges tournants, en velours grenat[2]. C'était bien là le vaste
4715 hall flottant et cosmopolite où devaient manger en commun
les gens riches de tous les continents. Son luxe opulent[3] était
celui des grands hôtels, des théâtres, des lieux publics, le
luxe imposant et banal qui satisfait l'œil des millionnaires.
Le docteur allait passer dans la partie du navire réservée à la
4720 seconde classe, quand il se souvint qu'on avait embarqué la
veille au soir un grand troupeau d'émigrants, et il descendit
dans l'entrepont[4]. En y pénétrant, il fut saisi par une odeur
nauséabonde d'humanité pauvre et malpropre, puanteur de
chair nue plus écœurante que celle du poil ou de la laine des
4725 bêtes. Alors, dans une sorte de souterrain obscur et bas,
pareil aux galeries des mines, Pierre aperçut des centaines
d'hommes, de femmes et d'enfants étendus sur des planches
superposées ou grouillant par tas sur le sol. Il ne distinguait
point les visages mais voyait vaguement cette foule sordide
4730 en haillons, cette foule de misérables vaincus par la vie,
épuisés, écrasés, partant avec une femme maigre et des
enfants exténués pour une terre inconnue, où ils espéraient
ne point mourir de faim, peut-être.

Et songeant au travail passé, au travail perdu, aux efforts
4735 stériles, à la lutte acharnée, reprise chaque jour en vain, à
l'énergie dépensée par ces gueux, qui allaient recommencer
encore, sans savoir où, cette existence d'abominable misère,
le docteur eut envie de leur crier : « Mais foutez-vous donc à
l'eau avec vos femelles et vos petits ! » Et son cœur fut tellement
4740 étreint par la pitié qu'il s'en alla, ne pouvant supporter leur
vue.

---

1 *filets* : petites lignes fines rehaussant le décor.
2 *grenat* : rouge sombre.
3 *opulent* : riche, cher.
4 *entrepont* : espace entre deux ponts d'un navire, réservé aux passagers de troisième
   classe.

Son père, sa mère, son frère et Mme Rosémilly l'atten-
daient déjà dans sa cabine.

«Si tôt, dit-il.

4745 — Oui, répondit Mme Roland d'une voix tremblante,
nous voulions avoir le temps de te voir un peu.»

Il la regarda. Elle était en noir, comme si elle eût porté un
deuil, et il s'aperçut brusquement que ses cheveux, encore
gris le mois dernier, devenaient tout blancs à présent.

4750 Il eut grand-peine à faire asseoir les quatre personnes
dans sa petite demeure, et il sauta sur son lit. Par la porte
restée ouverte on voyait passer une foule nombreuse
comme celle d'une rue un jour de fête, car tous les amis des
embarqués et une armée de simples curieux avaient envahi
4755 l'immense paquebot. On se promenait dans les couloirs,
dans les salons, partout, et des têtes s'avançaient jusque dans
la chambre tandis que des voix murmuraient au-dehors :
«C'est l'appartement du docteur.»

Alors Pierre poussa la porte; mais dès qu'il se sentit
4760 enfermé avec les siens, il eut envie de la rouvrir, car l'agitation
du navire trompait leur gêne et leur silence.

Mme Rosémilly voulut enfin parler :

«Il vient bien peu d'air par ces petites fenêtres, dit-elle.

— C'est un hublot», répondit Pierre.

4765 Il en montra l'épaisseur qui rendait le verre capable de
résister aux chocs les plus violents, puis il expliqua longuement le système de fermeture. Roland à son tour demanda :

«Tu as ici même la pharmacie ?»

Le docteur ouvrit une armoire et fit voir une biblio-
4770 thèque de fioles qui portaient des noms latins sur des carrés
de papier blanc.

Il en prit une pour énumérer les propriétés de la matière
qu'elle contenait, puis une seconde, puis une troisième, et il
fit un vrai cours de thérapeutique qu'on semblait écouter
4775 avec une grande attention.

Roland répétait en remuant la tête :

«Est-ce intéressant, cela !»

On frappa doucement contre la porte.

«Entrez !» cria Pierre.

4780   Et le capitaine Beausire parut.

Il dit, en tendant la main :

«Je viens tard parce que je n'ai pas voulu gêner vos épanchements[1].»

Il dut aussi s'asseoir sur le lit. Et le silence recommença.

4785   Mais, tout à coup, le capitaine prêta l'oreille. Des commandements lui parvenaient à travers la cloison, et il annonça :

«Il est temps de nous en aller si nous voulons embarquer dans la *Perle* pour vous voir encore à la sortie, et vous dire 4790 adieu en pleine mer.»

Roland père y tenait beaucoup, afin d'impressionner les voyageurs de la *Lorraine* sans doute, et il se leva avec empressement :

«Allons, adieu, mon garçon.»

4795   Il embrassa Pierre sur ses favoris, puis rouvrit la porte.

Mme Roland ne bougeait point et demeurait les yeux baissés, très pâle.

Son mari lui toucha le bras :

«Allons, dépêchons-nous, nous n'avons pas une minute à 4800 perdre.»

Elle se dressa, fit un pas vers son fils et lui tendit, l'une après l'autre, deux joues de cire blanche, qu'il baisa sans dire un mot. Puis il serra la main de Mme Rosémilly, et celle de son frère en lui demandant :

4805   «À quand ton mariage ?

— Je ne sais pas encore au juste. Nous le ferons coïncider avec un de tes voyages.»

Tout le monde enfin sortit de la chambre et remonta sur le pont encombré de public, de porteurs de paquets et de 4810 marins.

---

1 *épanchements* : manifestations de sentiments intenses, souvent avec larmes.

La vapeur ronflait dans le ventre énorme du navire qui semblait frémir d'impatience.

«Adieu, dit Roland toujours pressé.

4815 — Adieu», répondit Pierre debout au bord d'un des petits ponts de bois qui faisaient communiquer la *Lorraine* avec le quai.

Il serra de nouveau toutes les mains et sa famille s'éloigna.

«Vite, vite, en voiture ! «criait le père.

4820 Un fiacre les attendait qui les conduisit à l'avant-port où Papagris tenait la *Perle* toute prête à prendre le large.

Il n'y avait aucun souffle d'air ; c'était un de ces jours secs et calmes d'automne, où la mer polie semble froide et dure comme de l'acier.

4825 Jean saisit un aviron, le matelot borda[1] l'autre et ils se mirent à ramer. Sur le brise-lames, sur les jetées[§], jusque sur les parapets de granit, une foule innombrable, remuante et bruyante, attendait la *Lorraine*.

La *Perle* passa entre ces deux vagues humaines et fut 4830 bientôt hors du môle[§].

Le capitaine Beausire, assis entre les deux femmes, tenait la barre[§] et il disait :

«Vous allez voir que nous nous trouverons juste sur sa route, mais là, juste.»

4835 Et les deux rameurs tiraient de toute leur force pour aller le plus loin possible. Tout à coup Roland s'écria :

«La voilà. J'aperçois sa mâture[§] et ses deux cheminées. Elle sort du bassin.

— Hardi ! les enfants», répétait Beausire.

4840 Mme Roland prit son mouchoir dans sa poche et le posa sur ses yeux.

Roland était debout, cramponné au mât ; il annonçait :

---

1 *borda* : installa.

«En ce moment elle évolue dans l'avant-port… Elle ne bouge plus… Elle se remet en mouvement… Elle a dû 4845 prendre son remorqueur… Elle marche… bravo ! Elle s'engage dans les jetées[§] !… Entendez-vous la foule qui crie… bravo !… c'est le *Neptune* qui la tire… je vois son avant maintenant… la voilà, la voilà… Nom de Dieu, quel bateau ! Nom de Dieu ! regardez donc !…»

4850   Mme Rosémilly et Beausire se retournèrent ; les deux hommes cessèrent de ramer ; seule Mme Roland ne remua point.

L'immense paquebot, traîné par un puissant remorqueur qui avait l'air, devant lui, d'une chenille, sortait lentement et 4855 royalement du port. Et le peuple havrais massé sur les môles[§], sur la plage, aux fenêtres, emporté soudain par un élan patriotique se mit à crier :

«Vive la *Lorraine* !» acclamant et applaudissant ce départ magnifique, cet enfantement d'une grande ville maritime 4860 qui donnait à la mer sa plus belle fille.

Mais elle, dès qu'elle eut franchi l'étroit passage enfermé entre deux murs de granit, se sentant libre enfin, abandonna son remorqueur, et elle partit toute seule comme un énorme monstre courant sur l'eau.

4865   «La voilà… la voilà !… criait toujours Roland. Elle vient droit sur nous.»

Et Beausire, radieux, répétait :

«Qu'est-ce que je vous avais promis, hein ? Est-ce que je connais leur route ?»

4870   Jean, tout bas, dit à sa mère :

«Regarde, maman, elle approche.»

Et Mme Roland découvrit ses yeux aveuglés par les larmes.

La *Lorraine* arrivait, lancée à toute vitesse dès sa sortie du port, par ce beau temps clair, calme. Beausire, la lunette 4875 braquée, annonça :

«Attention ! M. Pierre est à l'arrière, tout seul, bien en vue. Attention !»

Haut comme une montagne et rapide comme un train, le
navire, maintenant, passait presque à toucher la *Perle*.

4880   Et Mme Roland éperdue, affolée, tendit les bras vers lui,
et elle vit son fils, son fils Pierre, coiffé de sa casquette
galonnée, qui lui jetait à deux mains des baisers d'adieu.

Mais il s'en allait, il fuyait, disparaissait, devenu déjà tout
petit, effacé comme une tache imperceptible sur le gigan-
4885 tesque bâtiment. Elle s'efforçait de le reconnaître encore et
ne le distinguait plus.

Jean lui avait pris la main.

«Tu as vu ? dit-il.

— Oui, j'ai vu. Comme il est bon !»

4890   Et on retourna vers la ville.

«Cristi ! ça va vite», déclarait Roland avec une conviction
enthousiaste.

Le paquebot, en effet, diminuait de seconde en seconde
comme s'il eût fondu dans l'Océan. Mme Roland tournée
4895 vers lui le regardait s'enfoncer à l'horizon vers une terre
inconnue, à l'autre bout du monde. Sur ce bateau que rien
ne pouvait arrêter, sur ce bateau qu'elle n'apercevrait plus
tout à l'heure, était son fils, son pauvre fils. Et il lui semblait
que la moitié de son cœur s'en allait avec lui, il lui semblait
4900 aussi que sa vie était finie, il lui semblait encore qu'elle ne
reverrait jamais plus son enfant.

«Pourquoi pleures-tu, demanda son mari, puisqu'il sera
de retour avant un mois ?»

Elle balbutia :

4905   «Je ne sais pas. Je pleure parce que j'ai mal.»

Lorsqu'ils furent revenus à terre, Beausire les quitta tout
de suite pour aller déjeuner chez un ami. Alors Jean partit
en avant avec Mme Rosémilly, et Roland dit à sa femme :

«Il a une belle tournure, tout de même, notre Jean.

4910   — Oui», répondit la mère.

Et comme elle avait l'âme trop troublée pour songer à ce
qu'elle disait, elle ajouta :

*Le paquebot [...] diminuait de seconde en seconde
comme s'il eût fondu dans l'Océan.*

Lignes 4893 et 4894.

Dessin de Geo-Dupuis, gravé par Lemoine,
dans l'édition des *Œuvres complètes illustrées*
de Guy de Maupassant, Paris, Ollendorf.

«Je suis bien heureuse qu'il épouse Mme Rosémilly.»

Le bonhomme fut stupéfait :

4915   «Ah bah ! Comment ? Il va épouser Mme Rosémilly ?

— Mais oui. Nous comptions te demander ton avis aujourd'hui même.

— Tiens ! Tiens ! Y a-t-il longtemps qu'il est question de cette affaire-là ?

4920   — Oh ! non. Depuis quelques jours seulement. Jean voulait être sûr d'être agréé par elle avant de te consulter.»

Roland se frottait les mains :

«Très bien, très bien. C'est parfait. Moi je l'approuve absolument.»

4925   Comme ils allaient quitter le quai et prendre le boulevard François-Ier, sa femme se retourna encore une fois pour jeter un dernier regard sur la haute mer ; mais elle ne vit plus rien qu'une petite fumée grise, si lointaine, si légère qu'elle avait l'air d'un peu de brume.

Entrée du port de Honfleur.

Portrait de Maupassant par Jean-Baptiste Guth, 1888.

Présentation
de
L'ŒUVRE

Napoléon III.

MAUPASSANT ET SON ÉPOQUE

LE CONTEXTE HISTORIQUE

La France, pendant tout le XIXe siècle, a oscillé entre la république, l'empire et la monarchie. Politiquement instable au lendemain de la Révolution de 1789, il lui faudra presque un siècle d'hésitations et de tâtonnements avant d'aboutir progressivement au calme et à la démocratie.

La Révolution de 1848

La Révolution de 1848 a secoué la France et une partie de l'Europe. Partout, le peuple clamait son désir de liberté et de justice. Cette révolution a amené, en France, la fin du régime monarchique de Louis-Philippe et le début de la IIe République. Cependant, cette dernière ne fera pas long feu puisqu'en 1851, le 2 décembre, Louis Napoléon Bonaparte (neveu de Napoléon Bonaparte), précédemment élu à la tête de la IIe République, s'empare du pouvoir par un coup d'État et se proclame empereur. Par la suite, il «légitimera» ce pouvoir par un plébiscite. Il prendra alors le nom de Napoléon III et rétablira l'Empire : ce sera le Second Empire.

Le Second Empire

Commence dès lors une période de répression morale significative en France : des acquis tels que la liberté d'expression et le suffrage universel sont à nouveau abolis. Napoléon III pratique une politique intérieure très sévère et une politique extérieure ambitieuse (colonialisme).

C'est le règne de la bourgeoisie. Le mot d'ordre est : «Enrichissez-vous !» L'essor économique, étroitement lié à la reconstruction de Paris, à la révolution industrielle et aux banquiers, favorisera la bourgeoisie qui se divise de plus en plus en deux classes : la grande bourgeoisie, très près de l'aristocratie par sa richesse et son influence, et la petite bourgeoisie constituée de gens à l'aise, de commerçants, de personnes exerçant des professions libérales.

C'est dans ce contexte que naît Guy de Maupassant, en août 1850, dans une famille bourgeoise en Normandie.

La guerre franco-prussienne (1870-1871)

En 1870, la France déclare la guerre à la Prusse suite à une série de provocations. Malheureusement, elle n'est pas de taille à affronter une telle puissance et elle subira une cuisante défaite. En outre, Napoléon III est fait prisonnier, ce qui entraînera l'effondrement du Second Empire. Paris d'abord est assiégé, puis l'armée ennemie occupe tout le nord de la France. Après cent trente-deux jours de siège, Paris capitule le 28 janvier 1871. Le 10 mai de la même année, le Traité de Francfort oblige la France à céder au vainqueur les territoires de l'Alsace et de la Lorraine et à payer une indemnité de guerre de cinq milliards de francs. Les troupes prussiennes ne se retireront qu'au moment du dernier versement, soit en septembre 1873. Le jeune Maupassant, qui a à peine vingt ans au début de la guerre, restera fortement marqué par les horreurs de celle-ci. Il s'en inspirera dans plusieurs de ses écrits, notamment dans le conte *Boule de Suif* qui lancera sa carrière d'écrivain.

Le gouvernement de la Commune

Peu après la capitulation de Paris, le 18 mars 1871, des émeutes révolutionnaires secouent de nouveau la capitale. Ces révolutionnaires formeront la Commune, un gouvernement prolétarien concentrant tous les pouvoirs mais qui durera peu. Il s'ensuivra une guerre civile qui se terminera en mai, après des affrontements et une répression d'une rare violence.

Affiche par Bombled pour *La Débâcle* d'Émile Zola,
qui a situé l'action de ce roman, publié en 1882,
pendant la guerre franco-prussienne de 1870-1871.

La IIIe République

Dès la fin de ces troubles politiques, on proclame la IIIe République. Néanmoins, il faudra attendre 1875 pour que la France se dote d'une constitution garantissant les lois républicaines et les droits des citoyens.

LE CONTEXTE CULTUREL ET SOCIAL

Le XIXe siècle, surtout la deuxième moitié, est caractérisé par une évolution rapide sur plusieurs plans.

Science et positivisme

La science expérimentale, qui avait développé des bases solides au Siècle des lumières, prend un essor considérable. Dans l'esprit des gens, il s'opère un véritable changement. Élaboré par Auguste Comte, le positivisme, une philosophie selon laquelle la science et la connaissance permettraient à l'homme de régler tous ses problèmes et de vivre heureux, compte de plus en plus d'adeptes dans toutes les couches de la société. Il s'agit de trouver le *comment* et non le *pourquoi* des phénomènes étudiés, car selon cette doctrine on ne peut agir que sur le comment et non sur le pourquoi des choses.

Plusieurs sciences se développent rapidement : la biologie, la médecine, la chimie, etc. Les industries et les manufactures se multiplient elles aussi. Le train et la machine à vapeur font déjà partie du paysage depuis un moment et l'électricité remplace graduellement le gaz dans les usines et les grandes villes. C'est aussi à cette époque que diverses sciences humaines, jusqu'alors à un stade embryonnaire, comme la psychologie, la sociologie, l'anthropologie, deviennent des sciences modernes. L'esprit scientifique imprègne donc tous les domaines. La littérature même, avec le courant naturaliste (voir la partie *Contexte littéraire*), partagera pendant un temps cet engouement.

Journalisme

Le journalisme acquiert aussi, dans la nouvelle société en mutation, une place importante. La presse informe et influence le peuple, car qui détient le droit de publier détient un pouvoir certain. À cette époque, le journal était le seul média, puisque ni la radio ni la télévision n'existaient encore. Rien qu'à Paris, on pouvait compter environ soixante journaux différents, de diverses tendances.

Lieu de tous les débats, le journal sert autant d'organe d'information que de critique ou de divertissement : les frontières entre l'information, l'opinion et la publicité ne sont pas claires et les lecteurs doivent eux-mêmes faire la part des choses.

Notamment, il constitue une tribune où se font et défont des réputations et des idées ; on y commente et critique des événements et des décisions politiques. Toute cette ébullition journalistique fouette l'ambition de bien des jeunes gens, comme Maupassant, et engendre le phénomène du «journaliste-vedette».

Bourgeoisie

Un des effets majeurs de la Révolution française de 1789 a été l'accession de la bourgeoisie au pouvoir, auparavant réservé à la noblesse. Les principaux penseurs et acteurs de la Révolution étant tous issus de la bourgeoisie, on comprend que cette classe ait modifié le paysage politique pour l'adapter en sa faveur. Mais, plusieurs décennies plus tard, l'idéal des philosophes du XVIIIe siècle, «liberté, fraternité, égalité», est encore loin d'être atteint. Cette classe sociale, relativement nouvelle, qui se situe entre la noblesse et le prolétariat, prend de plus en plus de place dans toutes les sphères de la société et impose ses valeurs : l'argent, le travail, la famille, la religion, l'ordre politique et social, la sécurité en général, le conformisme ; bref, le conservatisme sur tous les plans. Tout ce qui menace ces valeurs est condamné, jugé «immoral» et écarté sans autre forme de procès.

De plus, la bourgeoisie, très matérialiste, se préoccupe beaucoup des apparences et du qu'en-dira-t-on. Pour elle, il est essentiel de toujours garder une image de respectabilité, quoi qu'il arrive. Son hypocrisie, presque proverbiale, sera dénoncée tout au long du siècle par plusieurs artistes, tel Maupassant.

L'étroitesse d'esprit la caractérise également. Essentiellement issue du peuple, la bourgeoisie révèle la modestie de ses origines dans tout ce qu'elle touche. Très avisée en affaires, elle est par contre d'un mauvais goût désolant pour ce qui concerne les arts. Une œuvre ou un objet d'art ne trouvent grâce aux yeux d'un bourgeois que s'ils ne contreviennent pas aux principes moraux et académiques rigides, s'ils sont tape à l'œil et s'ils «valent cher». Les bourgeois en général ne s'intéressent donc à l'acquisition d'œuvres d'art que sous l'angle de l'investissement fructueux, contrairement aux aristocrates qui cherchent à comprendre l'art. Plusieurs poètes et artistes du Second Empire se heurteront à une grande incompréhension de leur art, subissant de sévères jugements critiques et même la censure. Flaubert disait d'ailleurs : «J'appelle bourgeois quiconque pense bassement».

LE CONTEXTE LITTÉRAIRE

Le réalisme

Né au cours de la première moitié du XIXe siècle, le réalisme s'oppose au courant littéraire et artistique dominant, le romantisme, jugé trop exalté et trop sentimental. Les écrivains et les peintres de la nouvelle génération veulent refléter le réel, rien que le réel, tout le réel. Finis les épanchements sans fin, les histoires baignées de larmes, le tonnerre et les éclairs, place au rationnel et à l'objectivité. Le but premier des réalistes est de dévoiler la réalité telle qu'elle est, sans maquillage, sans artifices, quitte à produire des œuvres moins «passionnantes». La vie est-elle si passionnante, au fond ?

Les réalistes ne vendent pas de rêve et ils s'en défendent énergiquement. Ils vendent de la vérité, ou plutôt du «vraisemblable», n'ayant que faire des péripéties de héros devenus presque divins à force de se dépasser. À ce sujet, la préface à *Pierre et Jean*, intitulée *Le Roman*, fait figure de manifeste réaliste. Maupassant y énonce clairement ses idées quant à l'esthétique d'une œuvre littéraire en insistant sur le fait que le romancier est un «illusionniste» en ce qu'il crée l'illusion de la réalité. Le lecteur doit s'y méprendre et finir par croire qu'il a affaire à la réalité.

Mais cette objectivité n'est qu'apparente. L'auteur réaliste, par ses choix mêmes, révèle sa subjectivité et sa vision du monde. Il «organise» le réel pour en donner sa propre vision, tout en laissant croire au lecteur qu'il ne fait que transmettre des faits banals. Le réaliste prétend laisser au lecteur le soin de tirer ses propres conclusions, à la lumière des événements qu'il a simplement rapportés, pourtant le chemin est tout tracé d'avance.

Même si les romanciers de tous courants ont tenté de donner à leurs lecteurs un «portrait vraisemblable du réel», les réalistes, eux, essaient de le faire en établissant une «méthode». Ils doivent notamment être fidèles au réel, pratiquer une observation rigoureuse et se documenter sur leurs sujets. De plus, ils situent leur histoire dans un contexte social, politique et économique bien défini, si possible près de l'époque de l'écrivain, et ils s'intéressent aux personnages de toutes provenances et de toutes classes sociales. Bien souvent, leurs personnages sont soumis aux déterminismes de leur classe sociale, de leur milieu ou de leur hérédité. L'écriture, quant à elle, doit être objective et neutre, ne laissant apparaître l'auteur que le moins possible.

Le naturalisme

Très présent dans la seconde moitié du siècle, le réalisme se prolonge, vers la fin des années 1800, dans le naturalisme, avec Émile Zola comme chef de file. Ce courant tente d'allier réalisme et science expérimentale. Le roman devient alors le compte rendu d'une expérience scientifique, même si elle est faite à partir de personnages fictifs mis dans une série de situations imaginaires. Selon les théories de l'époque, l'hérédité et le milieu jouent un grand rôle dans le destin d'une personne. Le mandat du romancier est d'observer les réactions et les comportements de ses personnages, *comme si ce n'était pas lui-même qui en décidait*, et de noter ses observations dans un livre, le roman, qui devient ainsi un outil permettant d'accéder à la connaissance de l'être humain dans toute sa complexité.

L'observation et la documentation, comme chez les réalistes, sont ici de première importance. Les naturalistes poursuivent aussi d'autres buts, comme l'éducation ou la conscientisation du peuple, versant ainsi souvent dans la critique sociale.

Mais la science a aussi ses limites, ce que découvriront assez vite les naturalistes et leurs lecteurs. Le mouvement déclinera, comme tous les courants extrémistes, et générera son antithèse : le symbolisme.

Émile Zola.
PHOTOGRAPHIE DE FÉLIX NADAR (1888).

MAUPASSANT ET SON ŒUVRE

Guy de Maupassant est né en Normandie, le 5 août 1850, soit à Fécamp ou au château de Miromesnil chez sa grand-mère maternelle (il y a en effet des contradictions entre les différentes sources). Ses premières années se passent à Fécamp, au bord de la mer. Là, il s'amuse avec les enfants des pêcheurs et se passionne pour les grands voiliers.

Assez vite, le ménage Maupassant devient instable et ses parents se séparent. Le jeune garçon demeure avec sa mère, qu'il adore, et son frère Hervé, de cinq ans son cadet. Il n'aura que mépris pour son père, coureur de jupons irresponsable et ira même jusqu'à douter qu'il soit réellement son père biologique.

Le jeune Maupassant étudie à Paris, puis à Rouen, mais revient au bord de la mer pour les vacances d'été, à Étretat, faire le plein de grand air marin et de tranquillité.

Vers 1868, à l'âge de dix-huit ans, Maupassant fait deux rencontres qui détermineront le cours de sa carrière d'écrivain : le poète Louis Bouilhet et l'écrivain Gustave Flaubert. Tous deux auront une grande influence sur l'écrivain en herbe. Bouilhet corrigera ses poèmes et l'encouragera dans sa vocation d'écrivain. Flaubert le guidera surtout pour ses textes narratifs, en lui inculquant les règles d'or du réalisme, mais beaucoup plus tard et «à ses conditions». Flaubert, bien plus vieux que lui, est un ami de longue date de sa mère et c'est grâce à elle qu'il peut le cotoyer. Maupassant le vénère et rêve qu'il est son fils naturel.

En 1869, il passe avec succès son baccalauréat et s'inscrit, la même année, à la Faculté de droit de Paris. Mais la guerre franco-prussienne coupe court à ses projets, car il devra s'enrôler pour défendre sa patrie, en 1870. Maupassant a assisté, à vingt ans, impuissant et dégoûté, à la débâcle de l'armée française. Cette pénible expérience contribue au

Le port de Fécamp.

développement du regard pessimiste, fataliste même, qui imprègne tous les récits de Maupassant. Aucun de ses textes n'est gai, joyeux, rieur ou simplement serein. Partout y règnent l'angoisse, la désillusion, la déception et la cruauté.

En 1872, le jeune homme est libéré de ses obligations militaires. Il devient fonctionnaire au ministère de la Marine, grâce à Flaubert qui lui a obtenu cette place par ses contacts. Pendant près de dix ans, s'ennuyant le jour au bureau, Maupassant exerce sa plume dans ses temps libres sous la «surveillance» de Flaubert, qui croit en son talent, mais surtout au travail acharné. Comme son intérêt pour le canotage et la pêche ne s'est jamais démenti depuis son enfance, ses loisirs lui fournissent aussi l'occasion de s'évader en mer. Dès qu'il peut se libérer du travail, il file vers sa passion : l'eau. D'ailleurs, plusieurs de ses œuvres (romans ou contes) sont marquées par la présence de l'eau.

Maupassant publie finalement, avec la «permission» de Flaubert, en 1880, un recueil de poèmes (assez bien accueilli) et une nouvelle, *Boule de Suif*. C'est cette dernière qui lancera la carrière d'écrivain de Maupassant et qui fera crier au génie. La même année, Flaubert meurt subitement, laissant son élève et ami démuni autant au plan personnel que littéraire. Mais Maupassant suivra dorénavant sa voie, grâce également à d'autres amis écrivains qu'il s'est faits, notamment par le biais des soirées de Médan. Ces soirées étaient organisées par Zola, d'abord à Paris, puis à Médan et réunissaient des écrivains pour la plupart adeptes du naturalisme.

En raison du succès de *Boule de Suif*, les journaux et les éditeurs se montrent vivement intéressés à engager Maupassant. Il délaisse donc la fonction publique pour devenir écrivain et journaliste à plein temps, «industriel des lettres» selon son propre mot. L'abondance de sa création littéraire étonnera toujours. En dix ans, soit de 1880 à 1890, Maupassant publiera environ trois cents contes (en dix-huit

Louis Bouilhet corrigera les poèmes de Maupassant
et l'encouragera dans sa vocation d'écrivain.

recueils) et six romans, sans compter tous les articles de fond, chroniques et reportages journalistiques qui constituent son quotidien. L'écrivain touche principalement à deux courants majeurs : le réalisme-naturalisme et le fantastique. Plusieurs y ont vu l'évolution de l'être sain vers l'être angoissé et fou, mais ce cheminement répond aussi, il ne faut pas l'oublier, à une certaine mode de l'époque, à un engouement pour l'étrange et l'inexpliqué.

C'est vers le début des années 1880 que ses problèmes de santé, principalement des troubles oculaires et une sensibilité au froid (symptômes liés à la syphilis), commencent à devenir plus présents. Entre les cures qui se feront de plus en plus longues et de plus en plus rapprochées, il voyage à travers l'Europe et l'Afrique, écrit, se repose dans ses propriétés au bord de l'eau, s'adonne aux sports nautiques (voile, canotage, yachting, pêche, etc.) et fait même deux voyages à bord d'un ballon libre à hydrogène (nommé *Le Horla*). Célibataire endurci, il refuse de s'engager avec une seule femme et préfère en entretenir plusieurs. Il sera d'ailleurs père à trois reprises d'enfants illégitimes.

Peu à peu, Maupassant se forge un style bien à lui et s'écarte des canons dictés par les modes littéraires de son temps. Il renie d'abord les naturalistes et les romantiques puis s'en prend aux «artistes» plus ou moins symbolistes qui ne recherchent que l'effet esthétique dans leur écriture. À ce sujet, la préface de *Pierre et Jean* est assez éloquente. Il y attaque autant l'esthétisme stérile que le roman «distrayant» comportant mille et une péripéties, mais il reste attaché profondément à l'idée du réalisme, estimant qu'un roman n'ayant rien à voir avec la vraie vie est une perte de temps et n'est pas digne de faire partie du genre. Néanmoins, c'est un réalisme «personnel», teinté d'impressionnisme. Ses fréquentes critiques et sorties contre certains écrivains contemporains lui vaudront quelques ennemis acharnés, lesquels en viendront à affirmer qu'une page de Maupassant

Flaubert guidera Maupassant pour ses textes narratifs,
en lui inculquant les règles d'or du réalisme.

GUSTAVE FLAUBERT VERS 1860, PAR SA NIÈCE.

est facilement reconnaissable à ce que, justement, n'importe qui aurait pu l'écrire.

Même s'il souffrait déjà occasionnellement d'hallucinations depuis quelques années, il commence à éprouver à cette époque des désordres mentaux sérieux attribuables, entre autres, à la syphilis qui a évolué au point d'attaquer son système nerveux. Sa mère et son frère souffrant eux aussi de névroses à divers degrés, Guy de Maupassant tient également de sa famille cette fragilité nerveuse. Le thème du double le hante de plus en plus (*Le Horla* date de 1887) et le pessimisme déjà présent s'intensifie.

À la suite d'une tentative de suicide, en 1892, (il tente de s'égorger avec un coupe-papier !), Maupassant est interné à la clinique du docteur Blanche où, après un an et demi de délires, deux autres tentatives de suicide et des crises de folie nécessitant parfois l'emploi de la camisole de force, il meurt, en juillet 1893, des suites d'une syphilis qui a dégénéré en paralysie générale.

Bien que Maupassant vînt d'une famille bourgeoise, il détestait ce milieu, trop sclérosé à son goût. Il affirmait son droit de choisir librement sa vie et ses valeurs. Par contre, il ne rejetait pas en bloc toutes les valeurs de la bourgeoisie. L'argent, par exemple, était très important pour lui, aussi cherchait-il constamment à s'enrichir et à jouir de ses richesses, puisqu'elles lui conféraient non seulement un certain confort matériel, mais aussi un statut social qui attirait le respect et les honneurs. «J'écris des lignes que je vends le plus cher possible, en me désolant de faire ce métier abominable», disait-il.

Maupassant a toujours refusé d'être associé à quelque école ou quelque courant littéraire que ce soit, jugeant les étiquettes triviales. Classé aujourd'hui parmi les grands du fantastique et du réalisme, voire même du naturalisme, il reste que cet auteur, par son originalité, a su transcender les modes de son temps.

Maupassant avec Colette Dumas d'Hauterive,
fille d'Alexandre Dumas, et Mme Bizet vers 1875-1880.

Ce sommeil baigné de champagne et de chartreuse l'avait sans doute adouci *et calmé* car il s'éveilla en des dispositions d'âme très bienveillantes. Il appréciait pesait et résumait, en s'habillant, ses émotions de la veille, cherchant à en dégager bien nettement et bien complètement les causes réelles, secrètes, les causes personnelles en même temps que les causes extérieures.

Il se pouvait en effet que la fille de brasserie eût eu une mauvaise pensée, une vraie pensée de prostituée en apprenant qu'un seul des fils Roland héritait d'un inconnu; mais ces créatures là n'ont elles pas toujours des soupçons pareils, sans l'ombre d'un motif, sur toutes les honnêtes femmes? Ne les entend--on pas, chaque fois qu'elles parlent, injurier, calomnier, diffamer toutes celles qu'elles *devinent* irréprochables? Chaque fois qu'on cite devant--elles une personne inattaquable, elles se fâchent, comme si on les outrageait et s'écrient : " Ah tu sais, je les connais tes femmes mariées, c'est du propre. Elles ont plus d'amants que nous, seulement elles les cachent--parce qu'elles sont hypocrites Ah oui c'est du propre!"

En toute autre occasion il n'aurait certes pas compris, pas même supposé possibles des insinuations de cette nature sur sa pauvre mère si bonne si simple, si digne. Mais il avait l'âme troublée par ce levain de jalousie qui fermentait en lui!

Pierre et Jean. Manuscrit autographe.

L'ŒUVRE EXPLIQUÉE

LES SOURCES

À l'époque où *Pierre et Jean* est publié (1888), Maupassant a déjà acquis une renommée enviable, mais sa santé est de plus en plus précaire. Il a déjà expérimenté des drogues, dont l'éther et la cocaïne qu'il consomme régulièrement. À un ami proche, il avoue que *Pierre et Jean* a été entièrement écrit sous l'effet de l'éther.

Jusqu'à quel point ce roman est-il autobiographique? Difficile d'en juger. Même si la famille Maupassant n'a jamais bénéficié d'un héritage providentiel comme celui que Léon Maréchal a laissé à Jean, le fait est que l'écrivain est l'aîné des deux fils Maupassant, qu'il a toujours voué un amour inconditionnel (sinon un culte) à sa mère et qu'il a un frère de cinq ans son cadet dont on ne sait que très peu de choses sinon que le romancier le fera interner dans un asile d'aliénés où il mourra un mois après, à trente-trois ans.

Malgré tout, il est plus plausible de penser que l'auteur de ce roman s'est davantage inspiré d'un fait divers et de la société de son temps que de sa propre vie.

LES CARACTÉRISTIQUES RÉALISTES DE L'ŒUVRE

Pierre et Jean, par son sujet, sa construction, ses thèmes, son écriture, demeure un roman réaliste même s'il ne respecte pas tous les critères des romans réalistes. Il dépasse le simple compte rendu, par la psychologie très développée de ses personnages. Roman familial situé en milieu bourgeois, *Pierre et Jean* est aussi une «étude de mœurs», une «œuvre d'analyse», selon l'auteur lui-même.

Sa préface, intitulée *Le Roman*, est célèbre et sert de référence pour définir le réalisme. Paradoxalement, Maupassant y affirme ne pas se conformer à ces principes dans *Pierre et*

Jean. En fait, si cette préface est associée à cette œuvre en particulier, cela résulte d'un concours de circonstances. L'éditeur, ayant reçu le manuscrit de *Pierre et Jean*, le trouva trop court pour en faire un livre. Il demanda donc à l'auteur d'y ajouter quelque chose, d'allonger l'œuvre en quelque sorte. Maupassant écrivit donc cette préface, qu'il avait d'ailleurs en tête depuis longtemps, pour satisfaire aux exigences de l'édition, mais aussi pour faire le point sur sa façon de concevoir son art.

LES TENDANCES NATURALISTES

Même si on ne retrouve pas d'ouvriers ou de prolétaires dans *Pierre et Jean*, un certain parfum de naturalisme plane tout de même sur l'œuvre. Le milieu petit-bourgeois, peint avec beaucoup d'ironie, met en évidence un des vilains côtés de la société. Les Roland sont des «gens placides qui rêvaient pour leurs fils des situations honorables et médiocres» (l. 100-102).

La fameuse «démarche scientifique» chère à Zola et aux naturalistes est également absente, ou du moins contournée. Les personnages ne sont pas déterminés par leur hérédité. Par contre, Maupassant étudie un phénomène qui affecte et transforme le comportement humain au point où chacun révèle sa vraie nature : l'influence de l'argent. Tous les personnages seront transformés par l'héritage venant de Maréchal : Jean deviendra égocentrique, Pierre, jaloux ; M. Roland, joyeux et vif d'esprit. Quant à Mme Roland, non seulement cet héritage providentiel réveillera son passé et la confrontera à ses remords, mais elle se verra forcée d'abandonner un de ses fils.

Par ailleurs, certaines scènes liées à la nourriture, où le souci du détail devient presque une obsession, sont très naturalistes. Elles n'apportent rien à l'histoire sinon des précisions sur le cadre, l'ambiance :

La bonne appelée apporta d'abord des gâteaux secs en de profondes boîtes en fer-blanc, ces fades et cassantes pâtisseries anglaises qui semblent cuites pour des becs de perroquet et soudées en des caisses de métal pour des voyages autour du monde. Elle alla chercher ensuite des serviettes grises, pliées en petits carrés, ces serviettes à thé qu'on ne lave jamais dans les familles besogneuses. Elle revint une troisième fois avec le sucrier et les tasses ; puis ressortit pour faire chauffer l'eau. (l. 669-677)

LE STYLE

Maupassant s'oppose farouchement au style artiste[1] qu'il trouve affecté et peu approprié au roman. Il le fustige dans sa préface et cette sortie lui vaudra une brouille avec les frères Goncourt. L'écriture qu'il préconise se veut simple dans le choix des mots, mais n'écarte pas une certaine recherche au niveau de la phrase. Pour Maupassant, la clarté doit constituer le premier critère de tout texte.

Les comparaisons et métaphores occupent une place de choix dans son œuvre. Originales mais simples, elle relèvent souvent du domaine maritime ou animal dans *Pierre et Jean*. Qu'on pense à Beausire qui décrit l'effet de l'alcool en filant une métaphore marine ou à Marowsko, comparé à un «perroquet» ou à un «chien».

L'impressionnisme est également une constante dans les descriptions chez Maupassant. En peinture, cela consiste à créer ou recréer une impression, plutôt que de chercher à reproduire la réalité, en utilisant judicieusement les petites touches et les détails signifiants : «À côté des trèfles d'un vert sombre, et des betteraves d'un vert cru, les blés jaunes éclairaient la campagne d'une lueur dorée et blonde. Ils semblaient avoir bu la lumière du soleil tombée sur eux.»

1　Style artiste : c'est ainsi que Maupassant nomme la manie de vouloir utiliser de manière exagérée des tournures et mots recherchés, en vue d'impressionner le lecteur par son érudition.

(l. 2949-2952) Ici, la splendeur de la nature nous est suggérée plutôt que décrite et le souci du détail concernant les couleurs révèle le peintre impressionniste.

Comme tout écrivain réaliste-naturaliste, Maupassant inclut dans ses œuvres un français familier, voire populaire, surtout lorsqu'il prête la parole aux personnages. L'effet de réel s'en trouve renforcé quand on entend, par exemple, la servante des Roland massacrer son français comme la plupart des personnes de sa classe sociale : «Qu'm'sieu Canu y viendrait en personne dans la soirée.» (l. 451-452)

L'importance de la focalisation

Dans *Pierre et Jean*, nous retrouvons plusieurs focalisations (points de vue). D'abord, le narrateur omniscient, utilisant la focalisation zéro, semble prendre en charge le récit. C'est un narrateur qui voit tout et sait tout : le passé, le présent, le futur, ainsi que les replis secrets de la psychologie des personnages. Il est souvent confondu avec l'auteur d'un récit. Au premier chapitre, ce narrateur nous apprend que la rivalité entre les deux frères dégénérera bientôt en jalousie :

> Mais une vague jalousie, une de ces jalousies dormantes qui grandissent presque invisibles entre frères ou entre sœurs jusqu'à la maturité et qui éclatent à l'occasion d'un mariage ou d'un bonheur tombant sur l'un, les tenait en éveil dans une fraternelle et inoffensive inimitié. (l. 86-90)

Cette focalisation sera par la suite reléguée au second plan pour laisser véritablement place à des focalisations plus réduites : la focalisation interne, avec le seul point de vue d'un personnage et la focalisation externe, où le regard s'apparente à celui d'une caméra objective. Maupassant n'hésite pas à utiliser toutes les focalisations, quitte à s'éloigner des principes du réalisme qui privilégie la focalisation externe, dénuée de toute interprétation *subjective* des actions et événements. La subjectivité *est* nécessairement présente dans ce roman puisqu'il rend compte d'une crise intérieure.

Discours direct, indirect et indirect libre

Les paroles et pensées d'un personnage peuvent être transmises au lecteur de trois façons grâce aux discours direct, indirect et indirect libre.

Nous sommes en présence de *discours direct* quand le texte reproduit fidèlement, mot à mot, des paroles et des pensées. Les deux-points et l'ouverture de guillemets ou l'emploi du tiret sont des indices certains que l'on va passer au mode du discours direct. Un récit qui utilise abondamment ce type de discours se rapproche de l'écriture théâtrale. Le narrateur est presque absent, il n'intervient qu'à de brefs moments, simplement par des incises («dit-il», «répondit-elle», etc.). La place est presque entièrement laissée aux personnages qui utilisent le «je» et le «nous» en parlant d'eux-mêmes, et le «tu» et le «vous» en parlant à l'autre et qui emploient les pronoms de la troisième personne pour parler des tiers. Le discours direct a pour effet, entre autres, de donner du rythme et de la vie au texte. Notons que le roman, avec son «Zut!» initial, s'ouvre par un discours direct de M. Roland et plonge le lecteur en plein cœur de l'action.

Le *discours indirect* s'intègre au récit sans ponctuation particulière. Les paroles ou pensées sont rapportées indirectement par le biais du narrateur qui a pris en charge le récit, tout en prenant bien soin d'identifier clairement celui qui parle ou qui pense. L'effet produit, à l'inverse du discours direct, est celui de distanciation, d'éloignement.

Par exemple : «Son père s'étonna, voulut le [Jean] retenir, car ils avaient à causer, à faire des projets, à arrêter des résolutions. Mais le jeune homme s'obstina, prétextant un rendez-vous.» (l. 733-735)

Le discours indirect libre, quant à lui, entretient une certaine ambiguïté. Il combine les deux types de discours précédents, mais sans définir clairement les limites entre le personnage et le narrateur, si bien que le lecteur a tendance à les confondre. Maupassant l'utilise abondamment quand il rend compte des pensées de ses personnages, notamment dans leurs débats intérieurs :

> «Je suis fou, pensa-t-il, je soupçonne ma mère.» Et un flot d'amour et d'attendrissement, de repentir, de prière et de désolation noya son cœur. Sa mère ! La connaissant comme il la connaissait, comment avait-il pu la suspecter ? Est-ce que l'âme, est-ce que la vie de cette femme simple, chaste et loyale, n'étaient pas plus claires que l'eau ? Et c'était lui, le fils, qui avait douté d'elle ! Oh ! s'il avait pu la prendre en ses bras en ce moment, comme il l'eût embrassée, caressée, comme il se fût agenouillé pour demander grâce ! (l. 2111-2121)

Ressemblances avec le roman policier

D'une certaine façon, *Pierre et Jean* rejoint le roman policier. En effet, c'est l'histoire d'une *enquête* ayant pour déclenchement *une mort* et visant à déterminer un *coupable*. Même s'il n'est aucunement question de meurtre, il est tout de même question d'un crime (l'adultère).

L'*investigateur*, Pierre, procède avec méthode et logique, tentant de *reconstituer les faits*. Il y a donc une histoire dans l'histoire. Le premier récit se déroule au Havre et le second, plus de vingt-cinq ans auparavant, à Paris.

Mais là s'arrête la ressemblance. Dans les romans policiers, la vérité finit par éclater et le coupable est démasqué, puis puni, c'est-à-dire exclus de la société (le plus souvent envoyé en prison). Ici, l'enquêteur découvre la vérité, provoque des aveux, mais devient alors menaçant, odieux d'avoir bouleversé l'ordre familial et social. Il est rejeté au loin, sacrifié en quelque sorte. Son départ est essentiel au retour de l'ordre bourgeois.

Le 31 octobre 1850, le *Franklin*, steamer transatlantique,
quitte Le Havre, port de mer où Maupassant
situe l'action de *Pierre et Jean*.

Ressemblances avec la tragédie

À cause de nombreux éléments, on peut aussi rapprocher le roman *Pierre et Jean* de la tragédie. Même si les unités de temps de lieu et d'action ne sont pas strictement respectées, il reste que l'histoire se déroule en peu de temps, environ un mois, et que l'action se déroule principalement en un seul lieu, Le Havre, si l'on excepte les excursions à Trouville et à Saint-Jouin. De plus, le roman met en scène peu de personnages et sa structure rappelle celle de la tragédie classique. En effet, comme ingrédients, on retrouve : la rivalité fraternelle, le rôle important des prémonitions, la symbolique des objets et l'importance des dialogues.

Le roman est aussi l'histoire de la quête de la vérité, par un personnage idéaliste et tourmenté. On assistera, dès la naissance des soupçons dans l'esprit de Pierre, à une enquête de plus en plus douloureuse, rappelant celle d'Œdipe. Les liens entre ce roi mythique et Pierre sont d'ailleurs faciles à établir. Outre leur amour immense (et problématique) pour leur mère, tous deux, assujettis à un fort déterminisme, cherchent la vérité envers et contre tous, croyant que cette vérité les libérera. Or, elle fera plutôt leur désespoir. Dans le cas d'Œdipe, le dénouement sera l'automutilation et l'exil volontaire ; pour Pierre, l'exil imposé et la mort symbolique, même si ce n'est pas à lui que revient la faute.

LES PERSONNAGES

Pierre

Personnage principal dont on connaît, le plus souvent, les pensées, sentiments, réactions, il est porteur d'un des thèmes majeurs : la jalousie. L'auteur le considère tantôt avec neutralité, tantôt avec compassion. Pierre essaie d'être «correct» jusqu'au moment où il se sent trahi par l'infidélité de sa mère. C'est à ce moment qu'il bascule dans le sadisme et la méchanceté pure, ce qui a pour effet de faire souffrir tout le monde, lui le premier.

Il est quand même intéressant de constater combien Pierre tient à préserver une image idéaliste de sa mère. Elle se doit, à ses yeux, de représenter la pureté, l'honnêteté, le désintéressement, le dévouement, la chasteté, la probité, etc. Sinon, elle n'est pas digne d'être sa mère.

Pierre est décrit physiquement comme un homme «ténébreux» : cheveux et yeux noirs, regard sombre, physionomie fermée, corps nerveux. Il s'oppose en tous points à son frère Jean, opposition que Maupassant se plaît à maintenir et à développer à la moindre occasion.

Pierre est idéaliste, extrémiste, dur envers les autres et envers lui-même. Son refus de s'intégrer au milieu petitbourgeois, avec ses valeurs basées sur l'apparence, le mènera à l'exil. Il essaie de ne point se leurrer sur ses sentiments et ses motivations. Il admet qu'il est jaloux de Jean, par exemple, même si cet aveu lui déplaît. Cette capacité d'analyse peut venir d'une «déformation professionnelle» de médecin et reflète bien l'esprit du naturalisme et de la méthode scientifique qu'on applique alors partout, jusque dans les romans. Il s'agit d'observer, de façon extérieure et impartiale, tous les phénomènes, sans les juger. Sur ce dernier point, Pierre s'écarte un peu du modèle, car il juge et condamne sa mère et, dans une certaine mesure, lui-même.

Avec l'image de sa mère qui s'écroule, c'est aussi la sienne. Étant médecin, Pierre adhère aux théories de l'époque voulant que les enfants soient façonnés à partir des matériaux parentaux. Or, Pierre considère son père comme un homme médiocre et même stupide. Il n'a aucun respect pour lui et se plaît à croire qu'il n'a rien hérité de lui. Il ne reste donc que la mère pour faire contrepoids. Il lui faut dès lors cultiver une image très positive, idéaliste même, de sa mère pour sauvegarder une certaine noblesse d'origine.

Jean

Jean est tout le contraire de Pierre, autant par son physique que par son caractère. Son tempérament est doux, jusqu'à la mollesse. Son calme cache aussi une certaine lâcheté, un refus de toucher aux domaines délicats ou controversés, bien qu'il ait choisi la profession d'avocat, demandant, justement, une certaine vigueur de caractère, une certaine témérité.

Pas un instant il ne se demandera pourquoi il a été le seul héritier de Maréchal ni n'offrira de partager sa fortune avec son frère. Il semble incapable de réfléchir à ce genre de problèmes. Il ne lui viendra pas à l'idée que c'est non seulement une injustice, mais que ce legs nuira à la réputation de sa mère. Il se laisse porter, passif et imperturbable, par le flot de la vie. En cela, on peut déjà prédire qu'il finira comme M. Roland : aveugle et heureux.

La scène sur l'eau, au premier chapitre, illustre le contraste entre Jean et Pierre. Alors que Pierre souque fort au début pour affirmer sa supériorité, Jean travaille fermement et uniformément, ne se laissant déranger par aucune pensée de compétition. Cette philosophie le sert très bien puisque Pierre, épuisé par son effort, doit s'avouer incapable de continuer alors que Jean a encore bien de l'énergie.

Maupassant fait de Pierre un martyr et de Jean un gagnant, mais un gagnant dont la victoire est facile et imméritée. L'auteur y revient toujours : la vie est mal faite, cruelle. Elle favorise ceux qui le méritent le moins et oublie les autres, ceux qui poursuivent un idéal noble.

M. Roland (Gérôme)

Le portrait de cet homme, un père de famille petit-bourgeois, est peu reluisant. Maupassant en fait une sorte de caricature. C'est un enragé de la pêche et des bateaux, complètement en dehors de la réalité. Il ne se rend compte

ILLUSTRATION DE M. LAMBERT
POUR *L'INUTILE BEAUTÉ* DE GUY DE MAUPASSANT.

de rien et sera toujours le dernier à savoir ce qui se passe
(quand il est mis au courant !). Il vit dans son monde de
petit-bourgeois retraité, ne s'occupant de rien d'autre que
de son passe-temps. Nombriliste, il aime à se vanter et à
étaler ses connaissances ou ses exploits. Maupassant va
même jusqu'à le ridiculiser dans sa réaction face à l'héritage
de Jean :

> Tiens, justement, le matin de la naissance de Jean, c'est lui
> qui est allé chercher le médecin ! […] Dans sa hâte il a pris
> mon chapeau au lieu du sien. Je me rappelle cela parce que
> nous en avons beaucoup ri, plus tard. Il est même probable
> qu'il s'est souvenu de ce détail au moment de mourir ; et
> comme il n'avait aucun héritier il s'est dit : «Tiens, j'ai contri-
> bué à la naissance de ce petit-là, je vais lui laisser ma
> fortune.» (l. 715-725)

Malgré l'évidente paternité de Maréchal, une telle pensée
n'effleure pas plus son esprit que celui de Jean. Il est plus
proche, par son physique et son caractère, de Jean même si
ce dernier n'est pas son fils naturel.

Gérôme Roland est vulgaire, il jure constamment et
essaie d'en imposer à son entourage. Dans les faits, ce sont
les autres qui le mystifient !

Mme Roland (Louise)

Ce n'est pas la première fois que Maupassant dépeint ce
type de femme, qui ressemble étrangement à sa propre mère.
C'est une femme éprise de poésie, un peu rêveuse et malheureusement mariée à un rustre. En cela, elle rejoint un
peu le type de Mme Bovary, de Flaubert. Mais elle est mère
avant tout et considère ses garçons comme sa seule richesse.

Mme Roland, malgré son image extérieure, incarne la dualité que Maupassant attribue au sexe féminin. Belle, douce,
dévouée à sa famille, elle n'en est pas moins un être humain
doté de sentiments qui aura le tort de faiblir devant l'Amour,
trahissant du même coup tous ses devoirs d'épouse et de

mère. Maupassant (à travers le regard de Pierre) la dépeint comme une femme «perdue» (l. 2806), une mère coupable et dénaturée, à la limite de la décence, qui s'est donnée à un autre homme malgré les liens du mariage. À d'autres moments, il semble la défendre, la comprendre de ne pas avoir supporté la vie médiocre que son mari lui offrait sans expérimenter le véritable amour au moins une fois.

Il faut noter que Mme Roland n'est pas une délurée ni une aventurière. Elle n'a eu qu'un seul amant, auquel elle est restée fidèle pendant des années, même quand celui-ci a cessé de l'aimer.

À travers Mme Roland, Maupassant affiche une fois de plus sa déception et ses préjugés face aux femmes. Pour lui, les femmes sont des êtres essentiellement et naturellement fourbes. Il ne sert à rien d'en chercher des honnêtes : il n'en existe pas !

Léon Maréchal

Lorsque l'histoire commence, Maréchal est déjà mort. C'est d'ailleurs ce qui donne le coup d'envoi à l'intrigue. Maréchal n'avait rien du prince charmant et on se demande un peu ce qui attirait tant Mme Roland en lui. Bien qu'il soit moins rustaud que son «rival» M. Roland, il reste un homme assez ordinaire : affable, accueillant, fidèle et généreux. C'est un fonctionnaire qui est toujours resté célibataire et un «Parisien enragé» (l. 555) qui n'aime pas la mer. En ce sens, il est le contraire de Gérôme Roland.

C'est l'amour pour son fils naturel qui a poussé Maréchal à en faire son seul héritier. Avait-il pressenti le tort qu'il risquait de causer à la réputation de son ancienne maîtresse ? Probablement pas. À cause de cela, nous pouvons dire qu'il devait être peu enclin à penser au mal, tout comme Jean qui n'a pas songé lui non plus un instant à la signification profonde de cet héritage discriminatoire.

Mme Rosémilly

Mme Rosémilly est presque une copie conforme de Mme Roland, le côté maternel en moins. Mais on devine qu'elle sera, elle aussi, dévouée corps et âme à sa future famille. Rien ne la distingue vraiment : elle a un tempérament doux et est devenue raisonnable très jeune (peut-être en raison de son veuvage précoce).

Pierre et Jean sont tous deux attirés par elle, pas tant pour elle-même, semble-t-il, que pour ce qu'elle représente et possède. Elle est à l'aise financièrement et cherche à se remarier pour consolider sa sécurité. À vingt-trois ans, elle ne se permet même pas les galanteries des jeux amoureux et redevient aussitôt sérieuse quand Jean lui fait la cour à Saint-Jouin. Pour elle, le mariage n'est pas d'abord une affaire de cœur, mais une association d'affaires, où chacun y trouve son compte, conformément à la mentalité bourgeoise. Il est facile d'imaginer, et Pierre ne se privera pas de le faire, que Mme Rosémilly, tout comme Mme Roland, finira par avoir un amant et cocufiera son mari.

Marowsko

Ce personnage est inspiré d'un Polonais que Maupassant a connu. Souvent la cible de métaphores animales, il donne l'impression d'être un homme bizarre. Son statut de proscrit représente ce que deviendra Pierre à la fin du roman. Il est intéressant de remarquer que Pierre se tourne vers lui instinctivement quand il a l'esprit troublé, mais qu'il l'abandonne à la fin pour s'exiler.

Les deux personnages se ressemblent beaucoup. Tous deux sont idéalistes, pauvres mais rêvant de faire fortune, célibataires et solitaires. De plus, ils expérimentent la trahison et toute la souffrance qui s'ensuit.

LES THÈMES

L'argent

Dans la mesure où l'histoire se déroule en milieu bourgeois, il n'est pas étonnant que l'argent soit au centre des préoccupations de plusieurs personnages. On compte et on calcule beaucoup dans ce roman. Quand la visite du notaire est annoncée, aussitôt tous pensent qu'il s'agit d'une question d'argent ou d'héritage.

L'argent est ce qui fait défaut à Pierre pour s'établir honorablement. C'est par son argent que Maréchal prouve ultimement son amour et son attachement pour son ex-maîtresse et son fils naturel, frustrant du coup le frère aîné et ouvrant la porte aux commérages infamants concernant Mme Roland. Le mariage entre Mme Rosémilly et Jean est aussi une question d'argent pour une large part.

Ce thème est récurrent dans l'œuvre de Maupassant. Sans affirmer que l'auteur est obsédé par l'argent, disons tout de même qu'il lui accorde une grande place dans ses nouvelles (*Le Testament*, *Le Legs*, *La Parure*, entre autres) et romans (*Bel-Ami*, *Pierre et Jean*). Constamment, l'argent est perçu comme un but à atteindre (voir les calculs et prévisions de Pierre) en même temps qu'il corrompt les personnages.

La jalousie

La rivalité du début entre les deux frères se transforme vite en jalousie de la part de Pierre envers Jean. Il faut reconnaître que Pierre a des raisons d'en vouloir à son cadet : lui seul hérite, il a toujours été le préféré de sa mère (on comprend pourquoi quand on découvre ses origines), il le devance facilement dans la conquête de Mme Rosémilly, il a fait ses études sérieusement sans se disperser de ci de là contrairement à lui, etc.

Maupassant fait de son roman une étude quasi scientifique du phénomène de la jalousie. Sentiment éminemment

humain, celle-ci, souvent jumelée à la haine, est un phénomène universel de souffrance humaine depuis la tragédie
d'Abel et Caïn dans la *Genèse*, et elle nourrit l'imaginaire
humain en donnant lieu à des histoires réelles ou fictives des
plus tragiques. En ce sens, le roman *Pierre et Jean* rejoint les
préoccupations réalistes-naturalistes puisqu'il étudie la réalité dans ce qu'elle a de plus laid et de plus honteux. Qui, en
effet, confesserait sans rougir des pensées et des sentiments
tels que ceux de Pierre ?

L'adultère et la trahison

Ces thèmes tiennent également une grande place dans les
écrits de Maupassant. Une constante : la faute appartient à
la femme. C'est elle qui en porte l'entière responsabilité et
tout le poids affectif et social. Bien sûr, on peut attribuer
cette vision des choses au contexte culturel, notamment à
cette «vérité» judéo-chrétienne concernant le péché originel
et le rôle prépondérant de la femme (Ève) dans la perte du
paradis terrestre pour les hommes. Mais, dans le cas de
Maupassant, il y a davantage. Il considère que les femmes,
de par leur nature profonde, sont des êtres perfides et
fourbes. Faire confiance à une femme, c'est courir à son
malheur, tôt ou tard. L'écrivain ne s'est pas marié et passait
de maîtresse en maîtresse sans jamais se fixer définitivement. En effet, comment faire confiance ? Comment s'assurer
qu'on ne sera pas trompé ?

La part de l'homme dans la «faute» est escamotée. Ce
n'est pas pour rien que Maréchal, l'amant, est un homme
célibataire. Il n'a trompé personne, lui, sinon son «ami»
Gérôme. Or, comme c'est un rustre qui ne mérite pas sa
femme, la malhonnêteté, ici, est presque sympathique.

Pierre, quant à lui, s'apprête à rester vieux garçon. La méfiance qu'il a développée envers toutes les femmes, y compris
sa mère, qui jusque là avait une image inaltérable de pureté
et de probité, l'empêche d'avoir une relation sentimentale,

profonde et durable, avec une femme. Il s'identifie à son père, dans une certaine mesure, et se dit que si ce dernier a été cocufié par sa femme, une femme qu'on jurerait au-dessus de tout soupçon, il risque fort de subir le même déshonneur.

La profonde blessure qu'il ressent quand il découvre l'adultère de sa mère est sa désillusion finale. Il se sent «trahi», au même titre que si l'acte avait été dirigé contre lui, par la seule femme qui aurait dû rester pure à ses yeux. Si sa propre mère ne respecte pas la parole donnée lors du mariage, qui le fera ?

Quand on connaît le destin du couple Maupassant (parents de l'écrivain), cela peut éclairer certains aspects. Ce couple n'a jamais été très intime et s'est séparé définitivement alors que les enfants étaient encore jeunes.

Ajoutons que Pierre, trahi par sa mère et exilé par son frère, trahit à son tour Marowsko, qui l'a suivi au Havre et comptait sur lui pour lui fournir une bonne clientèle.

Le double

Pierre et Jean a été écrit tout de suite après *Le Horla*, ce très célèbre conte fantastique mettant en scène un personnage obsédé et dominé par une créature imaginaire qui lui vole sa volonté et sa personnalité et finit par le mener à des actes de folie aboutissant au suicide. Ce thème, plus présent à mesure que l'œuvre de Maupassant évolue, est primordial dans *Pierre et Jean*. Pierre et Jean sont souvent en opposition ; l'impression première que l'auteur nous transmet concernant les deux frères est qu'ils sont aux antipodes l'un de l'autre.

Pourtant, ils se ressemblent plus qu'il n'y paraît de prime abord. L'autre, le double, c'est celui que l'on refoule constamment : la face cachée de notre personnalité. Pierre se bat avant tout contre un aspect de lui-même, l'Autre en lui. Ce combat l'épuise et le blesse, puisqu'à la fin, il est «las de tout».

Ce thème peut aussi être abordé d'une autre façon en prêtant attention à tout ce qui est dualité dans le roman :

deux frères, deux hommes dans la vie de Mme Roland, deux
«prophètes de malheur», structure parallèle du roman.
Partout le chiffre deux revient comme une obsession.

La mer

L'eau est une source d'inspiration et revêt pour Guy de
Maupassant plusieurs significations tout au long de son
évolution littéraire. Selon le cas, elle peut représenter la mort
et être menaçante ou alors revêtir l'image de la douceur, du
calme et de la sérénité.

Ces associations ne se font pas nécessairement de la même
manière d'un écrit à l'autre. Dans ses contes fantastiques,
par exemple, l'eau est souvent source d'angoisse, de mystère,
de cauchemars et fait naître des créatures fantasmagoriques.
Elle est associée à la mort.

Dans d'autres récits, tel *Pierre et Jean*, elle revêt une
importance à un autre niveau. C'est comme si elle «accom-
pagnait» le personnage principal, Pierre, dans son cheminement, du rêve de liberté à l'angoisse de la vérité. Notons que
plusieurs scènes-clés du roman se déroulent sur l'eau, dans
l'eau ou au bord de l'eau.

Plusieurs auteurs avant et après Maupassant se sont plu
à comparer la «mer» à la «mère». Jeu de mots on ne peut
plus simple, basé sur l'homophonie. Dans *Pierre et Jean*, on
remarque que Pierre considère la mer au début comme une
alliée, une consolatrice et un ressourcement. C'est vers elle
qu'il se tourne quand il veut réfléchir et trouver une paix
intérieure. Il faut noter aussi que Pierre est «mécontent […]
d'avoir été privé de la mer par la présence de son frère»
(l. 940-941). Ailleurs, nous apprendrons que Pierre avait
très mal accueilli la naissance de son petit frère, entre autres
parce qu'il lui «volait» sa mère.

Le lien est on ne peut plus clair. La mer, c'est la mère.
D'ailleurs, la mer devient petit à petit moins attirante (il
refuse de se mouiller à Saint-Jouin), à mesure que sa mère

Un parent de Maupassant a peint le jeune Guy tout au bout
du plongeoir dans *Bains de mer, plage d'Étretat.*

descend dans son estime. À la fin, la mer le coupe de toute
sa famille et lui enlève presque sa légitimité de fils. On
l'exile, lui, alors que la mère coupable et le fils illégitime
restent maîtres chez eux.

Le regard

Maupassant se définit comme un «regardeur». Dans ce
roman, tout passe par le regard. On peut diviser les personnages en deux clans, ceux qui voient et ceux qui sont
aveugles. Mme Roland et Pierre voient tout. M. Roland et
Jean sont aveugles. Quant aux personnages secondaires, ils
provoquent souvent une nouvelle façon de regarder, en
apportant un point de vue différent.

Pierre possède sans conteste une acuité visuelle hors du
commun. Il observe sa mère pour détecter le moindre signe
de trouble face à ses allusions, il guette une ressemblance
physique entre Jean et Maréchal. Son œil est «anxieux»; le
regard est douloureux. Plus il voit, plus il est malheureux.
Quand ses soupçons concernant l'adultère de sa mère sont
confirmés, son regard devient dur, accusateur. Puis, à la fin,
les regards se fuient, l'intimité familiale est rompue. Il faudra
que la *Lorraine* mette une distance entre Pierre et sa mère
pour qu'ils osent se regarder de nouveau.

À l'opposé, ceux qui ne voient rien sont les plus heureux,
les «simples d'esprit» comme les qualifie Pierre. M. Roland,
aveugle par excellence, est habitué à ne rien comprendre. Il
ne s'en porte pas plus mal, au contraire, il est heureux
comme un enfant. Jean lui ressemble un peu dans sa façon
de choisir de ne pas voir ce qui pourrait le troubler. Ce n'est
pas lui qui chercherait à connaître le passé de sa mère ni les
motifs de son héritage pour le moins bizarre. C'est Pierre
qui devra se charger de l'informer.

Rarement dans l'œuvre le regard est doux, compatissant.
Sauf entre Mme Roland et son fils Jean, prolongeant symbo-
liquement l'histoire d'amour à jamais révolue. D'ailleurs,

comme le dit elle-même Mme Roland, elle serait incapable de supporter que Jean la regarde comme Pierre le fait et préfèrerait mourir ou s'en aller définitivement.

La bâtardise

Être bâtard, dans une société qui respecte scrupuleusement les règles catholiques, c'est naître avec la honte, être rejeté, banni, jugé à cause d'une faute qui ne nous appartient pas. Curieusement, dans *Pierre et Jean*, la problématique fils légitime/bâtard est renversée. C'est le «vrai» fils qui doit s'en aller, pour laisser toute la place à l'autre, le «bâtard». Pierre souffre énormément que son frère soit un bâtard tandis que Jean, lui, le prend très bien quand il l'apprend. N'est-ce pas un beau cadeau que d'apprendre qu'il n'est pas le fils de cet imbécile de Roland?

JUGEMENTS SUR L'ŒUVRE

«*Pierre et Jean* aura un succès littéraire, mais non pas un succès de vente. Je suis sûr que le livre est bon..., mais il est cruel, ce qui l'empêchera de se vendre.»

> Lettre de Guy de Maupassant à sa mère, septembre 1887.

«Il [Maupassant] excelle, sinon à restituer dans son intégrité la vie de ses personnages, du moins à offrir l'apparence de la vie. Je veux dire que l'auteur de l'histoire émouvante et simple de *Pierre et Jean* se préoccupe surtout de définir ses personnages par une série d'actes congrus et qu'il néglige — volontairement, je crois — d'expliquer le mobile de ces actes.»

> Charles Vignier, *L'Événement*, 19 janvier 1888.

«Maintenant, M. Guy de Maupassant me permettra-t-il de dire, sans suivre les règles qu'il a posées, que son nouveau roman, *Pierre et Jean*, est fort remarquable et décèle un bien vigoureux talent? Ce n'est pas un pur roman naturaliste. L'auteur le sait bien. Il a conscience de ce qu'il a fait. Cette fois — et ce n'est pas la première — il est parti d'une hypothèse. Il s'est dit : si tel fait se produisait dans telle circonstance, qu'en adviendrait-il ? Or, le fait qui sert de point de départ au roman de *Pierre et Jean* est si singulier ou du moins si exceptionnel, que l'observation est à peu près impuissante à en montrer les suites. Il faut, pour les découvrir, recourir au raisonnement et procéder par déduction. C'est ce qu'a fait M. Guy de Maupassant, qui, comme le diable, est grand logicien…»

Anatole France, *Le Temps*, 15 janvier 1888.

«…une page de Maupassant n'est pas signée, c'est tout bonnement de la bonne copie courante appartenant à tout le monde. Guiches, dimanche dernier, faisait la meilleure critique de ce talent de second ordre : il disait que ses livres se lisaient, mais ne se relisaient pas.»

Edmond de Goncourt, *Journal*, 9 janvier 1888.

«Les révélations que Mme Roland fait à Jean, le bâtard, Guy aimerait presque que sa mère les lui fît pour le soulager d'un doute. Il se sent à la fois Jean, le fils adultérin, et Pierre, le fils légitime. Ce combat intérieur, il le projette dans son récit à travers des créatures fictives. Ainsi *Pierre et Jean* apparaît comme la plus personnelle de ses œuvres, celle où il se démasque inconsciemment. Du reste, plus ramassé que les autres romans de Maupassant, celui-ci vaut surtout par l'économie des moyens, la concentration dramatique et le flamboiement des caractères chauffés à blanc.»

Henri Troyat, *Maupassant*, Flammarion, 1989.

Caricature anonyme de Maupassant.

Le *Bel-Ami*, yacht de Maupassant.

PLONGÉE

DANS
L'ŒUVRE

Le cabinet de travail de Maupassant.

Questions sur l'œuvre

Chapitre i

COMPRÉHENSION

1. Quels sont les enjeux réels de la compétition que se livrent Pierre et Jean en ramant ? Quelles sont les motivations réelles et profondes qui les poussent à agir ainsi ?
2. Monsieur Roland s'adresse à Pierre en disant «docteur» et à Jean en disant «Jean». Quelle est la signification, d'après vous, de cette différence ?
3. Qu'y a-t-il d'anormal dans le comportement des Roland (l. 533 et suiv.) ?
4. Observez le comportement de Mme Roland (l. 571 jusqu'à la fin du chapitre). Un si grand trouble ne traduit-il pas plus que de la simple affection ? Donnez des indices textuels supportant l'hypothèse de la liaison entre Mme Roland et M. Maréchal.
5. Comment voit-on que Pierre commence à être soupçonneux ?

PERSONNAGES

1. Faites un portrait des personnages mis ici en scène : M. et Mme Roland, Pierre, Jean, Mme Rosémilly.
2. Commentez l'attitude de Jean face à l'héritage. Que révèle-t-elle sur sa personnalité ? Comparez son attitude à celle des autres en trouvant, pour chacun, un mot ou une expression qui résumerait la réaction.
3. Comparez les portraits de Pierre et de Jean. L'auteur semble-t-il démontrer une préférence pour l'un des deux garçons ? Est-il objectif et impartial ?
4. En quoi la description de Mme Roland est-elle typique de celle des bourgeoises ? Trouvez des éléments qui trahissent la haine de Maupassant envers les bourgeois.
5. Même question pour M. Roland.
6. Relevez toutes les traces de cupidité chez les quatre Roland et commentez (l. 579 et suiv.).
7. Commentez le passage des lignes 688 à 691. Qu'en concluez-vous concernant les deux frères et le thème du double ?

ÉCRITURE

1. Identifiez les figures de style :
   a) «saine puanteur» (l. 34) ;
   b) «ventre plein» (l. 35) ;
   c) «une fraternelle et inoffensive inimitié» (l. 90) ;
   d) «une joie vibrante d'avare» (l. 195) ;
   e) «tendue comme une étoffe bleue» (l. 206) ;
   f) «un nuage noirâtre sur le ciel rose» (l. 208-209) ;
   g) «de navires qui couraient comme des bêtes autour de leur tanière» (l. 390-391) ;
   h) «une fillette de dix-neuf ans» (l. 436-437).
2. Le portrait de Pierre (l. 67-81) est-il fidèle à la tradition réaliste-naturaliste ? Pourquoi ?
3. Dans le passage commençant à la ligne 349 et se terminant à la ligne 363, relevez toutes les expressions métaphoriques concernant les bateaux et la mer. Classez-les par champs lexicaux.
4. Dans le paragraphe des lignes 410 à 421, trouvez une métaphore filée et expliquez-la.
5. En quoi la description de Joséphine (l. 436 et suiv.) relève-t-elle du naturalisme ?
6. «[…] n'espéraient la mort de personne […]» (l. 465)
   a) Trouvez l'antonyme du verbe.
   b) Commentez l'emploi de ce verbe chez Maupassant.
7. «[…] fit l'éloge de la *Perle* et de Mme Rosémilly.» (l. 680-681)
   Commentez le rapprochement.

VERS LA DISSERTATION

1. Maupassant aborde dès le début le thème principal de son œuvre : la jalousie. Montrez comment il la présente et la définit. Est-ce fidèle au naturalisme ?
2. Commentez le passage : «Parbleu, il passait […] je vais lui laisser ma fortune.» (l. 713-725) en trouvant les doubles sens que Maupassant se plaît à y mettre. Expliquez-les.
3. Dans le passage des lignes 334 à 348, on mentionne deux fois les ombrelles. Analysez la figure de style et dites ce qu'on peut en conclure sur le rapport de Maupassant aux femmes.

4. Montrez que la façon dont Maupassant décrit les Roland à travers la scène du thé (l. 669-694) est une critique de la bourgeoisie. Indiquez-en tous les aspects.

Chapitre ii

COMPRÉHENSION

1. Expliquez : «[…] cette banale camaraderie des demi-tasses et des petits verres.» (l. 787-788)
2. Trouvez un passage où l'influence des théories naturalistes est manifeste.
3. «Un rêveur, un amoureux, un sage, un heureux ou un triste ?» (l. 894-895) À qui cette description correspond-elle ?
4. Pourquoi Pierre est-il «très cordial» avec son frère ? (l. 929 et suiv.)
5. De quoi Marowsko se doute-t-il ?
6. Quel «mauvais effet» le testament de Maréchal risque-t-il de produire ? Sur qui ?

PERSONNAGES

1. Étudiez le thème du double dans ce chapitre. Comment Pierre est-il le contraire de Jean tout en étant son reflet ? Comment, dans chaque être, coexistent deux tendances opposées qui se défient l'une l'autre ?
2. Comment la relation entre Pierre et M. Marowsko arrive-t-elle à satisfaire les deux parties ? Qu'est-ce que chacun d'eux retire de cette relation ?
3. En quoi Marowsko et Pierre se ressemblent-ils ? En quoi diffèrent-ils ?

ÉCRITURE

1. Identifiez les figures de style :
   a) «éclairée, animée, bruyante» (l. 770) ;
   b) «L'air un peu frais des bords de mer lui caressait la figure […]» (l. 770-771) ;
   c) «[…] qui gênent, fatiguent, attristent, irritent […]» (l. 779-780) ;
   d) «petite dinde raisonnable» (l. 835) ;

PIERRE ET JEAN

e) «Faut soigner cela !» (l. 838);
f) «guettant la mer» (l. 864);
g) «les yeux vivants» (l. 865);
h) «[…] sans un bruit de voix, sans un bruit de flot, sans un bruit d'aviron […]» (l. 888-889).

2. Pierre se sonde et s'examine comme un médecin le fait pour un patient (l. 799 et suiv.). Trouvez les champs lexicaux qui le confirment.

3. Étudiez les figures de style liées à Marowsko. À quoi Maupassant le compare-t-il ?

4. Observez la syntaxe : «Pierre, enfin, presque malgré lui […]» (l. 1033) Quel effet est ici produit ?

5. Expliquez la présence de l'adjectif «paternelle» à la ligne 1053. Est-ce anodin ?

VERS LA DISSERTATION

1. «[…] car il s'irritait d'être seul, et il n'aurait voulu rencontrer personne.» (l. 792-793) Expliquez comment cette antithèse touche au thème du double.

2. «[…] mécontent […] d'avoir été privé de la mer par la présence de son frère.» (l. 940-941) Expliquez la portée de cette phrase ainsi que le jeu de mots (volontaire ou non) que fait Maupassant.

Chapitre iii

COMPRÉHENSION

1. Quelle raison semble avoir poussé Pierre à embrasser la profession médicale ? À quoi le déduit-on ?

2. Pierre envisage de demander de l'argent à son frère. Par quels détours de pensée en vient-il à trouver cela «normal» ? Pierre est-il honnête envers lui-même ?

3. Aux lignes 1364-1365, Pierre émet pour la première fois l'hypothèse que Jean soit le fils de Maréchal. Trouvez tous les indices présents jusqu'ici qui tendraient à confirmer cette hypothèse.

4. Pourquoi cette idée lui est-elle si pénible, si intolérable ?

5. Quelles sont les phases de la jalousie de Pierre et leurs manifestations ?

6. À cause de l'héritage, tous les regards convergent vers Jean. Comment Pierre s'arrange-t-il pour être, lui aussi, regardé ? Quel type de regard attire-t-il ? Et Jean ? Relevez toutes les expressions ayant trait au regard dans cette partie du chapitre (l. 1450 et suiv.).

7. À quoi est due la mauvaise humeur de Pierre ? En est-il conscient ? Et les autres ?

PERSONNAGES

1. Pierre fait des projets professionnels. Ses prévisions sont-elles réalistes ou est-il décidément du côté du rêve ? Comparez le passage du début du chapitre III jusqu'à la ligne 1098 avec la fable de La Fontaine *La Laitière et le pot au lait*.

2. Que peut-on déduire du tempérament de Pierre dès les premières lignes du chapitre ?

3. La conversation à table sur ce qu'il serait bon de faire avec l'argent de l'héritage en révèle beaucoup sur les personnages et leurs valeurs. Notez ce qu'on apprend de nouveau sur chacun étant donné la façon dont il, ou elle, dépenserait l'argent.

4. En l'espace de quelques heures, Pierre, qui rejetait l'idée d'avoir une famille, se ravise et en souhaite finalement une. Comment en est-il venu à ce changement et pourquoi ? Qu'est-ce que cela nous apprend sur lui ?

5. Étudiez le comportement du père, avant et après les commentaires désobligeants de Pierre. Quel genre d'homme est-ce ? Complétez le portrait amorcé au premier chapitre. Quelle image de lui Maupassant veut-il donner ?

6. Pierre semble avoir un grand talent pour se leurrer. Indiquez toutes les fois où cette tendance se manifeste dans ce chapitre.

ÉCRITURE

1. Trouvez le champ lexical du «snobisme» (l. 1104-1112)

2. Observez le comportement et les pensées de Pierre (l. 1116 à 1131). Comment l'auteur nous fait-il sentir sa jalousie ? Étudiez le parallèle entre son complexe de supériorité et la manière dont il est traité.

3. Observez l'utilisation des discours direct et indirect des lignes 1132 à 1159. Quel est l'effet produit ?
4. Trouvez le champ lexical de la fascination (l. 1173-1178).
5. Commentez l'emploi du déterminant possessif dans ce passage : «[…] à notre cœur» (l. 1289)
6. Analysez la courte description des lignes 1297 à 1301. À quel courant se rattache-t-elle ? À quoi le voit-on ?
7. Relevez une métaphore filée dans le discours du capitaine Beausire (l. 1425 à 1432) et expliquez-la.
8. Relevez les traces de naturalisme dans le portrait physique de M. Roland (l. 1435-1439).
9. Étudiez le passage des lignes 1584 à 1598. À quoi voit-on le naturalisme ?
10. Identifiez les figures de style :
    a) «l'horreur intéressante» (l. 1175) ;
    b) «bon sens vulgaire et bas» (l. 1274) ;
    c) «plein comme un œuf et dur comme une balle» (l. 1441) ;
    d) «[…] avec une méfiance de renard qui trouve une poule morte et flaire un piège» (l. 1547-1548) ;
    e) «limpide et bleu, clairvoyant et dur» (l. 1562) ;
    f) «Et il sentit, il pénétra, il devina la pensée nette […]» (l. 1562-1563).

VERS LA DISSERTATION

1. Dans ce chapitre, Maupassant se livre à une étude approfondie de la psychologie de Pierre. Montrez l'influence réaliste-naturaliste de cette étude ainsi que la dimension nouvelle qu'elle apporte au roman.
2. Maupassant nous livre sa vision des femmes à travers celle de Pierre. (l. 1263 et suiv.) En combien de «catégories» se divisent-elles ? Est-ce un reflet de l'époque ? Expliquez.
3. À quelle catégorie appartient la serveuse ? Notez les passages qui le confirment.
4. Quel est le rapport à l'argent de la famille Roland et, par extension, de la petite bourgeoisie ? Citez des passages du texte qui le confirment. Maupassant considère-t-il aussi l'argent de la même façon ? À quoi le voit-on ?
5. Tous les plans de Pierre sont mis en échec par sa famille,

même les plus petits. Montrez ce déterminisme et ses conséquences sur Pierre et sa façon de voir les choses.
6. La serveuse fait l'éloge de Jean devant Pierre. Montrez que, sans s'en rendre compte, elle blesse Pierre.

Chapitre iv

COMPRÉHENSION

1. Pourquoi Pierre contredit-il sa mère ? (l. 1837 et suiv.)
2. Notez les premiers signes de l' «enquête» de Pierre. De quelle façon procède-t-il ? Quelle est sa véritable motivation dans la recherche de la vérité ? Compte tenu de cette motivation, Pierre sera-t-il un enquêteur impartial et efficace ?

PERSONNAGES

1. Observez ce début de chapitre et le début du chapitre précédent. Que remarque-t-on au sujet de Pierre ?
2. Comment Pierre voit-il sa mère ? Quelles sont ses qualités et ses besoins ?

ÉCRITURE

1. Trouvez le champ lexical de la religion dans les deux premières pages du chapitre.
2. Analysez et expliquez la symbolique du passage suivant : «Elles étaient ensevelies [...] de cette brume errante.» (l. 1884-1892)
3. Trouvez le champ lexical de la logique et de la raison à partir de la ligne 1934.
4. Étudiez l'alternance du discours direct et du discours indirect pendant la réflexion de Pierre. (l. 1916 et suiv.)
5. Relevez et étudiez les sensations auditives et visuelles de Pierre lors de sa réflexion au port.
6. Maupassant laisse une grande place aux descriptions dans ce chapitre, notamment celle de l'alternance du bruit des sirènes et du silence. Étudiez-en l'importance.
7. Identifiez les figures de style :
   a)   «si bonne, si simple, si digne» (l. 1679) ;
   b)   «[...] ce levain de jalousie qui fermentait en lui.» (l. 1680-1681) ;

c) «interrogeant, comme les dévots leur conscience» (l. 1695-1696);

d) «mouillait comme une pluie et glissait sur les maisons et les rues à la façon d'un fleuve qui coule» (l. 1801-1803);

e) «Et cette pensée brusque, violente, entra dans l'âme de Pierre comme une balle qui troue et qui déchire […]» (l. 1874-1875);

f) «le germe secret d'un nouveau mal» (l. 1882);

g) «[…] devinait, comprenait, lisait dans ses yeux détournés […]» (l. 1911-1912);

h) «si prudent, si timide, si cauteleux» (l. 1914-1915);

i) «[…] dont l'esprit n'avait jamais franchi l'horizon de sa boutique.» (l. 2124-2125).

VERS LA DISSERTATION

1. Trouvez des références à *Madame Bovary* de Flaubert en ce qui concerne le mariage bourgeois. Quelles sont les idées de l'auteur à ce sujet?

2. Bien des pensées et sentiments viennent à Pierre «malgré lui». Montrez que ce personnage, en dépit de tous les efforts qu'il fait pour contrôler sa vie et son destin, est en totale perte de contrôle et se laisse finalement emporter par le flot de la vie.

3. Les sentiments de Pierre face à sa mère semblent inconciliables avec la sexualité de cette dernière. Pouvez-vous en donner une explication personnelle?

4. On sait déjà que Pierre est un être impulsif. Montrez jusqu'où peut aller cette tendance chez lui en vous basant sur la fin du chapitre.

5. Étudiez le thème du regard dans ce chapitre.

6. Quelle est l'importance et la signification des bateaux qui entrent au port à la fin du chapitre?

Chapitre v

COMPRÉHENSION

1. Pourquoi Pierre décide-t-il d'aller à Trouville? Que cherche-t-il à y faire? Atteindra-t-il son but?

2. À la ligne 2381, Pierre répugne à embrasser sa mère. Pourquoi ? Ne l'aime-t-il plus ?

3. Pierre semble détester tout ce qui a trait au jeu de la séduction. Pourquoi, d'après vous ? Relevez les mots et expressions qui le confirment.

4. Les doutes de Pierre s'accentuent quant à l'adultère de sa mère. Quels sont les nouveaux indices qui l'ont mené à plus de certitude ?

5. Qu'est-ce qui est louche dans le comportement de Mme Roland ? Doit-on le considérer comme un aveu implicite de culpabilité ?

6. Quel rôle jouent les interventions de M. Roland dans l'«enquête» de Pierre ?

7. Notez les premiers signes de cruauté de Pierre envers sa mère.

PERSONNAGES

1. Pierre projette son idéalisme sur sa mère. Montrez de quelle façon.

2. Peut-on dire que le thème du double touche aussi d'autres personnages ?

3. Peut-on dire que Pierre est misogyne ? misanthrope ?

4. Qu'apprend-on de nouveau sur M. Roland ? Ces nouvelles données vont-elles dans le même sens que l'image qu'on avait déjà de lui ?

5. Relevez toutes les «maladresses» qui rendent M. Roland ridicule.

6. Qu'apprend-on de Mme Roland ?

ÉCRITURE

1. Observez les verbes des deux premiers paragraphes. Qui est actif et qui est passif ? Notez vos observations quant à l'esthétique naturaliste.

2. Relevez tous les mots et expressions tournant autour du thème du regard dans ce chapitre. Qui regarde ? Comment ? Qui voit ? Qui est aveugle ?

3. «Pierre ne pouvait plus […] cuisine.» (l. 2271-2275) Que révèlent le point d'exclamation et la répétition dans ce passage ? À quoi le trouble de Pierre ressemble-t-il ?

4. Relevez le champ lexical de la violence et celui de la souffrance dans le chapitre. Qui les subit ?

5. Dans la conversation entre Pierre et sa mère (l. 2398 et suiv.) :
   a) trouvez un trait de caractère qui leur est commun ;
   b) identifiez l'aspect théâtral.

6. Trouvez un sens symbolique à la comparaison des lignes 2466 à 2468.

7. Relevez toutes les énumérations, gradations et répétitions dans le passage des lignes 2646 à 2654. Quel est l'effet produit ?

8. Identifiez les figures de style :
   a) «Le baiser [...] ainsi qu'avant.» (l. 2268-2270) ;
   b) «comme un coureur essoufflé» (l. 2279) ;
   c) «Ce fut d'abord [...] court, pénible et dur [...]» (l. 2281-2285) ;
   d) «[...] toute une race descend directement du même baiser.» (l. 2303-2304) ;
   e) «[...] comme si ce petit instrument [...] des dormeurs.» (l. 2347-2351) ;
   f) «[...] plus perdu, plus séparé d'eux, plus isolé, plus noyé dans sa pensée torturante[...]» (l. 2482-2483) ;
   g) «immense floraison» (l. 2499) ;
   h) «perversité féminine» (l. 2499-2500) ;
   i) «une petite dentelle d'écume» (l. 2528).

VERS LA DISSERTATION

1. Analysez l'évolution des sentiments de Pierre face à sa famille tout au long du chapitre. Qu'est-ce qui déclenche ces changements ?

2. Dans ce chapitre, la famille éclate. Montrez-le.

3. À travers les réflexions de Pierre et même ses hallucinations, quelle image de la femme Maupassant nous transmet-il ? Cette image est-elle cohérente avec la vision du monde de l'auteur ?

4. Étudiez le thème de la filiation et de l'étranger dans ce chapitre.

5. Relevez des indices du pessimisme de Maupassant.

6. Relevez des éléments de critique de la bourgeoisie.

7. Commentez le passage suivant : «Mais oui, elle l'avait trompé […] indigne et infâme.» (l. 2654-2664) en tenant compte de l'époque. Qu'y a-t-il de différent aujourd'hui ?

8. L'entreprise de déconsidération de la gent féminine se poursuit avec l'arrivée de Mme Rosémilly à la fin du chapitre. Montrez comment Maupassant s'arrange pour faire d'une qualité un défaut.

Chapitre vi

COMPRÉHENSION

1. Dans la conversation du début du chapitre entre Pierre et son père, relevez les doubles sens et leur fonction. Comment Mme Roland réagit-elle au discours de Pierre ?

2. Commentez les doubles sens :
   a) «Quand ils arrivèrent au bout du vallon, au bord de l'abîme […]» (l. 3047-3048) ;
   b) «[…] couverte de gouttelettes brillantes semées par milliers sur la peau, sur les cheveux, sur les cils, sur le corsage […]» (l. 3084-3086) ;
   c) «Jean releva son pantalon jusqu'au-dessus du mollet et ses manches jusqu'au coude, afin de se mouiller sans crainte […]» (l. 3110-3111) ;
   d) «[…] et sauta avec résolution dans la première mare rencontrée.» (l. 3112-3113) ;
   e) «Elle était adroite et rusée […] par la lenteur ingénieuse de sa poursuite.» (l. 3167-3170).

3. La partie de pêche se joue à deux niveaux. Qui pêche quoi ? et qui pêche qui ? Qui se fait «attraper» ?

4. Pourquoi Pierre feint-il de dormir, à la fin du chapitre ?

CONTEXTE

1. Retracez toutes les étapes de la déclaration d'amour de Jean à Mme Rosémilly jusqu'à la demande en mariage. Cette façon de faire vous semble-t-elle normale pour l'époque ?

2. Qui est réellement à l'origine de l'idée de mariage entre Jean et Mme Rosémilly ?

3. À quelques reprises, on parle de ne pouvoir «trouver mieux» que Mme Rosémilly pour un éventuel mariage. Quels sont les critères sur lesquels les personnages se basent pour faire de telles affirmations ?

PERSONNAGES

1. Pierre a induit un état de crise chez sa mère et chez lui-même. Comment ces troubles évoluent-ils chez chacun de ces deux personnages ?
2. En quoi Mme Rosémilly et M. Roland se ressemblent-ils ?
3. À la lumière de la conversation entre Mme Rosémilly et Jean, déterminez qui est le «chef de famille» chez les Roland.

ÉCRITURE

1. Montrez l'ironie du début du chapitre jusqu'à la ligne 2858.
2. Relevez le champ lexical de la souffrance. Qui fait souffrir qui ?
3. Analysez la symbolique de l'eau. Quel rôle joue-t-elle dans l'action ? Est-elle bénéfique ?
4. «Il la contemplait comme un juge satisfait de sa besogne.» (l. 2876-2877) Commentez la comparaison et l'usage du verbe.
5. «Elle en eut d'autres en effet […] son mal étrange et inconnu.» (l. 2887-2889) Quel est ici le point de vue adopté ? Dans quel but ? Quel est l'effet produit ?
6. «[…] dès qu'il voyait son œil […]» (l. 2905). Commentez l'effet de miroir.
7. «C'était l'époque des récoltes mûres.» (l. 2949) Analysez le double sens.
8. Montrez que le prélude à la pêche respecte les normes du réalisme tout en s'en écartant (l. 2957 à 3007).
9. Dans ce chapitre, la focalisation se modifie. Décrivez ces changements.
10. Quel lien peut-on établir entre le paysage tel que décrit et les personnages qui y évoluent ?
11. Étudiez la métaphore et replacez-la dans un contexte naturaliste : «Elle s'appuyait un peu craintive, et lui, tout à coup, se sentait envahi par l'amour, soulevé de désirs, affamé d'elle, comme si le mal qui germait en lui avait attendu ce jour-là pour éclore.» (l. 3133-3136)

12. Identifiez les figures de style :
    a) «[…] si tenaillé par les remords, si meurtri par la pitié, si désolé de l'avoir ainsi broyée sous son mépris de fils […]» (l. 2897-2898) ;
    b) «la plaie saignante» (l. 2894) ;
    c) «C'était un venin […] un chien enragé.» (l. 2910-2912) ;
    d) «Ils semblaient avoir bu la lumière du soleil tombée sur eux.» (l. 2952) ;
    e) «les champs attaqués par les faux» (l. 2954) ;
    f) «leur grande lame en forme d'aile» (l. 2955-2956) ;
    g) «d'un ton plaisant et contrarié» (l. 3192).

VERS LA DISSERTATION

1. C'est M. Roland qui met en évidence la souffrance de sa femme en présence de Pierre, qui est docteur. Montrez comment les rôles du père et du fils s'intervertissent non seulement en ce qui concerne les malaises de Mme Roland, mais aussi en ce qui concerne la place que chacun occupe dans la famille.

2. Le comportement de Pierre envers sa mère prend des allures sadomasochistes. Montrez-en les phases principales.

3. Pierre ne peut plus sortir du cercle vicieux qu'il a mis en place. Démontrez.

4. Étudiez le thème de la fatalité, de l'inéluctable dans ce chapitre.

5. Commentez l'attitude de Pierre :
    a) avec sa mère sur la plage ;
    b) seul sur la plage.

6. Maupassant expose dans ce chapitre deux visions de l'amour et du mariage. Développez-les et expliquez laquelle des deux il conviendrait d'imputer à l'auteur.

7. Montrez comment Pierre renie tour à tour son rôle de bon fils et celui de bon médecin.

Chapitre vii

COMPRÉHENSION

1. Pourquoi Mme Rosémilly devient-elle subitement «sérieuse» en visitant la chambre ?
2. Quels sont les sentiments de Pierre face à la révélation de la vérité à Jean ?
3. Quelle différence Mme Roland fait-elle entre «pardonner» et «ne pas en vouloir» ? (l. 3820-3822)
4. Comment Mme Roland considère-t-elle son mari et son mariage ?
5. Est-ce que Mme Roland fait une différence entre le fils du mari et le fils de l'amant ? En quoi les deux garçons sont-ils le miroir de leur père ?
6. «Je ne veux pas que tu me quittes, maman, je n'ai que toi.» (l. 3761-3762)
   a) Expliquez pourquoi Jean exclut M. Roland, Pierre et Mme Rosémilly.
   b) Cette phrase fait écho à celle, au début du roman, où il est dit que Pierre n'aimait que sa mère au monde. Commentez.

CONTEXTE

1. Pourquoi Mme Roland ne se considère-t-elle plus comme la mère de Jean ? Faites le lien avec le fait que Pierre a décidé de la renier.
2. Relevez les passages où Maupassant s'inspire de la science.

PERSONNAGES

1. Relevez les signes de la jalousie de Pierre au début du chapitre.
2. Jean accuse Pierre d'être jaloux de lui «depuis l'enfance» (l. 3518). Cette accusation est-elle fondée ?
3. Montrez comment Jean se substitue à son père biologique dans la scène entre lui et sa mère. Et comment Pierre est devenu le «mari menaçant».

ÉCRITURE

1. Ce chapitre utilise de nombreuses techniques d'écriture dramatique. Relevez tous les aspects qui le rapprochent du genre théâtral.

2. La décoration de la salle à manger est d'un mauvais goût tout à fait bourgeois. Montrez que par ses procédés d'écriture, Maupassant s'arrange pour que le lecteur soit aussi dégoûté que lui.

3. «Elle se laissait faire, brisée et soulagée comme après un accouchement.» (l. 3904-3905) Expliquez et commentez l'image.

4. Commentez l'emploi du verbe «crever» aux lignes 3527, 3570 et 3587.

5. La relation mère-fils entre Mme Roland et Jean est révélée dans toute sa force et sa profondeur dans ce chapitre. Relevez le champ lexical de la filiation et les procédés d'écriture mettant cet aspect en valeur.

6. Analysez l'équivoque dans l'avant-dernier paragraphe.

7. Identifiez les figures de style :
   a) «[…] sa plaie. Elle avait grossi comme une tumeur […] éclaboussant tout le monde.» (l. 3586-3588);
   b) «[…] l'air invisible et sourd où s'envolaient ses paroles.» (l. 3593);
   c) «[…] ce silence subit des murs, des meubles […]» (l. 3614-3615);
   d) «[…] noir et vide comme la nuit.» (l. 3841-3842).

VERS LA DISSERTATION

1. Étudiez le thème de la folie dans ce chapitre. Comment se manifeste-t-elle chez Pierre, Jean et Mme Roland?

2. «Comme c'est misérable et trompeur, la vie!» (l. 3851) Cet aphorisme contient la vision du monde de Maupassant. Démontrez-le pour les personnages du roman.

3. Au début du chapitre, Jean est infantilisé et à la fin, c'est Mme Roland qui l'est. Montrez comment cette inversion des rôles s'est produite et ses répercussions pour la suite.

238 PIERRE ET JEAN

COMPRÉHENSION

1. Jean est face à un problème moral de taille. Comment le réglera-t-il ?
2. Jean est-il «logique» dans son argumentation intérieure ? Expliquez.
3. «Veux-tu mon bras, maman ? […] s'appuya sur lui» (l. 4222-4224). Donnez les significations de ce geste.
4. Analysez le décor et les significations possibles des gravures en rapport avec le passé de Mme Rosémilly, son présent et son avenir, ainsi que la situation des Roland en général (l. 4275 et suiv.).

CONTEXTE

1. Commentez : «[…] toutes les saintes susceptibilités de la morale naturelle.» (l. 3937-3938). Que veut dire Maupassant ? À quel courant de pensée cette expression appartiendrait-elle ?
2. Maupassant respecte-t-il les règles réalistes en nous exposant le débat intérieur de Jean ? Expliquez.
3. Trouvez un passage résumant la vision pessimiste de Maupassant. De la bouche de quel personnage se sert-il pour l'énoncer ? Pourquoi ?

PERSONNAGES

1. Opposez Pierre et Jean dans leur façon de réagir à une situation de crise.
2. Comment peut-on qualifier le débat intérieur de Jean ? Ses préoccupations sont-elles du même ordre que celles de Pierre ?
3. Montrez que Pierre et Jean sont différents dans leur attitude concernant l'honneur, le mariage et l'argent.
4. Comparez le comportement de Pierre à celui de Jean envers leur mère. Que traduisent-ils ?
5. Jean organise le départ de Pierre et lui donne même un ordre (l. 4203). Comparez cette scène avec celle du chapitre précédent où Pierre refuse d'obéir à l'ordre que Jean lui donne. Expliquez ce changement d'attitude.

6. Comment le décor du logis de Mme Rosémilly nous parle-t-il d'elle ? Quel genre de femme est-elle ?

ÉCRITURE

1. Relevez les marques d'ironie de Maupassant dans ce chapitre.
2. Du début du chapitre jusqu'à la ligne 4010, étudiez les procédés narratifs, entre autres l'alternance du récit, du discours direct et du discours indirect. Que remarque-t-on ? Quels sont les effets produits ?
3. Jean emploie la 3e personne pour parler à sa future épouse (l. 4335). Dans quel but ? Quel est l'effet créé ?
4. Observez la focalisation aux lignes 4011 à 4021. Quel est l'effet produit ?
5. Identifiez les figures de style :
   a) «[...] avec la résolution fiévreuse d'un craintif qui va se battre.» (l. 4058-4059) ;
   b) «le pain de la maison inhabitable» (l. 4160-4161) ;
   c) «[...] semblait mûrir comme un melon d'appartement.» (l. 4314) ;
   d) «[...] j'ai fait, de mon côté [...] une pêche que je veux aussi rapporter chez moi.» (l. 4329-4331) ;
   e) «relique douloureuse» (l. 4406).

VERS LA DISSERTATION

1. Commentez le passage suivant : «Jean s'avança [...] des adieux sans espoir de retour.» (l. 4044-4047)
2. Sous plusieurs aspects au cours du roman, Pierre et Jean ont inversé leurs rôles ou leurs positions. Expliquez.
3. Étudiez le thème de la communication par le regard et la parole. Qu'est-ce qui prédomine ?
4. Montrez que l'alliance entre Jean et Mme Rosémilly est supplantée par celle entre Mme Roland et Mme Rosémilly.
5. Étudiez le triangle : Jean prend en charge la vie de son frère aîné Pierre et Mme Roland celle de son fils cadet.
6. Pierre n'est-il pas jaloux de ce que Jean *n'est pas* le fils de Roland alors que lui *l'est* ?

Chapitre ix

COMPRÉHENSION

1. Dans ce chapitre, l'attitude de Pierre envers ses proches oscille entre deux extrêmes. Retracez les périodes de changements. À quoi sont dus ces changements ?
2. Est-ce que quelqu'un manifeste «un regret sincère» (l. 4581-4582) envers Pierre qui doit s'en aller ? Étudiez les réactions des personnages.
3. Peut-on dire que Pierre et sa mère se sont pardonnés ?

CONTEXTE

1. Cernez la critique sociale sous-jacente dans l'extrait : «Elles n'allaient pas, les affaires. [...] il faudra fermer boutique.» (l. 4532-4539)
2. Montrez comment le jugement que porte Pierre sur son père, le capitaine Beausire et Papagris (l. 4623-4624) est révélateur de la vision du monde de Maupassant.
3. Les changements qui se produisent en Pierre (l. 4688-4703) sont-ils décrits de manière objective et réaliste ? Expliquez.

PERSONNAGES

1. «[...] il fut reçu [...] par un jeune homme à barbe blonde qui ressemblait à son frère.» (l. 4460-4462) Commentez.
2. En pensant à son exil, Pierre a estimé qu'il «[...] se trouvait condamné à cette vie de forçat vagabond, uniquement parce que sa mère s'était livrée aux caresses d'un homme.» (l. 4510-4512). Fait-il ici preuve de logique ? Expliquez son raisonnement.
3. La vision du monde de Pierre face au «troupeau d'émigrants» (l. 4721) rejoint-elle celle de Maupassant ?
4. M. Roland est ridicule jusqu'à la toute fin. Montrez-le.

ÉCRITURE

1. Relevez et étudiez les champs lexicaux de la parole et du regard.
2. Expliquez l'image du paragraphe des lignes 4472 à 4477. Prêtez attention au vocabulaire dépréciatif.

3. Commentez : « […] son petit lit marin, étroit et long comme un cercueil.» (l. 4686-4687)
4. Trouvez les champs lexicaux de l'animalité, de la misère et de la souffrance dans le passage allant des lignes 4716 à 4741.
5. Relevez les contrastes dans la scène des adieux, dans la cabine de Pierre. Quels éléments, dans cette même scène, s'apparentent à la comédie ?
6. « […] il se sentit enfermé avec les siens […]» (l. 4759-4760). Commentez.
7. Faites un rapprochement entre les lignes 4822-4824 et les sentiments des personnages.
8. La *Lorraine* est personnifiée et féminisée. Expliquez l'effet produit.
9. Étudiez l'effet des répétitions dans le passage suivant : «Sur ce bateau […] jamais plus son enfant» (l. 4896-4901).
10. Identifiez les figures de style :
    a) « […] des ruses d'ennemis qui redoutent de se croiser» (l. 4440-4441) ;
    b) «l'haleine rauque de la vapeur» (l. 4469-4470) ;
    c) «le corps entier du gros navire» (l. 4470-4471) ;
    d) «détresse de chien perdu» (l. 4482) ;
    e) « […] elle avait au fond des yeux l'expression si humble, si douce, si triste, si suppliante […]» (l. 4641-4643) ;
    f) « […] où serait désormais emprisonnée sa vie.» (l. 4647-4648) ;
    g) « […] un grand troupeau d'émigrants» (l. 4721) ;
    h) « […] deux joues de cire blanche» (l. 4802) ;
    i) «La vapeur ronflait dans le ventre énorme du navire qui semblait frémir d'impatience.» (l. 4811-4812) ;
    j) « […] cet enfantement d'une grande ville maritime qui donnait à la mer sa plus belle fille.» (l. 4859-4860) ;
    k) « […] elle partit toute seule comme un énorme monstre courant sur l'eau.» (l. 4863-4864).

VERS LA DISSERTATION

1. Analysez les sentiments de Pierre en rapport avec l'eau et la fuite.

2. À l'aide des champs lexicaux de la fuite, de la liberté et de la mort, donnez une interprétation du passage allant des lignes 4478 à 4512.
3. Pierre s'imagine qu'il ne lui reste que Marowsko qui l'aime. Montrez qu'il se trompe.
4. On compare Pierre à un «chien perdu» (l. 4482) et sa mère à un «chien battu» (l. 4643).Commentez.

EXTRAIT 1

La jetée, la nuit (l. 851 à 882)

1. Quelle est la tonalité de ce passage ?
2. Analysez le mouvement du texte.
3. Quels temps verbaux dominent ?
4. Étudiez la focalisation.
5. Découpez l'extrait en fonction des descriptions et des réactions de Pierre. Que faut-il en conclure ?
6. Observez le trajet du regard de Pierre. D'où part-il et où aboutit-il ? Faites un parallèle avec ses pensées.
7. Relevez toutes les personnifications.
8. Analysez la portée symbolique de la description.
9. À quel courant artistique (peinture) peut-on rattacher la fin de l'extrait ?
10. Relevez le champ lexical du cauchemar, du monstrueux. Pourquoi ce champ lexical, justement à ce moment ?
11. Quelle est la symbolique de la lune ?

EXTRAIT 2

La description de la plage de Trouville (l. 2471 à 2524)

1. Quel est le point de vue narratif de l'extrait ?
2. Quel regard Pierre porte-t-il sur les femmes ?

3. Relevez le champ lexical de la beauté ainsi que les procédés d'écriture la mettant en relief. Quel est l'effet produit ?

4. Montrez comment se fait le passage de la beauté vers le désir de séduction.

5. Analysez la métaphore de la chasse en relevant tous les passages pertinents.

6. Analysez la métaphore du commerce en relevant tous les passages pertinents.

7. Qui, des hommes ou des femmes, mène le jeu de la séduction ?

8. Montrez comment on procède à la déshumanisation des gens sur la plage de Trouville. À quoi sont-ils comparés ? Comment ?

9. Relevez les indices qui démontrent que Pierre hallucine et déforme la réalité.

10. Montrez comment Pierre projette sur le décor sa vision du monde.

11. Plusieurs peintres se sont inspirés de ce site pour leurs tableaux. Montrez comment Maupassant fait de même en alliant réalisme et impressionnisme.

EXTRAIT 3

La demande en mariage (l. 3171 à 3236)

1. Que représente l'eau dans cet extrait ? À quoi est-elle associée ?

2. En quoi cette scène est-elle étrange, décalée par rapport aux conventions romanesques habituelles ?

3. Qui parle d'abord de mariage ?

4. Qui mène la conversation ?

5. Qui incarne la raison et qui incarne la frivolité ? Qu'est-ce que cela signifie ?

6. Montrez, en vous appuyant entre autres sur les champs lexicaux, que Jean et Mme Rosémilly ont des caractères opposés.

7. Quel est ici le portrait brossé du mariage bourgeois ?

8. Comment peut-on déceler la satire de Maupassant ?

Extrait 4

Le débat intérieur de Jean (l. 3960 à 4010)

1. Retracez toutes les phases de la réflexion de Jean.
2. Étudiez le parallèle entre les mouvements physiques de Jean et la progression de sa réflexion.
3. En quoi sa réflexion est-elle celle d'un avocat ?
4. Peut-on dire que Jean est sincère dans son questionnement ? À quoi le voit-on ?
5. Trouvez les indices du caractère faible de Jean.
6. Étudiez l'alternance des discours direct, indirect et indirect libre. Démontrez comment cette alternance traduit de l'ironie de la part du narrateur.
7. Trouvez d'autres marques d'ironie.
8. Observez et relevez les indices qui démontrent que l'être et le paraître sont complètement à l'opposé l'un de l'autre chez Jean.
9. Montrez que, peu importe la décision que Jean prendra, il ne peut éviter la trahison.
10. Montrez que cet extrait n'est pas conforme aux principes du réalisme.

ANNEXES

TABLEAU CHRONOLOGIQUE

	ÉVÉNEMENTS HISTORIQUES EN FRANCE	VIE ET ŒUVRE DE MAUPASSANT
1848	(février) Révolution. Chute de Louis-Philippe. IIe République.	
1850		5 août : naissance de Guy de Maupassant.
1851	2 décembre : coup d'État de Louis Napoléon Bonaparte.	
1852	Début du Second Empire. Louis Napoléon Bonaparte devient Napoléon III.	
1853	Haussmann entreprend la reconstruction de Paris.	
1854	Début de la Guerre de Crimée.	Les Maupassant emménagent au château de Grainville-Ymauville, à 20 km de Fécamp.
1856	Victoire franco-anglaise en Crimée.	Naissance d'Hervé, frère de Guy de Maupassant.
1857		
1858	Attentat d'Orsini contre Napoléon III.	Les Maupassant construisent la villa *Les Verguies* à Étretat.
1859	Guerre d'Italie.	Guy de Maupassant entre au Lycée Napoléon à Paris.
1860		Séparation des époux Maupassant. Guy de Maupassant demeure avec sa mère et son frère à Étretat.
1862		
1863		1863-1868 : Guy de Maupassant est pensionnaire au petit séminaire d'Yvetôt.

TABLEAU CHRONOLOGIQUE

ÉVÉNEMENTS CULTURELS ET ARTISTIQUES EN FRANCE	ÉVÉNEMENTS HISTORIQUES ET CULTURELS AU CANADA	
Mort de Chateaubriand.		1848
Mort de Balzac.		1850
Alexandre Dumas fils : *La Dame aux camélias.*		1851
Corot : *Le Port de Larochelle.*	F.-X. Garneau : *Histoire du Canada depuis sa découverte à nos jours.*	1852
Hugo : *Les Châtiments.*		1853
Naissance de Rimbaud. Nerval : *Les Filles du feu.*		1854
Baudelaire : *Les Fleurs du mal.* Hugo : *Les Contemplations.* Flaubert : *Madame Bovary.*		1856
Champfleury : manifeste du *Réalisme.* Procès et condamnation des *Fleurs du mal* pour outrage aux mœurs. Procès et acquittement de *Madame Bovary* pour immoralité.		1857
		1858
Hugo : *La Légende des siècles.*		1859
Baudelaire : *Les Paradis artificiels.* Courbet : *Falaises d'Étretat.* Manet : *Le Buveur d'absinthe.*	Naissance du mouvement littéraire de Québec.	1860
Hugo : *Les Misérables.* Flaubert : *Salammbô.* Les frères Goncourt : *Germinie Lacerteux.*	Crémazie : *Le Chant des voyageurs.*	1862
Naissance du Parnasse autour de Leconte de L'Isle. Jules Verne : *Cinq semaines en ballon.* Boudin : *Plage à Trouville.* Manet : *Le Déjeuner sur l'herbe.*	Philippe-Aubert de Gaspé : *Les Anciens Canadiens.*	1863

	TABLEAU CHRONOLOGIQUE	
	ÉVÉNEMENTS HISTORIQUES EN FRANCE	VIE ET ŒUVRE DE MAUPASSANT
1864		Maupassant rencontre Corot.
1866		
1867		Guy de Maupassant rencontre Flaubert, à Croisset.
1868		Exclu du séminaire. Entre au Lycée Corneille, à Rouen. Travaille avec Louis Bouilhet.
1869	Inauguration du canal de Suez.	Août : Bachelier ès lettres. S'inscrit en droit à Paris. Mort de Louis Bouilhet.
1870	Guerre franco-allemande. Début de la IIIe République.	Études interrompues par la mobilisation dans l'armée.
1871	Mars à mai : Commune de Paris. Traité de Francfort : la France perd l'Alsace et la Lorraine.	
1872		Maupassant entre comme fonctionnaire au ministère de la Marine. Week-ends de canotage sur la Seine avec des amis. Travaille avec Flaubert.
1873	Mac-Mahon, président de la IIIe République. Régime de l'Ordre moral.	
1874		Maupassant écrit pour le théâtre.
1875	Constitution de la IIIe République.	Maupassant publie son premier conte, *La Main d'écorché*, sous le pseudonyme de Joseph Prunier. Rencontre Zola, Tourgueniev, Mallarmé et Edmond de Goncourt. Représentation de la première pièce de Maupassant : *À la feuille de rose, maison turque*.

ÉVÉNEMENTS CULTURELS ET ARTISTIQUES EN FRANCE	ÉVÉNEMENTS HISTORIQUES ET CULTURELS AU CANADA	
Mise à l'index des *Misérables*. Jacques Offenbach : *La belle Hélène*.		1864
Verlaine : *Poèmes saturniens*. Daudet : *Les lettres de mon moulin*. Offenbach : *La Vie parisienne*, opérette.	Philippe-Aubert de Gaspé : *Mémoires*.	1866
Zola : *Thérèse Raquin*. Karl Marx : *Le Capital*. Mort de Baudelaire. Renoir : *Diane chasseresse*.	Confédération canadienne.	1867
Daudet : *Le petit Chose*. Dr Prosper Lucas : *Traité philosophique et physiologique de l'hérédité*.		1868
Frères Goncourt : *Mme Gervaisais*. Flaubert : *L'Éducation sentimentale*. Monet : *La Seine à Bougival*.	Soulèvement des Métis avec Louis Riel (Rivière Rouge).	1869
Verne : *Vingt mille lieues sous les mers*. Cézanne : *Le Déjeuner sur l'herbe*.	Louis Fréchette : *La Voix d'un exilé*.	1870
Zola : *La Fortune des Rougon*, premier roman du cycle des Rougon-Macquart.		1871
Zola : *La Curée*, scandale, plaintes pour pornographie et obscénité. Verne : *Le Tour du monde en 80 jours*. Leconte de l'Isle : *Poèmes antiques*.		1872
Zola : *Le Ventre de Paris*.		1873
Première exposition des peintres impressionnistes où Monet expose *Impression, soleil levant*. Barbey d'Aurevilly : *Les Diaboliques*.	Georges de Boucherville : *Une de perdue, deux de trouvées*.	1874
Zola : *La Faute de l'abbé Mouret*. Bizet : *Carmen*. Mort de Corot. Inauguration de l'Opéra de Paris.		1875

TABLEAU CHRONOLOGIQUE

	ÉVÉNEMENTS HISTORIQUES EN FRANCE	VIE ET ŒUVRE DE MAUPASSANT
1876	Claude Bernard : *La science expérimentale*.	Ennuis de santé. Fréquente les naturalistes : Zola, Huysmans, Flaubert.
1877	Dissolution de la Chambre par Mac-Mahon et élections républicaines.	Atteint de syphilis. Part en cure en Suisse.
1878		Change de ministère. S'ennuie. Travaille à *Une vie*, à du théâtre et à de la poésie.
1879	Création du Parti ouvrier français de Jules Guesdes. Fin du gouvernement de Mac-Mahon et de l'Ordre moral.	Première d'*Histoire du vieux temps*. Voyage en Bretagne et à Jersey. Séjours à Étretat et à Croisset.
1880		Succès de *Boule de Suif*, conte paru dans *Les soirées de Médan*. Voyage en Corse.
1881	Loi sur la liberté de presse. Gouvernement Gambetta.	Reporter en Algérie pour le *Gaulois*. Chroniqueur au *Gil Blas*. *La Maison Tellier*, contes.
1882	Mort de Gambetta.	*Mademoiselle Fifi*, recueil de contes.
1883		*Une vie*, roman. *Contes de la bécasse* et *Clair de lune*, recueils de contes.
1884	Lois sur les libertés syndicales et loi rétablissant le divorce.	Construction de *La Guillette*, à Étretat. *Miss Harriet*, *Yvette* et *Les Sœurs Rondoli*, recueils de contes.
1885	Début du syndicalisme ouvrier.	*Bel-Ami*, roman. *Contes du jour et de la nuit*, *Toine*, recueils de contes.

TABLEAU CHRONOLOGIQUE

ÉVÉNEMENTS CULTURELS ET ARTISTIQUES EN FRANCE	ÉVÉNEMENTS HISTORIQUES ET CULTURELS AU CANADA	
Début des soirées de Médan.		1876
Zola, avec *L'assommoir*, devient l'écrivain le plus populaire en France. Flaubert : *Trois contes*. Manet : *Nana*. Degas : *L'absinthe*.		1877
		1878
Zola : *Nana*.	Naissance d'Émile Nelligan.	1879
Mort de Flaubert. Rodin : *Le Penseur*. Degas : *Femme se coiffant*.	Laure Conan : *Angéline de Montbrun*.	1880
Zola publie une étude sur les «romanciers naturalistes» dans laquelle il inclut Balzac, Stendhal et Flaubert. Verlaine : *Sagesse*. Renoir : *Le Déjeuner des canotiers*.		1881
Zola : *Pot-Bouille*. Huysmans : *À vau-l'eau*. Ferdinand Brunetière : *Le roman naturaliste*.	Octave Crémazie : *Œuvres complètes*.	1882
		1883
Verlaine, *Les Poètes maudits*. Huysmans : *À rebours*.	Fondation du journal *La Presse*.	1884
Mort de Victor Hugo, funérailles nationales. Zola : *Germinal*. Van Gogh : *Le Moissonneur*.		1885

TABLEAU CHRONOLOGIQUE

	Événements historiques en France	Vie et œuvre de Maupassant
1886		*Monsieur Parent*, *La petite Roque*, recueils de contes. Première version du *Horla*. Séjour en Angleterre chez les Rothschild.
1887		Troubles mentaux de son frère Hervé. *Mont-Oriol*, roman, *Le Horla*, recueil de contes. Voyage en Afrique du Nord.
1888		*Le Rosier de Mme Husson*, recueil de contes. *Pierre et Jean*, roman, précédé de la préface *Le Roman*, qui suscite une polémique. Voyage en Méditerranée. Croisière sur le *Bel-Ami*.
1889	Exposition universelle de Paris. Inauguration de la Tour Eiffel. 100e anniversaire de la Révolution française.	*La Main gauche*, recueil de contes. *Fort comme la mort*, roman. Décès de son frère Hervé.
1890	Invention de la T.S.F.	Maupassant s'oppose à toute publication de portraits de lui. Sa santé se dégrade. *L'Inutile beauté*, *La Vie errante*, recueils de contes. *Notre cœur*, roman.
1891		Début de paralysie, perte de mémoire. Séjourne à Nice, près de sa mère.
1892		Janvier : tentative de suicide. Internement à la clinique du docteur Blanche.
1893		Décès, le 6 juillet.
1899 ET 1900		*Le Père Milon* et *Le Colporteur*, recueils de contes.

TABLEAU CHRONOLOGIQUE

ÉVÉNEMENTS CULTURELS ET ARTISTIQUES EN FRANCE	ÉVÉNEMENTS HISTORIQUES ET CULTURELS AU CANADA	
Manifeste symboliste de Jean Moréas. Rimbaud : *Illuminations*. Zola : *L'œuvre*.		1886
Manifeste anti-naturaliste des Cinq. Zola : *La Terre*. Cézanne : *Nature morte à la commode*. Monet : série des *Canotiers sur l'Epte*. Van Gogh : *Autoportrait*.	Louis Fréchette : *La Légende d'un peuple*, poésies.	1887
Alfred Jarry : *Ubu roi*. Van Gogh : *Autoportrait à l'oreille coupée*.		1888
Zola : *La Bête humaine*. Toulouse-Lautrec : *Au bal du moulin de la Galette*.		1889
Paul Claudel : *Tête d'or*. Ernest Renan : *L'Avenir de la science*. Van Gogh : série *Champ de blé*.		1890
Zola, *L'argent*.		1891
Zola : *La Débâcle*. Petr Ilich Tchaïkovski, *Casse-noisette*.		1892
Claudel : *L'Échange*.	Louis Fréchette : *Originaux et détraqués*, contes.	1893
Freud, *Introduction à la psychanalyse*.		1899 ET 1900

Plage d'Étretat en 1885.
AQUARELLE DE GUY DE MAUPASSANT.

Préface de l'édition originale

«Le Roman»

Je n'ai point l'intention de plaider[1] ici pour le petit roman qui suit. Tout au contraire les idées que je vais essayer de faire comprendre entraîneraient plutôt la critique du genre d'étude psychologique que j'ai entrepris dans *Pierre et Jean*.

Je veux m'occuper du Roman en général.

Je ne suis pas le seul à qui le même reproche soit adressé par les mêmes critiques, chaque fois que paraît un livre nouveau.

Au milieu de phrases élogieuses, je trouve régulièrement celle-ci, sous les mêmes plumes :

«Le plus grand défaut de cette œuvre, c'est qu'elle n'est pas un roman à proprement parler.»

On pourrait répondre par le même argument :

«Le plus grand défaut de l'écrivain qui me fait l'honneur de me juger, c'est qu'il n'est pas un critique.»

Quels sont en effet les caractères essentiels du critique ?

Il faut que, sans parti pris, sans opinions préconçues, sans idées d'école[2], sans attaches avec aucune famille d'artistes[3], il comprenne, distingue et explique toutes les tendances les plus opposées, les tempéraments les plus contraires, et admette les recherches d'art les plus diverses.

Or, le critique qui, après *Manon Lescaut, Paul et Virginie, Don Quichotte, Les Liaisons dangereuses, Werther, Les Affinités électives, Clarisse Harlowe, Émile, Candide, Cinq-Mars, René, Les Trois Mousquetaires, Mauprat, Le Père Goriot, La Cousine Bette, Colomba, Le Rouge et le Noir, Mademoiselle de Maupin, Notre-Dame de Paris, Salammbô, Madame Bovary, Adolphe, M. de Camors, L'Assommoir, Sapho*, etc., ose encore écrire : «Ceci est un roman et cela n'en est pas un», me paraît doué d'une perspicacité[4] qui ressemble fort à de l'incompétence.

---

1 *plaider* : (dans le langage juridique) défendre.

2 *école* : groupe ou suite de personnes, d'écrivains, d'artistes qui se réclament d'un même maître ou professent les mêmes doctrines.

3 *famille d'artistes* : voir note précédente.

4 *perspicacité* : finesse, intelligence, lucidité.

Généralement ce critique entend par roman une aventure plus ou moins vraisemblable, arrangée à la façon d'une pièce de théâtre en trois actes dont le premier contient l'exposition, le second l'action et le troisième le dénouement.

Cette manière de composer est absolument admissible à la condition qu'on acceptera également les trois autres.

Existe-t-il des règles pour faire un roman, en dehors desquelles une histoire écrite devrait porter un autre nom ?

Si *Don Quichotte* est un roman, *Le Rouge et le Noir* en est-il un autre ? Si *Monte-Cristo* est un roman, *L'Assommoir* en est-il un ? Peut-on établir une comparaison entre *Les Affinités électives* de Goethe, *Les Trois Mousquetaires* de Dumas, *Madame Bovary* de Flaubert, *M. de Camors* de M. O. Feuillet et *Germinal* de M. Zola ? Laquelle de ces œuvres est un roman ? Quelles sont ces fameuses règles ? D'où viennent-elles ? Qui les a établies ? En vertu de quel principe, de quelle autorité et de quels raisonnements ?

Il semble cependant que ces critiques savent d'une façon certaine, indubitable[1], ce qui constitue un roman et ce qui le distingue d'un autre qui n'en est pas un. Cela signifie tout simplement que, sans être des producteurs, ils sont enrégimentés[2] dans une école, et qu'ils rejettent, à la façon des romanciers eux-mêmes, toutes les œuvres conçues et exécutées en dehors de leur esthétique[3].

Un critique intelligent devrait, au contraire, rechercher tout ce qui ressemble le moins aux romans déjà faits, et pousser autant que possible les jeunes gens à tenter des voies nouvelles.

Tous les écrivains, Victor Hugo comme M. Zola, ont réclamé avec persistance le droit absolu, droit indiscutable, de composer, c'est-à-dire d'imaginer ou d'observer, suivant leur conception personnelle de l'art. Le talent provient de l'originalité, qui est une manière spéciale de penser, de voir, de comprendre et de juger. Or, le critique qui prétend définir le roman suivant l'idée qu'il s'en fait d'après les romans qu'il aime, et établir certaines règles invariables de composition, luttera toujours contre un tempérament d'artiste

---

1 *indubitable* : qui ne fait aucun doute.

2 *enrégimentés* : entrés dans un parti (ici une école) qui exige une obéissance quasi militaire.

3 *esthétique* : ensemble de normes menant à ce qu'il est convenu de qualifier de beau.

apportant une manière nouvelle. Un critique, qui mériterait absolument ce nom, ne devrait être qu'un analyste sans tendances,
sans préférences, sans passions, et, comme un expert en tableaux,
n'apprécier que la valeur artiste de l'objet d'art qu'on lui soumet.
Sa compréhension, ouverte à tout, doit absorber assez complètement sa personnalité pour qu'il puisse découvrir et vanter les livres
mêmes qu'il n'aime pas comme homme et qu'il doit comprendre
comme juge.

Mais la plupart des critiques ne sont, en somme, que des
lecteurs, d'où il résulte qu'ils nous gourmandent[1] presque toujours
à faux[2] ou qu'ils nous complimentent sans réserve[3] et sans mesure[4].

Le lecteur, qui cherche uniquement dans un livre à satisfaire la
tendance naturelle de son esprit, demande à l'écrivain de répondre à
son goût prédominant, et il qualifie invariablement de remarquable
ou de *bien écrit* l'ouvrage ou le passage qui plaît à son imagination
idéaliste, gaie, grivoise, triste, rêveuse ou positive.

En somme, le public est composé de groupes nombreux qui
nous crient :

— Consolez-moi.

— Amusez-moi.

— Attristez-moi.

— Attendrissez-moi.

— Faites-moi rêver.

— Faites-moi rire.

— Faites-moi frémir.

— Faites-moi pleurer.

— Faites-moi penser.

Seuls, quelques esprits d'élite demandent à l'artiste :

«Faites-moi quelque chose de beau, dans la forme qui vous
conviendra le mieux, suivant votre tempérament.»

L'artiste essaie, réussit ou échoue.

Le critique ne doit apprécier le résultat que suivant la nature de
l'effort ; et il n'a pas le droit de se préoccuper des tendances.

Cela a été écrit déjà mille fois. Il faudra toujours le répéter.

---

1 *gourmandent* : grondent, réprimandent.

2 *à faux* : à tort, injustement.

3 *sans réserve* : totalement, sans nuances.

4 *sans mesure* : exagérément.

Donc, après les écoles littéraires qui ont voulu nous donner une vision décornée[1], surhumaine, poétique, attendrissante, charmante ou superbe de la vie, est venue une école réaliste ou naturaliste qui a prétendu nous montrer la vérité, rien que la vérité et toute la vérité.

Il faut admettre avec un égal intérêt ces théories d'art si différentes et juger les œuvres qu'elles produisent, uniquement au point de vue de leur valeur artistique en acceptant *a priori*[2] les idées générales d'où elles sont nées.

Contester le droit d'un écrivain de faire une œuvre poétique ou une œuvre réaliste, c'est vouloir le forcer à modifier son tempérament, récuser[3] son originalité, ne pas lui permettre de se servir de l'œil et de l'intelligence que la nature lui a donnés.

Lui reprocher de voir les choses belles ou laides, petites ou épiques[4], gracieuses ou sinistres, c'est lui reprocher d'être conformé[5] de telle ou telle façon et de ne pas avoir une vision concordant avec la nôtre.

Laissons-le libre de comprendre, d'observer, de concevoir comme il lui plaira, pourvu qu'il soit un artiste. Devenons poétiquement exaltés[6] pour juger un idéaliste et prouvons-lui que son rêve est médiocre, banal, pas assez fou ou magnifique. Mais si nous jugeons un naturaliste, montrons-lui en quoi la vérité dans la vie diffère de la vérité dans son livre.

Il est évident que des écoles si différentes ont dû employer des procédés de composition absolument opposés.

Le romancier qui transforme la vérité constante, brutale et déplaisante, pour en tirer une aventure exceptionnelle et séduisante, doit, sans souci exagéré de la vraisemblance, manipuler les événements à son gré, les préparer et les arranger pour plaire au lecteur, l'émouvoir ou l'attendrir. Le plan de son roman n'est qu'une série de combinaisons ingénieuses conduisant avec adresse au dénouement. Les incidents sont disposés et gradués vers le

---

1 *décornée* : cornes enlevées (inoffensive).

2 *a priori* : en partant de données antérieures à l'expérience présente.

3 *récuser* : refuser, repousser.

4 *épiques* : de proportions dignes de figurer dans une épopée.

5 *conformé* : construit.

6 *poétiquement exaltés* : dans l'état d'esprit d'un poète idéaliste.

point culminant et l'effet de la fin, qui est un événement capital et décisif, satisfaisant toutes les curiosités éveillées au début, mettant une barrière à l'intérêt, et terminant si complètement l'histoire racontée qu'on ne désire plus savoir ce que deviendront, le lendemain, les personnages les plus attachants.

Le romancier, au contraire, qui prétend nous donner une image exacte de la vie, doit éviter avec soin tout enchaînement d'événements qui paraîtrait exceptionnel. Son but n'est point de nous raconter une histoire, de nous amuser ou de nous attendrir, mais de nous forcer à penser, à comprendre le sens profond et caché des événements. À force d'avoir vu et médité il regarde l'univers, les choses, les faits et les hommes d'une certaine façon qui lui est propre et qui résulte de l'ensemble de ses observations réfléchies. C'est cette vision personnelle du monde qu'il cherche à nous communiquer en la reproduisant dans un livre. Pour nous émouvoir, comme il l'a été lui-même par le spectacle de la vie, il doit la reproduire devant nos yeux avec une scrupuleuse ressemblance. Il devra donc composer son œuvre d'une manière si adroite, si dissimulée, et d'apparence si simple, qu'il soit impossible d'en apercevoir et d'en indiquer le plan, de découvrir ses intentions.

Au lieu de machiner une aventure et de la dérouler de façon à la rendre intéressante jusqu'au dénouement, il prendra son ou ses personnages à une certaine période de leur existence et les conduira, par des transitions naturelles, jusqu'à la période suivante. Il montrera de cette façon, tantôt comment les esprits se modifient sous l'influence des circonstances environnantes, tantôt comment se développent les sentiments et les passions, comment on s'aime, comment on se hait, comment on se combat dans tous les milieux sociaux, comment luttent les intérêts bourgeois, les intérêts d'argent, les intérêts de famille, les intérêts politiques.

L'habileté de son plan ne consistera donc point dans l'émotion ou dans le charme, dans un début attachant ou dans une catastrophe émouvante, mais dans le regroupement adroit des petits faits constants d'où se dégagera le sens définitif de l'œuvre. S'il fait tenir dans trois cents pages dix ans d'une vie pour montrer quelle a été, au milieu de tous les êtres qui l'ont entourée, sa signification particulière et bien caractéristique, il devra savoir éliminer, parmi les menus événements innombrables et quotidiens tous ceux qui lui sont inutiles, et mettre en lumière, d'une façon spéciale, tous ceux qui seraient demeurés inaperçus pour des observateurs peu clair-voyants[1] et qui donnent au livre sa portée, sa valeur d'ensemble.

On comprend qu'une semblable manière de composer, si dif-férente de l'ancien procédé visible à tous les yeux, déroute souvent les critiques, et qu'ils ne découvrent pas tous les fils si minces, si secrets, presque invisibles, employés par certains artistes modernes à la place de la ficelle unique qui avait nom : l'Intrigue.

En somme, si le Romancier d'hier choisissait et racontait les crises de la vie, les états aigus de l'âme et du cœur, le Romancier d'aujourd'hui écrit l'histoire du cœur, de l'âme et de l'intelligence à l'état normal. Pour produire l'effet qu'il poursuit, c'est-à-dire l'émotion de la simple réalité, et pour dégager l'enseignement artistique qu'il en veut tirer, c'est-à-dire la révélation de ce qu'est véritablement l'homme contemporain devant ses yeux, il devra n'employer que des faits d'une vérité irrécusable[2] et constante.

Mais en se plaçant au point de vue même de ces artistes réa-listes, on doit discuter et contester leur théorie qui semble pouvoir être résumée par ces mots : «Rien que la vérité et toute la vérité.»

Leur intention étant de dégager la philosophie de certains faits constants et courants, ils devront souvent corriger les événements au profit de la vraisemblance et au détriment de la vérité, car le vrai peut quelquefois n'être pas vraisemblable.

Le réaliste, s'il est un artiste, cherchera, non pas à nous montrer la photographie banale de la vie, mais à nous en donner la vision plus complète, plus saisissante, plus probante[3] que la réalité même.

Raconter tout serait impossible, car il faudrait alors un volume au moins par journée, pour énumérer les multitudes d'incidents insignifiants qui emplissent notre existence.

Un choix s'impose donc, — ce qui est une première atteinte à la théorie de toute la vérité.

La vie, en outre, est composée des choses les plus différentes, les plus imprévues, les plus contraires, les plus disparates ; elle est bru-tale, sans suite, sans chaîne, pleine de catastrophes inexplicables,

---

1   *clairvoyants* : voir la note 4, à la page 255.

2   *irrécusable* : voir la note 3, à la page 258.

3   *probante* : authentique.

illogiques et contradictoires qui doivent être classées au chapitre *faits divers*.

Voilà pourquoi l'artiste, ayant choisi son thème, ne prendra dans cette vie encombrée de hasards et de futilités que les détails caractéristiques utiles à son sujet, et il rejettera tout le reste, tout l'à-côté.

Un exemple entre mille :

Le nombre de gens qui meurent chaque jour par accident est considérable sur la terre. Mais pouvons-nous faire tomber une tuile sur la tête d'un personnage principal, ou le jeter sous les roues d'une voiture, au milieu d'un récit, sous prétexte qu'il faut faire la part de[1] l'accident ?

La vie encore laisse tout au même plan, précipite les faits ou les traîne indéfiniment. L'art, au contraire, consiste à user de précautions et de préparations, à ménager des transitions savantes et dissimulées, à mettre en pleine lumière, par la seule adresse de la composition, les événements essentiels et à donner à tous les autres le degré de relief qui leur convient, suivant leur importance, pour produire la sensation profonde de la vérité spéciale qu'on veut montrer.

Faire vrai consiste donc à donner l'illusion complète du vrai, suivant la logique ordinaire des faits, et non à les transcrire servilement dans le pêle-mêle de leur succession.

J'en conclus que les Réalistes de talent devraient s'appeler plutôt des Illusionnistes.

Quel enfantillage, d'ailleurs, de croire à la réalité puisque nous portons chacun la nôtre dans notre pensée et dans nos organes. Nos yeux, nos oreilles, notre odorat, notre goût différents créent autant de vérités qu'il y a d'hommes sur la terre. Et nos esprits qui reçoivent les instructions de ces organes, diversement impressionnés, comprennent, analysent et jugent comme si chacun de nous appartenait à une autre race.

Chacun de nous se fait donc simplement une illusion du monde, illusion poétique, sentimentale, joyeuse, mélancolique, sale ou lugubre suivant sa nature. Et l'écrivain n'a d'autre mission

---

1 *faire la part de* : tenir compte (des probabilités de).

que de reproduire fidèlement cette illusion avec tous les procédés d'art qu'il a appris et dont il peut disposer.

Illusion du beau qui est une convention humaine! Illusion du laid qui est une opinion changeante! Illusion du vrai jamais immuable[1]! Illusion de l'ignoble[2] qui attire tant d'êtres! Les grands artistes sont ceux qui imposent à l'humanité leur illusion particulière.

Ne nous fâchons donc contre aucune théorie puisque chacune d'elles est simplement l'expression généralisée d'un tempérament qui s'analyse.

Il en est deux surtout qu'on a souvent discutées en les opposant l'une à l'autre au lieu de les admettre l'une et l'autre: celle du roman d'analyse pure et celle du roman objectif. Les partisans de l'analyse demandent que l'écrivain s'attache à indiquer les moindres évolutions d'un esprit et tous les mobiles les plus secrets qui déterminent nos actions, en n'accordant au fait lui-même qu'une importance très secondaire. Il est le point d'arrivée, une simple borne, le prétexte du roman. Il faudrait donc, d'après eux, écrire ces œuvres précises et rêvées où l'imagination se confond avec l'observation, à la manière d'un philosophe composant un livre de psychologie, exposer les causes en les prenant aux origines les plus lointaines, dire tous les pourquoi de tous les vouloirs et discerner toutes les réactions de l'âme agissant sous l'impulsion des intérêts, des passions ou des instincts.

Les partisans de l'objectivité (quel vilain mot!) prétendant, au contraire, nous donner la représentation exacte de ce qui a lieu dans la vie, évitent avec soin toute explication compliquée, toute dissertation sur les motifs, et se bornent à faire passer sous nos yeux les personnages et les événements.

Pour eux, la psychologie doit être cachée dans le livre comme elle est cachée en réalité sous les faits dans l'existence.

Le roman conçu de cette manière y gagne de l'intérêt, du mouvement dans le récit, de la couleur, de la vie remuante.

Donc, au lieu d'expliquer longuement l'état d'esprit d'un personnage, les écrivains objectifs cherchent l'action ou le geste que

---

1 *immuable*: qui ne peut changer.

2 *ignoble*: vil, moralement bas, dégoûtant.

cet état d'âme doit faire accomplir fatalement à cet homme dans une situation déterminée. Et ils le font se conduire de telle manière, d'un bout à l'autre du volume, que tous ses actes, tous ses mouvements, soient le reflet de sa nature intime, de toutes ses pensées, de toutes ses volontés ou de toutes ses hésitations. Ils cachent donc la psychologie au lieu de l'étaler, ils en font la carcasse de l'œuvre, comme l'ossature invisible est la carcasse du corps humain. Le peintre qui fait notre portrait ne montre pas notre squelette.

Il me semble aussi que le roman exécuté de cette façon y gagne en sincérité. Il est d'abord plus vraisemblable, car les gens que nous voyons agir autour de nous ne nous racontent point les mobiles auxquels ils obéissent.

Il faut ensuite tenir compte de ce que, si, à force d'observer les hommes, nous pouvons déterminer leur nature assez exactement pour prévoir leur manière d'être dans presque toutes les circonstances, si nous pouvons dire avec précision : « Tel homme de tel tempérament, dans tel cas, fera ceci », il ne s'ensuit point que nous puissions déterminer, une à une, toutes les secrètes évolutions de sa pensée qui n'est pas la nôtre, toutes les mystérieuses sollicitations de ses instincts qui ne sont pas pareils aux nôtres, toutes les incitations confuses de sa nature dont les organes, les nerfs, le sang, la chair, sont différents des nôtres.

Quel que soit le génie d'un homme faible, doux, sans passions, aimant uniquement la science et le travail, jamais il ne pourra se transporter assez complètement dans l'âme et dans le corps d'un gaillard exubérant[1], sensuel, violent, soulevé par tous les désirs et même par tous les vices, pour comprendre et indiquer les impulsions et les sensations les plus intimes de cet être si différent, alors même qu'il peut fort bien prévoir et raconter tous les actes de sa vie.

En somme, celui qui fait de la psychologie pure ne peut que se substituer à tous ses personnages dans les différentes situations où il les place, car il lui est impossible de changer ses organes, qui sont les seuls intermédiaires entre la vie extérieure et nous, qui nous imposent leurs perceptions, déterminent notre sensibilité, créent

---

1   *exubérant* : débordant, démonstratif, expansif.

en nous une âme essentiellement différente de toutes celles qui nous entourent. Notre vision, notre connaissance du monde acquise par le secours de nos sens, nos idées sur la vie, nous ne pouvons que les transporter en partie dans tous les personnages dont nous prétendons dévoiler l'être intime et inconnu. C'est donc toujours nous que nous montrons dans le corps d'un roi, d'un assassin, d'un voleur ou d'un honnête homme, d'une courtisane, d'une religieuse, d'une jeune fille ou d'une marchande aux halles, car nous sommes obligés de nous poser ainsi le problème : «Si j'étais roi, assassin, voleur, courtisane, religieuse, jeune fille ou marchande aux halles, qu'est que *je* ferais, qu'est-ce que *je* penserais, comment est-ce que *j'*agirais ?» Nous ne diversifions donc nos personnages qu'en changeant l'âge, le sexe, la situation sociale et toutes les circonstances de la vie de notre *moi* que la nature a entouré d'une barrière d'organes infranchissable.

L'adresse consiste à ne pas laisser reconnaître ce *moi* par le lecteur sous tous les masques divers qui nous servent à le cacher.

Mais si, au seul point de vue de la complète exactitude, la pure analyse psychologique est contestable, elle peut cependant nous donner des œuvres d'art aussi belles que toutes les autres méthodes de travail.

Voici, aujourd'hui, les symbolistes. Pourquoi pas ? Leur rêve d'artistes est respectable ; et ils ont cela de particulièrement intéressant qu'ils savent et qu'ils proclament l'extrême difficulté de l'art.

Il faut être, en effet, bien fou, bien audacieux, bien outrecuidant[1] ou bien sot, pour écrire encore aujourd'hui ! Après tant de maîtres aux natures si variées, au génie si multiple, que reste-t-il à faire qui n'ait été fait, que reste-t-il à dire qui n'ait été dit ? Qui peut se vanter, parmi nous, d'avoir écrit une page, une phrase qui ne se trouve déjà, à peu près pareille, quelque part ? Quand nous lisons, nous, si saturés d'écriture française que notre corps entier nous donne l'impression d'être une pâte faite avec des mots, trouvons-nous jamais une ligne, une pensée qui ne nous soit familière, dont nous n'ayons eu, au moins, le confus pressentiment ?

---

1 *outrecuidant* : présomptueux, audacieux, impertinent.

L'homme qui cherche seulement à amuser son public par des moyens déjà connus, écrit avec confiance, dans la candeur de sa médiocrité, des œuvres destinées à la foule ignorante et désœuvrée[1]. Mais ceux sur qui pèsent tous les siècles de la littérature passée, ceux que rien ne satisfait, que tout dégoûte, parce qu'ils rêvent mieux, à qui tout semble défloré déjà, à qui leur œuvre donne toujours l'impression d'un travail inutile et commun, en arrivent à juger l'art littéraire une chose insaisissable, mystérieuse, que nous dévoilent à peine quelques pages des plus grands maîtres.

Vingt vers, vingt phrases, lus tout à coup nous font tressaillir jusqu'au cœur comme une révélation surprenante ; mais les vers suivants ressemblent à tous les vers, la prose[2] qui coule ensuite ressemble à toutes les proses.

Les hommes de génie n'ont point, sans doute, ces angoisses et ces tourments, parce qu'ils portent en eux une force créatrice irrésistible. Ils ne se jugent pas eux-mêmes. Les autres, nous autres qui sommes simplement des travailleurs conscients et tenaces, nous ne pouvons lutter contre l'invincible découragement que par la continuité de l'effort.

Deux hommes par leurs enseignements simples et lumineux m'ont donné cette force de toujours tenter : Louis Bouilhet[3] et Gustave Flaubert[4].

Si je parle ici d'eux et de moi, c'est que leurs conseils, résumés en peu de lignes, seront peut-être utiles à quelques jeunes gens moins confiants en eux-mêmes qu'on ne l'est d'ordinaire quand on débute dans les lettres.

Bouilhet, que je connus le premier d'une façon un peu intime, deux ans environ avant de gagner l'amitié de Flaubert, à force de me répéter que cent vers, peut-être moins, suffisent à la réputation d'un artiste, s'ils sont irréprochables et s'ils contiennent l'essence du talent et de l'originalité d'un homme même de second ordre,

1 *désœuvrée* : qui ne fait rien et ne cherche pas à s'occuper.
2 *prose* : forme du discours qui n'est soumise à aucune des règles de la versification.
3 Louis Bouilhet (1822-1869). Écrivain rouennais, ami de Flaubert et avec qui Maupassant a entretenu une correspondance pendant ses années à Rouen.
4 Gustave Flaubert (1821-1880). Un des écrivains réalistes les plus en vue de l'époque, qui fut aussi l'ami de la mère de Maupassant.

me fit comprendre que le travail continuel et la connaissance profonde du métier peuvent, un jour de lucidité, de puissance et d'entraînement, par la rencontre heureuse d'un sujet concordant bien avec toutes les tendances de notre esprit, amener cette éclosion de l'œuvre courte, unique et aussi parfaite que nous la pouvons produire.

Je compris ensuite que les écrivains les plus connus n'ont presque jamais plus d'un volume et qu'il faut, avant tout, avoir cette chance de trouver et de discerner, au milieu de la multitude des matières qui se présentent à notre choix, celle qui absorbera toutes nos facultés, toute notre valeur, toute notre puissance artiste.

Plus tard, Flaubert, que je voyais quelquefois, se prit d'affection pour moi. J'osai lui soumettre quelques essais. Il les lut avec bonté et me répondit : «Je ne sais pas si vous aurez du talent. Ce que vous m'avez apporté prouve une certaine intelligence, mais n'oubliez point ceci, jeune homme, que le talent — suivant le mot de Buffon[1] — n'est qu'une longue patience. Travaillez.»

Je travaillai, et je revins souvent chez lui, comprenant que je lui plaisais, car il s'était mis à m'appeler, en riant, son disciple[2].

Pendant sept ans je fis des vers, je fis des contes, je fis des nouvelles, je fis même un drame détestable. Il n'en est rien resté. Le maître lisait tout, puis le dimanche suivant, en déjeunant, développait ses critiques et enfonçait en moi, peu à peu, deux ou trois principes qui sont le résumé de ses longs et patients enseignements. «Si on a une originalité, disait-il, il faut avant tout la dégager ; si on n'en a pas, il faut en acquérir une.»

— Le talent est une longue patience. — Il s'agit de regarder tout ce qu'on veut exprimer assez longtemps et avec assez d'attention pour en découvrir un aspect qui n'ait été vu et dit par personne. Il y a, dans tout, de l'inexploré, parce que nous sommes habitués à ne nous servir de nos yeux qu'avec le souvenir de ce qu'on a pensé avant nous sur ce que nous contemplons. La moindre chose contient un peu d'inconnu. Trouvons-le. Pour décrire un feu qui flambe et

---

1 *le mot de Buffon* : suivant certaines versions, Maupassant aurait attribué la citation à Chateaubiand, mais c'est bien Buffon qui a dit ces paroles.

2 *disciple* : personne qui reçoit l'enseignement d'un maître et qui adhère à ses doctrines.

un arbre dans une plaine, demeurons en face de ce feu et de cet arbre jusqu'à ce qu'ils ne ressemblent plus, pour nous, à aucun autre arbre et à aucun autre feu.

C'est de cette façon qu'on devient original.

Ayant, en outre, posé cette vérité qu'il n'y a pas, de par le monde entier, deux grains de sable, deux mouches, deux mains ou deux nez absolument pareils, il me forçait à exprimer, en quelques phrases, un être ou un objet de manière à le particulariser nettement, à le distinguer de tous les autres êtres ou de tous les autres objets de même race ou de même espèce.

«Quand vous passez, me disait-il, devant un épicier assis sur sa porte, devant un concierge qui fume sa pipe, devant une station de fiacres, montrez-moi cet épicier et ce concierge, leur pose, toute leur apparence physique contenant aussi, indiquée par l'adresse de l'image, toute leur nature morale, de façon à ce que je ne les confonde avec aucun autre épicier ou avec aucun autre concierge, et faites-moi voir, par un seul mot, en quoi un cheval de fiacre ne ressemble pas aux cinquante autres qui le suivent et le précèdent.»

J'ai développé ailleurs ses idées sur le style. Elles ont de grands rapports avec la théorie de l'observation que je viens d'exposer.

Quelle que soit la chose qu'on veut dire, il n'y a qu'un mot pour l'exprimer, qu'un verbe pour l'animer et qu'un adjectif pour la qualifier. Il faut donc chercher, jusqu'à ce qu'on les ait découverts, ce mot, ce verbe et cet adjectif, et ne jamais se contenter de l'à-peu-près, ne jamais avoir recours à des supercheries, même heureuses, à des clowneries de langage pour éviter la difficulté.

On peut traduire et indiquer les choses les plus subtiles en appliquant ce vers de Boileau :

> D'un mot mis en sa place enseigna le pouvoir.

Il n'est point besoin du vocabulaire bizarre, compliqué, nombreux et chinois qu'on nous impose aujourd'hui sous le nom d'écriture artiste, pour fixer toutes les nuances de la pensée ; mais il faut discerner avec une extrême lucidité toutes les modifications de la valeur d'un mot suivant la place qu'il occupe. Ayons moins de noms, de verbes et d'adjectifs aux sens presque insaisissables, mais plus de phrases différentes, diversement construites, ingénieusement coupées, pleines de sonorités et de rythmes savants. Efforçons-nous d'être des stylistes excellents plutôt que des collectionneurs de termes rares.

Il est, en effet, difficile de manier la phrase à son gré, de lui faire tout dire, même ce qu'elle n'exprime pas, de l'emplir de sous-entendus, d'intentions secrètes et non formulées, que d'inventer des expressions nouvelles ou de rechercher, au fond de vieux livres inconnus, toutes celles dont nous avons perdu l'usage et la signification, et qui sont pour nous comme des verbes morts.

La langue française, d'ailleurs, est une eau pure que les écrivains maniérés n'ont jamais pu et ne pourront jamais troubler. Chaque siècle a jeté dans ce courant limpide ses modes, ses archaïsmes[1] prétentieux et ses préciosités[2], sans que rien surnage de ces tentatives inutiles, de ces efforts impuissants. La nature de cette langue est d'être claire, logique et nerveuse. Elle ne se laisse pas affaiblir, obscurcir ou corrompre[3].

Ceux qui font aujourd'hui des images, sans prendre garde aux termes abstraits, ceux qui font tomber la grêle ou la pluie sur la *propreté* des vitres, peuvent aussi jeter des pierres à la simplicité de leurs confrères ! Elles frapperont peut-être les confrères qui ont un corps, mais n'atteindront jamais la simplicité qui n'en a pas.

GUY DE MAUPASSANT.
La Guillette, Étretat, septembre 1887.

---

1 *archaïsmes* : imitations de la manière des anciens.
2 *préciosités* : raffinements exagérés, ridicules.
3 *corrompre* : dénaturer, souiller.

Une œuvre de Gustave Caillebotte (1848-1894).

Glossaire

barre : gouvernail.

bec de gaz : on s'éclairait au gaz, du butane ou du propane, que l'on allumait directement du bec avec lequel on pouvait régler l'intensité.

break : voiture à deux banquettes.

brick : navire à voiles carrées et à deux mâts.

crâne : fier.

griser : enivrer.

guéridon : table ronde, à un seul pied, ou à une tige centrale portant les pieds, dont le dessus est le plus souvent en marbre.

hotte : sorte de panier d'osier avec bretelles qu'on porte sur le dos.

infamie : déshonneur, honte.

jetée : embarcadère, quai. On dit également «môle».

jobard : crédule, niais, naïf.

lanet : petite poche en filet attachée sur un cercle de bois, au bout d'un long bâton.

legs : héritage.

liqueur : boisson sucrée et aromatisée, à base d'alcool ou d'eau de vie.

long-courrier : marin qui naviguait sur des longues distances.

mâture : ensemble de mâts.

môle : embarcadère, quai. On dit également «jetée».

perfide : traître, déloyal ; *perfidie* : trahison, déloyauté.

pieux : religieux.

pilote : (vieilli) celui qui dirige le navire.

puéril : enfantin.

rade : grand bassin naturel.

relique : terme habituellement relié à un objet religieux qu'on vénère.

salicoque : (mot normand) crevette rose ou «bouquet».

steamer : (de l'anglais) bateau à vapeur.

BIBLIOGRAPHIE

BONNEVILLE, Josée. *Contes réalistes et Contes fantastiques de Guy de Maupassant*, Laval, Groupe Beauchemin, éditeur, coll. «Parcours d'une œuvre», 1999, 248 p.

BOURLANGES, Angéline, et Alain SOLDEVILLE. *Les promenades de Maupassant*, France, Chêne, 1993, 168 p.

COLLECTIF. *Analyses et réflexions sur «Une vie» de Guy de Maupassant*, Paris, Ellipses, 1999, 448 p.

FONYI, Antonia. *Maupassant 1993*, Paris, Kimé, 1993, 209 p.

LAURIN, Michel, avec la collaboration de Josée BONNEVILLE. *Anthologie littéraire du Moyen Âge au XIXe siècle*, Laval, Beauchemin, 2000, 240 p.

MARTINO, Pierre. *Le naturalisme français (1870-1895)*, Paris, Armand-Colin, 1969.

MITTERAND, Henri. *Zola et le naturalisme*, Paris, PUF, coll. «Que sais-je?», 1989.

TROYAT, Henri. *Guy de Maupassant*, Paris, Flammarion, 1989, rééd. Le Livre de poche, n° 192, 1996, 79 p.

SITES INTERNET

www.ac-rouen.fr/lycees/maupassant/mau_bio.htm

www.lettres.net/roman-naturaliste/guy-maupassant.htm

ŒUVRES PARUES